灵山 著

冬至

历经酷寒，终将迎来安宁、收获与——纯白。

WUHAN UNIVERSITY PRESS
武汉大学出版社

图书在版编目(CIP)数据

冬至/灵山著. —武汉:武汉大学出版社,2012.7
黄土地之歌
ISBN 978-7-307-09843-5

Ⅰ.冬… Ⅱ.灵… Ⅲ.长篇小说—中国—当代 Ⅳ.I247.5

中国版本图书馆 CIP 数据核字(2012)第 106975 号

责任编辑:张 璇 责任校对:刘 欣 版式设计:马 佳

出版发行:**武汉大学出版社** (430072 武昌 珞珈山)
(电子邮件:cbs22@whu.edu.cn 网址:www.wdp.com.cn)
印刷:武汉中科兴业印务有限公司
开本:880×1230 1/32 印张:11.125 字数:251 千字
版次:2012 年 7 月第 1 版 2012 年 7 月第 1 次印刷
ISBN 978-7-307-09843-5/I·591 定价:25.00 元

编 委 会

总　序

叶　辛

　　40多年前，中国的大地上发生了一场波澜壮阔的知识青年上山下乡运动。"波澜壮阔"四个字，不是我特意选用的形容词，而是当年的习惯说法，广播里这么说，报纸的通栏大标题里这么写。知识青年上山下乡，当年还是毛泽东主席的伟大战略部署，是培养和造就千百万无产阶级革命事业接班人的百年大计，千年大计，万年大计。

　　这一说法，也不是我今天的特意强调，而是天天在我们耳边一再重复宣传的话，以至于老知青们今天聚在一起，讲起当年的话语，忆起当年的情形，唱起当年的歌，仍然会气氛热烈，情绪激烈，有说不完的话。

　　说"波澜壮阔"，还因为就是在"知识青年到农村去，接受贫下中农的再教育，很有必要"的指示和召唤之下，1600多万大中城市毕业的知识青年，上山下乡，奔赴农村，奔赴边疆，奔赴草原、渔村、山乡、海岛，在大山深处，在戈壁荒原，在兵团、北大荒和西双版纳，开始了这一代人艰辛、平凡而又非凡的人生。

　　讲完这一段话，我还要作一番解释。首先，我们习惯上讲，中国上山下乡的知识青年，有1700万，我为什么用了1600万这个数字。其实，1700万这个数字，是国务院知青办的权威统计，应该没有错。但是这个统计，是从1955年有知青下乡这件事开始算起的。研究中国知青史的中外专家都知道，从1955年到1966年"文革"初始，十多年的时间里，全国有 100 多万知青下乡，全国人民所熟知的一些知青先行者，都在这个阶段涌现出来，宣传开去。而发展到"文革"期间，特别是 1968 年 12 月 21 日夜间，毛主席的最新最高指示发表，知识青年上山下乡，掀起了一个前所未有的高潮。那个年头，毛主席的话，一句顶一万句；毛主席的指示，理解的要执行，不理解的也要执行，且落实毛主席的最新指示，要"不过夜"。于是乎全国城乡迅疾地行动起来，在随后的 10 年时间里，有 1600 万知青上山下乡。而在此之前，知识青年下乡去，习惯的说法是下乡上山。我最初到贵州下乡插队落户时，发给我们每个知青点集体户的那本小小的刊物，刊名也是《下乡上山》。在大规模的知青下乡形成波澜壮阔之势时，才逐渐规范成"上山下乡"的统一说法。

我还要说明的是，1700 万知青上山下乡的数字，是国务院知青办根据大中城市上山下乡的实际数字统计的，比较准确。但是这个数字仍然是有争议的。

为什么呢？

因为国务院知青办统计的是大中城市上山下乡知青的数字，没有统计千百万回乡知青的数字。回乡知青，也被叫作本乡本土的知青，他们在县城中学读书，或者在县城下面的区、城镇、公社的中学读书，如果没有文化大革命，他们读到初中毕业，照样可以考高中；他们读到高中毕业，照样可以报考全国各地所有的大学，就像今天的情形一样，不会因为他们毕业于区级中学、县级中学不允许他们报考北大、清华、复旦、交大、武大、南大。只要成绩好，名牌大学照样录取他们。但是在上山下乡"一片红"的大形势之下，大中城市的毕业生都要汇入上山下乡的洪流，本乡本土的毕业生理所当然地也要回到自己的乡村里去。他们的回归对政府和国家来说，比较简单，就是回到自己出生的村寨上去，回到父母身边去，那里本来就是他们的家。学校和政府不需要为他们支付安置费，也不需要为他们安排交通，只要对他们说，大学停办了，你们毕业以后回到乡村，也像你们的父母一样参加农业劳动，自食其力。千千万万本乡本土的知青就这样回到了他们生于斯、长于斯的乡村里。他们的名字叫"回乡知青"，也是名副其实的知青。

而大中城市的上山下乡知青，和他们就不一样了。他们要离开从小生活的城市，迁出城市户口，注销粮油关系，而学校、政府、国家还要负责把他们送到农村这一"广阔天地"中去。离开城市去往乡村，要坐火车，要坐长途公共汽车，要坐轮船，像北京、上海、天津、广州、武汉、长沙的知青，有的往北去到"反修前哨"的黑龙江、内蒙古、新疆，有的往南到海南、西双版纳，路途相当遥远，所有知青的交通费用，都由国家和政府负担。而每一个插队到村庄、寨子里去的知青，还要为他们拨付安置费，下乡第一年的粮食和生活补贴。所有这一切必须要核对准确，做出计划和安排，国务院知青办统计离开大中城市上山下乡知青的人数，还是有其依据的。

其实我郑重其事写下的这一切，每一个回乡知青当年都是十分明白的。在我插队落户的公社里，我就经常遇到县中、区中毕业的回乡知青，他们和远方来的贵阳知青、上海知青的关系也都很好。

但是现在他们有想法了，他们说：我们也是知青呀！回乡知青怎么就不能算知青呢？不少人觉得他们的想法有道理。于是乎，关于中国知青总人数的说法，又有了新的版本，有的说是 2000 万，有的说是 2400 万，也有说 3000 万的。

看看，对于我们这些过来人来说，一个十分简单的统计数字，就要结合当年的时代背景、具体政策，费好多笔墨才能讲明白。而知识青年上山下乡运动中，还有多多少少类似的情形啊，诸如兵团知青、国营农场知青、插队知青、病退、顶替、老三届、工农兵大学生，等等等等，对于这些显而易见的字眼，今天的年轻一代，已经看不甚明白了。我就经常会碰到今天的中学生向我提出的种种问题：凭啥你们上山下乡一代人要称"老三届"？比你们早读书的人还多着呢，他们不是比你们更老吗？嗳，你们怎么那样笨，让你们下乡，你们完全可以不去啊，还非要争着去，那是你们活该……

有的问题我还能解答，有的问题我除了苦笑，一时间都无从答起。

从这个意义上来说，武汉大学出版社推出反映知青生活的"黄土地之歌"、"红土地之歌"和"黑土地之歌"系列作品这一大型项目，实在是一件大好事。既利于经历过那一时代的知青们回顾以往，理清脉络；又利于今天的年轻一代，懂得和理解他们的上一代人经历了一段什么样的岁月；还给历史留下了一份真切的记忆。

对于知青来说，无论你当年下放在哪个地方，无论你在乡间待过多长时间，无论你如今是取得了很大业绩还是默默无闻，从那一时期起，我们就有了一个共同的称呼：知青。这是时代给我们留下的抹不去的印记。

历史的巨轮带着我们来到了 2012 年，转眼间，距离那段已逝的岁月已 40 多年了。40 多年啊，遗憾也好，感慨也罢，青春无悔也好，不堪回首也罢，我们已经无能为力了。

我们所拥有的只是我们人生的过程，40 多年里的某年、某月、某一天，或将永久地铭记在我们的心中。

风雨如磐见真情，

岁月蹉跎志犹存。

正如出版者所言：1700 万知青平凡而又非凡的人生，虽谈不上"感天动地"，但也是共和国同时代人的成长史。事是史之体，人是史之魂。1700 万知青的成长史也是新中国历史的一部分，不可遗忘，不可断裂，亟求正确定位，给生者或者死者以安慰，给昨天、今天和明天一个交待。

是为序。

一

1968 年 12 月 22 日，冬至。

火车在路上咣当了将近二十个小时，才到达插队目的地——山西临汾。

下了火车，有好几辆大卡车来接他们。麦雨荷和弟弟麦地，男朋友熊志松以及同班同学房墨兰、黎群利、安泰、依慧慧等人被分到一个叫牛舌的大队。邻居小菊和栗理分到了三十里以外的美源。他们按各自的地点上了卡车，小菊泪眼看着雨荷，雨荷冲她喊："我会去看你们的！"

天气阴沉寒冷。抬头望去，满目的黄：一望无边的黄土地，灰黄色的土坯房和干树枝。

村口站满了黑压压一大片人，像看戏一样观看这些北京学生。男人们清一色的黑棉袄裤，腰间扎一条麻绳。年纪大一些的头上都包着洗不出白来的白羊肚手

巾，年轻的个个用一条花格洋布围脖，像女人一样包着头，护住耳
朵，脑袋上再戴一顶或蓝或黑色的单帽，样子好奇怪。女人们则是花
花绿绿的袄裤，花花绿绿的方头巾，连鞋都是花的。无论男女，人人
咧着一嘴碎玉米粒般的黄牙。孩子们流着鼻涕，黑黢黢的手里拿着雪
一样白的馒头啃吃，馒头的中间夹着通红的油泼辣子。

老乡们随着高音喇叭里"大海航行靠舵手"的伴奏，簇拥着三
十几个学生，在大队干部的带领下，进了小学校。

院子挺大，院墙上刷着司空见惯的大标语，一排教室的窗户上，
糊着崭新的白纸。看样子，炕也是新盘的，冒着凉气。一间屋，半间
炕，没有任何家具。

住房自愿组合，麦雨荷跟房墨兰、黎群利等几个同班女生住在了
一间屋里。麦地、熊志松跟另几个男生合住。

大家把行李分别打开，铺好。麦雨荷的左边是黎群利，右边是房
墨兰。她们腾出了几个木箱子搭了两张"桌子"，一张吃饭，另一张
放脸盆、牙缸子等，还在屋里拴了根绳子搭毛巾。

这就是她们的家。

不一会儿开饭了。伙房在东边，一人发两个馒头，一碗大烩菜。
白菜、豆腐、胡萝卜、海带等烩在一起，味道还凑合。馒头的味道很
怪，虽然特白，但不知怎么的，又酸又辣，那种辣不像辣椒，而是麻
辣，也不是花椒那种麻，搞不懂是何种蒸制技术。

饭后不久，大队长来召集大家到伙房开会。他说北京娃来得太突
然，只好在小学校里赶着盘上炕，还没干，让他们会后到场上抱些柴
禾烧一烧。村里娃们正在放寒假，等过了年再给大伙分到各个生产队
去。现在吃饭由大队解决，以后到了生产队自己做。

　　大队长是个矬子，腰板挺得特直，梗着脖子说话，很严肃。会很快就开完了。

　　男生懒，炕没烧就那么湿着睡了。大冬天的，虽然有"傻小子睡凉炕，全凭火力壮"一说，可也架不住腊月里整天睡湿凉炕。没几日，他们的褥子都湿得恨不得能拧出水来，赶快拿到院子里去晒。一边晒，一边骂骂咧咧去质问大队：国家给每个知青那270块钱安家费都哪儿去了，三十几个人一共八千多块钱呐，盖十五间房子绰绰有余，还够打木板床的，就不用睡这湿凉炕了。大队革委会主任一听钱的问题，避而不见，打发会计对付这帮北京学生，自个儿溜了。会计让这帮学生给问得理屈词穷，就说："你们得听大队的安排，叫你们干啥就得干啥，不了着（要不然）过年大队不给你们炸麻花吃！"气得那几个男生骂："谁稀罕你们的破麻花！"

　　大队这下可发了。

　　知青们气得坐在炕上一个个发呆。麦雨荷拿起小提琴，拉起了萨拉萨蒂的《吉卜赛之歌》。她的演奏水平根本拉不了《吉卜赛之歌》这么高难度的曲子，拉得严重跑调，她只得疯狂地发泄了一气。接着，她又拉马思聪的《思乡曲》，两行热泪顺颊而下！不知是谁，轻轻抽泣，接着，屋里和着麦雨荷的琴，一片呜呜声……

　　农闲的时候没什么活干，男人们只在晌午时抬些准备垫圈的土，女人们大部分时间猫在屋里做针线。

　　麦雨荷她们在屋里看书、唱歌、打扑克，倒也逍遥。十几天过去了，来看稀罕的老乡们依然络绎不绝，有男有女，推门就进。

　　麦雨荷坐在热炕上，身子靠着墙，全神贯注地捧着一本果戈理的《塔拉斯·布尔巴》在看。洋红色的元宝针厚毛衣，衬着她的红嘴唇和粉红的脸蛋儿。一个三十多岁的壮汉，倚着门框，张着嘴，直勾勾地盯着麦雨荷。雨荷只顾看书，根本不知道。墨兰冲那人说："嘿，下巴掉啦。"那人下意识地摸了一下自己的下巴，女孩子们开心大笑，来看热闹的老乡们不明白姑娘们笑什么。

大队长扒拉开人群，把他们攥出去，坐在炕沿上对雨荷说："喔熊（那个笨蛋的意思，他这里具体指熊志松）是个小白脸，配不上你着哩，不如我给你寻上一户上好的后生……"

麦雨荷没想到队长当众给她做媒，又羞又恼，说："我们是来接受贫下中农再教育的，不是来找婆家的！你身为大队长，从来不组织我们学习毛主席著作，也不让贫下中农给我们作忆苦思甜报告，对我们进行思想改造，反而来当媒人，你什么思想觉悟！"

大队长被这一顿劈头盖脸的数落整得哑口无言。麦地进来了，问："怎么了？"

大队长悻悻地走了。

晚上吹了灯，房墨兰说："喔熊还真是个小白脸，抬了点土就哼哼咳咳的，一天到晚换衣服，这又不是在北京，讨厌！以后不许你给他洗衣服。"

"唉，他为了我从北京到这儿来……"麦雨荷的话没说完，就被打断了。

"那你也没义务侍候他！"安泰说。

其他人也随声附和：

"是呀，吃东西时净抢好的往自己嘴里塞，什么人呐！"

"会拉几下小提琴就不知道自己是谁了，有什么了不起的！其实你比他拉得强多了，他狂什么狂！"

不知是熊志松还是麦雨荷犯了众怒，使得姑娘们集体打抱不平，异口同声地斥责雨荷太可惜了，选了这么差的一个人。

雨荷一直听着，没说话。房墨兰忽然翻起身，两肘挂着枕头，歪过头来对雨荷说：

"嘿，我给司徒政写封信吧，问问他对你到底是怎么回事，要是真有意思的话，干脆让他转插到咱们这儿来，也省得在东北受那份洋罪了，好不好？"

"得了，还是给你自己留着吧，我可要不起他。"雨荷答道。

"你这个人，放着好的不要，非要赖的，有病！"房墨兰恨铁不成钢。

"谁说他是好人？你忘了，工作组整他的时候，他在大会上作检讨，说他的一切行为都是你在背后指使他干的！不管他多有才，这么一干，全完！人品不好。"依慧慧说。

这件事麦雨荷头一次听说，大吃一惊。她躺在炕上后背直发麻，心想这不是出卖良心嘛，他怎么能干出这种事来！他到底是个怎样的人？

"唉，那会儿还都是孩子呢，谁见了那阵势不害怕？据说他让工作组整的，差点儿跳楼！他父母也差点被整死。不然他也不至于仓皇逃窜到北大荒去！不管怎么说，他比小白脸强多了。"房墨兰说。

"那倒是。"几个人又异口同声地说。

有人轻轻打起了鼾，麦雨荷的心很乱。

司徒政是学校的风云人物，班里的大才子，写得一手漂亮文章，还会弹钢琴会谱曲。六十年代初，他父母调到了西安工作，他一个人在北京住校,星期天常到麦雨荷家去改善伙食。

房墨兰真给司徒政写了一封信,司徒政回信说:

"雨荷是咱们公认的最好的姑娘,她是那么的善良,纯洁,活泼可爱!她在我的心中是那么圣洁,使得我连对她有'非分之想'都觉得是一种亵渎。后来等我决心向她表白时,她身边已经有了一个人。想不到她会遇到这样的人!我好后悔!悔之晚矣!"

"我们这里太苦太累了,在难以想象的苦难中,我在收到你信的前几天,刚刚接受了初二一班的廉莲……"

麦雨荷拿着司徒政给房墨兰的信看了又看,跑到田野里,在田梗上独行。从看见司徒政的第一眼起,往事一桩桩一件件涌上了麦雨荷的心头:他邱岳峰似的嗓音、谱写《马赛曲》的二声部、大谈各种"司机"(别林斯基,捷尔任斯基,车尔尼雪夫斯基)、抓她的手臂教她唱歌,尤其那次她从窗台上跳下来,与他无意间的身体触碰……要是没有"文化大革命"该有多好!他就不会说威尔第、普契尼、帕格尼尼都是黑帮了,他更不可能带着红卫兵去折磨校长丁书香!他的种种在她看来过激的言行,是那么堂皇,她害怕,她拒绝,她退缩。如果没有"文化大革命",他们会上同一所大学,甚至会志同道合奋斗一生……哎,想这些还有什么用?如今二人天各一方,各自都有了对象,一切都晚了!泪水打湿了麦雨荷的面颊,随着寒风飘去。

房墨兰在麦雨荷身后十几米外默默地跟着。

麦雨荷跟司徒政的关系一直很好。但在那个时代,即使已然到了年龄,却一直拿着这种感情当作真正的友谊。那种亲密是不分性别的!直到与他无意中的身体碰撞,才使麦雨荷萌动了对他的异样感觉。假使没有"文化大革命"的发生,她从何处去发觉他还有折磨校长丁书香的那一面呢?这是他人格上的缺憾,还是他想在麦雨荷面前故意表现而适得其反?抑或是在革命大潮来临之际,一个热血青年的正常之举?也许这三方面的因素都兼而有之,麦雨荷怎可能分辨清楚!如今,种种顾虑在把他与小白脸正面相比之后,已不算什么了。两人之间模糊不清的感情,由司徒政明确地说出来,而他们又不能相爱的现实,使得麦雨荷感到从未有过的悲伤。

与小白脸虽然门当户对,且他无甚恶行,但他的整体素质无法与司徒政同日而语。可他毕竟放弃了留在北京的机会,随她到乡下来受苦,这种决定是重大的,尤其对于一个娇生惯养的大少爷来说!

麦雨荷还有别的选择吗?

过了正月十五,真的分队了。房墨兰和黎群利留在了牛舌,麦雨荷、麦地和熊志松被分到了十队。十队离牛舌仅五里地,是一个只有二十几户人家的小村庄,叫和合。安泰和依慧慧则到了八里外的宏仕。

大队长说和合村的村民大部分是祖上从河南逃荒来的,对外来人格外好。

一同分到十队的还有两个男生,一个叫胡达,另一个叫孙要武。估计这个名字也是"文革"中改的。

大队长派了一挂马车,送这五个人到和合。

村子里很安静,劳力们都到地里干活去了,只留下小娃娃、老汉、老婆婆们站在巷里参观北京娃。马车停在了巷尾一门口,从里面迎出个汉子,高个儿,长脸,大眼睛。大队长介绍说这是十队队长,姓马。马队长十分殷勤地把学生娃们带进了院子。大队长交代完，就乘上马车走了。

院子相当大，后园子比牛舌小学校还大，往里头望去，很深。整个宅院分前、中、后三个部分。前院迎着大门是个大破鸡窝，倚在灶房的山墙外，灶房对面是两间大北房。中院是茅坑和菜窖。队长说两个男娃住一屋，正好四个人住两间，让自己决定谁跟谁住。麦地拎着行李进了头一间，熊志松犹豫了一下，看了麦雨荷一眼，跟了进去。胡达和孙要武相继进了第二间。雨荷正琢磨自己住哪儿，马队长说对门那户人家有空屋，男人在县城当"公家人"，不常回屋，女人带着两个娃过活，很方便。

那女人早已跟进了院子，听见马队长说到她，马上过来夺麦雨荷手里的行李，说："我娃叫九福，巷里人都喊我九福妈，你也物么（这么）着喊吧。"九福妈的脸很大，说话的声音也大，像个喇叭，震得麦雨荷的耳朵直嗡嗡。

麦雨荷跟着九福妈朝她家走去，只见门楼顶上有精美的花鸟石刻，厚重的门板上方有一对铜质的门钹，两侧的门墩儿上各坐着一个小女娃。这个院子小多了，但很精致。九福妈带着娃们住在北屋上房，雨荷住西厢房。这屋是牛舌那屋的两倍，炕也正规，还有两个巨大的老柜。

九福儿子十五了，随他爹在县城里读中学，底下两个小女娃在家。九福妈的嗓门虽然大，幸亏不太爱说话。两个娃也老实，院子里总是静静的，这让麦雨荷非常满意。

不可思议的是，这村子里没有阶级斗争，没有高音喇叭，也没有大标语，更没有打砸抢的迹象，简直就是一处世外桃源。麦雨荷心中窃喜。

队长说北京娃栖惶，家物么远，就派了一个五十多岁的老汉给学生娃做饭，工分由队里出，让他们下了工吃现成饭。可老汉做的饭实在太难吃了，炖鸡里放南瓜和醋，可惜了那只鸡。馍馍不放碱，面发了以后直接上屉蒸，虽说当地人也都是这么个蒸法，但面没发这么大，越发酸麻辣，难以下咽。后来五个人一商量，决定收了工自己做。男生管挑水、劈柴、和面，麦雨荷负责蒸馍、炒菜。和面是个力气活，因为量大，酵活子（面肥）就有北京人蒸一次馒头那么大，再加上十倍的面和在一处，待面刚一发起就蒸，不放碱。老乡说物么着蒸哈（下）的馍馍不爱坏，伏天里也能放上几天，还有营养。初尝，吃不惯，觉得还是不如放碱的香，后来摸准了火候，微酸，就吃上了口。

本来这点活不算什么，几个人要是齐心协力，一会儿就能干完。可胡达总是逮机会偷懒；小白脸的事特多，一会儿咸了，一会儿淡了的；孙要武总是帮倒忙。最让麦雨荷头疼的是烧灶火，头一回她就把头发和眉毛给燎了，气得她直掉眼泪。胡达还笑，麦地急了，眼睛盯着他说："活腻歪了你！"俩人差一点没打起来。

后来队长婆娘手把手教麦雨荷：右手怎么拉风箱，左手怎么往里添柴；拉风箱时，千万不能低头看火，也不能离灶洞太近……每当此时，麦雨荷就特想家里那个煤气灶，用火柴一点，蓝旺旺的火苗，呼呼的！

队里发给学生娃们一些锄头、铁锨、镰刀之类的工具。他们扛着锄头随老乡们一起锄地。

人群中有一个漂亮姑娘，引起了麦雨荷的注意。她高高的个儿，瓜子脸，大眼睛很有灵气，皮肤白里透红，一头乌黑浓密的秀发。没想到这地方能出这样的美人！麦雨荷盯住她看，她脸红了，一笑，露出了一嘴黄板牙，使人顿觉大煞风景。后来知道她叫素女，是马队长的女儿。

不知道为什么，上了点年纪的人个个都直着腰板干活，整个身子不自然地挺着，也不会扭头，必要的话，连身子一齐转过来。后来才知道，这里的水含氟量很高，上了点年纪的人几乎都患有氟骨病，尤其是男人。

小白脸担心自己也会得上这种病，马队长说："放心吧，你的骨架已经长成啦。"

不知省里哪一个熊人下令，让深翻土地。高头大马拉着犁先犁一趟，人再顺着犁过的地沟儿用铁锹深挖一遍，说这是农业学大寨。分给麦雨荷的那一段地，她刚挖了一半，犁又过来了，她被整得狼狈不堪。旁边一个麻脸的男人，绷着脸帮她挖。这人特不爱说话，也从来不笑。他叫二海，有三个女娃，是村里最穷的一户，因为他的女人近似侏儒，四肢短小，头大，不成比例。一般她不出工，屋里的活计已经够她吃力的了。麦雨荷把家里寄来的花生蘸和果丹皮给二海娃们送去一些，以示对二海的感谢。

二海女人蓬头垢面，衣衫褴褛，正揽着她的娃们倚坐在屋门外的墙根儿底下晒着太阳捉虱子，房屋的门窗破败不堪。她们见了麦雨荷手里的东西，立起身，抓抢起来。

谁知她们吃了以后，满村里讲说对糖果的感受，害得麦雨荷只好把剩下的糖果全部送给了房主九福妈。这惹来了熊志松的一大顿埋怨，他借题发挥，摔摔打打，说每日里吃猪食，就这么点解馋的东西还都给了别人。直到麦地把手里的大粗碗照着门板砍得粉碎，他才住了口。

几天深翻土地下来，知青们已累散了架。轮到熊志松挑水了，他懒洋洋地从炕上爬起来，走进灶房，问麦雨荷能不能凑合，雨荷为难地冲他摇摇头。他拿起水舀子舀水缸底，发出"夸夸"的声响。麦雨荷在衣服上擦擦手，拎起扁担和水桶，替他挑水去。刚走出灶房，被麦地夺了过去，麦雨荷的心里七上八下的。

做饭老汉磨下的面没有了，麦雨荷打开另一个粮食口袋，见里面全是麦粒，傻了眼，就去问九福妈怎么办。九福妈让她把麦子倒在一个大筐箩里，先把麦子里的沙子捡出来，然后再用湿抹布擦，抹布擦脏了，用清水酨一酨，再擦，反复几遍，晾干了，就可以到磨房去磨面了。这叫"粘麦"。

麦雨荷照着九福妈教的办法粘完了麦，归回到口袋里，让胡达扛上到磨房去磨面。胡达说："你怎么不叫熊志松去呀！"麦雨荷瞪着眼睛看了他几秒钟，欲言又止，抬起脚奔了马队长家。反正弟弟到公社开会去了，有会议饭。熊志松也饿不着，有藕粉和点心吃。

麦雨荷把一条奶奶自制的广东腊肉放在队长家的案板上，说："今黑夜我在你这搭（这里）吃。"

队长把烟袋往地上一磕，说："好着哩。"

队长婆娘拎起那条腊肉问："喔嗦哩（这是什么）？"

"你尝一下就知道了。"麦雨荷边说边打开馏馍的笼屉盖，迎着蒸气把腊肉扔了进去。

腊肉蒸熟了以后，她把肉切成薄片，放在盘子里，得意地说：

"吃吧，美着哩!"谁知他们一个个龇牙咧嘴说："哎呀呀，嗦气气（什么味儿），又寒（咸）又甜的!"最小的男娃一口吐在了地下。麦雨荷心痛地说："呀，太可惜了!"队长婆娘举起筷子，给了那小男娃脑袋一下子。

麦雨荷从队长家出来，直接回了九福家自己的屋里，没洗就睡了。

这会儿她特别想家。

第二天早上，她正思谋着吃什么，一出九福家的大门，听见对面院子里有大扫帚扫地的声音。"嗬，太阳打西边出来了!"她紧走了几步，推开半闭着的院门，见队长正抡着大扫帚，"刷刷"地给他们扫院子呢。那几个男生有手拿簸箕等着搓的，有在灶房里做早饭的。队长说："娃们离开家，这搭就是你们的家，要互相帮助，不能闹架。"

馍是队长带来的，还拿了几个鸡蛋，他们给炒了，还有一点剩咸菜，早饭齐了。麦雨荷留队长和他们一起吃，他没客气，捡了一个破麦秸墩儿，坐下了。那几个男生都惜惜的。

队长边吃边问他们在北京是不是红卫兵，问红卫兵都闹嗦哩。在座的几位，除了孙要武是革军子弟外，其余的均无此殊荣。孙要武是个有名无实的红卫兵，他一点都不革命，麦雨荷为此庆幸不已。

麦雨荷朝队长摇摇头，说自己没资格加入，那几位也如是说。队长说："好着哩，不是就好。娃们不懂事，让人家当枪使唤，折腾了半天，把自己给折腾到乡下来了吧!"麦雨荷的心里一紧，他怎么当着这么多人说这话!想要制止他，又怕起反作用，赶紧察看那几个人的反应。还好，他们都面无表情地闷头儿吃。"离咱这搭不到十里地的土峪，北京学生来了就闹革命，抓阶级斗争，斗了一个老婆婆，说喔老婆儿是地主成分，不哈（下）地干活，有剥削阶级思想。实际上喔老婆婆是个哈中农五保户，真真地胡毬闹！我跟人家说，咱村的北京学生都是好娃。"

队长一个劲儿地自顾说个没完，直到外面有人喊他才止住。

在地里歇息的时候，麦雨荷走到队长和几个老汉身边坐下说：

"队长，你以后别当着人说那些跟政治有关系的话，人心隔肚皮。"

"能行。"队长说。

"毬，喔可怕嗦（哪有那么可怕）。"那几个老汉不以为然地说，每人手里握着一杆烟袋。

"你们这儿没搞过文化大革命？"麦雨荷问。

"毬，弄喔揍嗦（弄那个干什么）？傻子才弄喔，老百姓只管穿衣吃饭，甭跟着瞎哄哄，喔都是朝廷里面争权夺势哩，有咱哩嗦事！"

"嘘，小点声，你们疯了，瞎说什么！"麦雨荷虽然吓得压低了声音这么说，却也在心里叹服老百姓的论调竟然跟奶奶的老师鹿先生的思想惊人地相似。

"你们才疯哩，憨憨。你们的学问都就着饭吃啦，左（怎么）就瞅不出来，林彪喔枣核儿脸是个大奸臣，江青是妖精？"

麦雨荷吓得忽地站起身，说：

"你们就胡说吧，这要是在北京，非把你们给枪毙了不可。"

"咱这搭不怕，天高皇帝远。唉，老百姓看得真真的呀，周总理是个忠臣啊，可他斗不哈人家。六十年一个甲子，不信你就瞅着，到了丙辰年，准有好戏看呦！"

"什么是丙辰年？"麦雨荷问。

几个老汉听了麦雨荷的问话奇异地看看她，说：

"喔你不是念过书吗，左（怎么）不知道丙辰年是嘛？"

麦雨荷被他们说得不好意思了，队长解围般地站起来说：

"起身，干活。"

后晌下了工，麦雨荷不愿意回知青院去，跑上五里路，到牛舌去找房墨兰和黎群利。

一进她们屋，见房墨兰正捧着一本《二十四节气》在看，她见雨荷来了特高兴，忙放下书，招呼雨荷上炕。麦雨荷上了炕，拿起那本书翻了翻，想起老乡说的话，便问墨兰知不知道什么是丙辰年及六十年一个甲子。墨兰不知所云地摇摇头，雨荷说："坏了坏了，最有学问的都不懂，咱们还真不能算是知识青年。"她俩听得莫名其妙。黎群利给雨荷削了一个梨，说这是最后一个了。雨荷用小刀切下来两块，喂到她们嘴里一人一块，然后才吃起来，连梨核儿都嚼了。墨兰吹起了口琴，雨荷跟黎群利唱索洛维约夫的《海港之夜》：

> 唱吧，朋友们，明天要航行，航行在那夜雾中，
> 快乐地歌唱吧，亲爱的老船长，让我们一起来歌唱。
> 再见吧，可爱的城市，我们明天就要远航，
> 当天刚发亮，在那船尾上，只见蓝头巾在飘扬。
> 再见吧，可爱的城市，明天将航行在海上，
> 当天刚发亮，在那船尾上，只见蓝头巾在飘扬。

歌声把她们自己都感动了，墨兰扔了口琴，和她俩一起高歌《重归苏莲托》：

> 看那海浪轻轻荡漾，心中激起无穷的幻想，
>
> 美丽景色使人陶醉，仿佛沉入梦乡，
>
> 看这果园一片金黄，山坡长满了蜜柑，
>
> 传来阵阵的芳香，到处充满温暖，
>
> 可是你对我说再见，从此抛弃你的爱人，
>
> 离开你这可爱的家乡，永远留在远方。
>
> 请别抛弃我，不要再使我悲伤，
>
> 重归苏莲托，回到我身旁！

唱到最高处，她俩声嘶力竭地喊，抱怨雨荷又起高了，说以后唱歌不能让她起调儿。雨荷说高了才过瘾呢，她们说她是疯子，三个人滚在炕上哈哈大笑。好久没有这么开心了！邻屋的在敲墙，她们假装没听见。

一个外校的女生推门进来，不客气地问唱什么呢。麦雨荷说，《重归苏莲托》，还没等那女生发难，黎群利说："这是江青同志在怀仁堂点名要听的歌。"那女生没词儿，临出门时说："小声点儿。"

三个人躺在炕上半天没说话，都想起了学校的新年晚会。

她俩送雨荷出来时，雨荷问黎群利刚才是不是瞎编的，她说是真的，还说也不知道江青年轻的时候让哪个大胆的小子抛弃过。雨荷突然想起老乡在地头上说"江青是妖精"的话，想告诉她俩，话在嘴

边滚了又滚,终于咽了回去。

她俩转身回去的那一瞬,麦雨荷真想跟着她们再回去。

庄稼地里虫儿的吟哦,伴着麦雨荷的踽踽独行。她仰望星空,脚步越来越沉重,孤独裹紧了她的心。

熊志松在村口焦急地等着麦雨荷,刚一见到她的身影,就扑过来说:

"你上哪儿去了,这么晚才回来?急死我了!"他抓住了她的双肩。

麦雨荷的心里感到了一股热流,问:

"麦地回来了吗?"

"没有。你上哪去了?"他又追问。

"上牛舌了。"

"上那儿干吗去了?这么晚才回来,多危险呀!"

被人关切让麦雨荷的心暖烘烘的,后悔走前没告诉他一下。不过要是告诉了他,他不会同意,要不就跟她一起去了。

两人往巷里走去,没走几步,熊志松站住了,把麦雨荷抱在了怀里。麦雨荷怕让别人看见,推开了他。他嘟嘟囔囔说很久没有亲热了,麦雨荷把他带到了九福家。

九福妈还没睡,披着衣服出来开门,看见麦雨荷身后的小白脸,打着哈欠说要不是给她等门,早就伏(睡)哈了。麦雨荷歉意地让九福妈赶快去睡,说熊志松走后,她会把门闩好。九福妈瞥了一眼小白脸,用手拍着嘴打哈欠,回屋去了。

屋里黑咕隆咚的,麦雨荷摸到火柴,点着了小油灯,熊志松从背后箍她的身子，拥到了炕上。

"胡达就要转插到安徽老家去了。"熊志松枕在雨荷的臂窝里说。

"是吗，当初怎么没一开始就办投亲靠友呢？"雨荷问。

"不知道。哎，你发没发现孙要武有点儿不对劲？"

"发现了。他干活特过激，把柴禾劈得特细，不禁烧，还把我切好的葱花剁成碎末，拦都拦不住，面也和得跟石头那么硬，让我费那么大劲儿揉馒头。"麦雨荷说。

"他经常发呆，我还看见过他自己跟自己笑。"

"这可怎么好，他才十六岁！"雨荷叹惜道。

"老在这种地方待下去，不疯才怪呢！"

"那你当初就不应该来！"麦雨荷的口气有点生硬。

"还不都是为了你！"

麦雨荷一时词穷。熊志松见雨荷不说话了，说：

"我不后悔，你那么美，全和平里你最漂亮，最有风度，一股特殊的帅劲儿！"

麦雨荷让他说得飘飘然。熊志松翻过身来亲她的嘴唇，脖子。他还要往下亲，雨荷用手揪紧了衣扣，推开他。他央告说："让我看看！"雨荷霍地坐起身来，坚决地说："不行！"他不死心，仍喋喋不休："让我看看吧，就看一眼！"雨荷不耐烦了，下了炕，站在了地上。熊志松也下了地，不多时，他说："你看！"雨荷回过头一看，他把裤子脱了，露出了黑黢黢的一嘟噜东西。雨荷吓得一声惊呼，捂住了脸，身子发软，脑子不会转了。熊志松说："来吧，我都硬了！"雨荷又是一声尖叫，九福妈在上屋厉声喊："搂嗉哩！"熊志松无奈，愤愤地穿上了裤子，怏怏不乐地走了。

麦雨荷的两条腿不听使唤，半天才出去闩大门。

麦雨荷躺在炕上心慌意乱，刚才小油灯的光线太暗，她并没有看清楚他那一大嘟噜东西，隐隐约约的，但足够惊心动魄！她突然产生了一种再看看的渴望，然而巨大的罪恶感迅速压了上来，"万恶淫为首"，奶奶的声音在她耳边轰然而起。

忽然，麦雨荷想起了司徒政，在他的心目中她是那么的纯洁，她不禁羞愧难当。

她在炕上辗转反侧了许久才睡着。

孙要武真的疯了，导致他精神失常的原因不明。后来被大队派人送回北京，听说直接送到了安定医院。

对于孙要武的离去，不知道胡达是否感到些许自责。他俩住一屋，他常欺负人家，为这，麦地曾几次为孙要武拔过份儿。

其实麦雨荷也净呲瞪孙要武。没办法，他老在厨房里给她帮倒忙。但她给他补过衣服，还往他碗里夹好吃的菜，这使得麦雨荷的心中稍微感到一些安慰。

不久，胡达也走了。这是麦雨荷最盼望的事，因为他走了以后，麦地可以搬他那屋去，和熊志松分开住。麦地最恨的不是胡达，而是小白脸，这一点，麦雨荷看得非常清楚。

自从那件事以后，熊志松似乎恼羞成怒，一天到晚绷着个脸走出走进。他的衣服换得更勤了，几乎天天都换，活计重一点就唉声叹气。麦雨荷下了工做完饭，还得洗成山的衣服。以前麦地只是从衣服堆里挑出他的脏衣物，自己洗。后来他看不下去了，愣从小板凳上把姐姐拽了起来，不许她洗。那盆脏衣服泡了好几天，都快臭了，熊志松才极不情愿地自己胡乱揉揉。

　　地头儿上几个不懂事的小女娃告诉雨荷，九福的爷爷奶奶都死在她睡的那个炕上。她吓得一声尖叫，蹦了起来，跑到队长跟前去核实。队长沉默了片刻，承认了。雨荷又哭又喊，女人们都围拢过来，七嘴八舌地劝，说物么大岁数不叫死，叫老，还说能伏在这样的炕上有福哩，长寿哩。雨荷用手堵着两耳，跺着双脚说："不听，就不听！"等她稍微平静了些，队长说："别的人家里都有男人，不方便着哩，不了着还让你弟跟志松住一屋，你搬他那屋去？"雨荷使劲地摇头，眼泪哗哗地往下流，抽泣着说："我要素女给我作伴。"

　　素女虚岁十八了，已经说好了婆家，就在和合村西边二里地的屯留。

　　吃完后晌饭，收拾完了，雨荷去找素女。素女黑夜还有好些活要做，纳鞋底，纺棉花，织布，不能马上跟她走。她就坐在炕上看素女做活。队长婆娘让雨荷也学着做，她实在没兴趣，困得直打哈欠。队长蹲在地下，用火镰嗒嗒嗒地打火儿，火星引燃了焦黄的蒲绒捻儿，他用手指迅速按在烟袋锅儿里的烟丝上，猛抽几口，吐出蓝色的烟雾。烟袋锅儿太小，抽不上几口，烟丝就尽了，他把烟锅儿往地下磕一磕，捅进拴在烟袋杆上的小布袋里，重新装上一锅儿，再点，小布袋在烟袋杆上荡荡悠悠。雨荷看着他反复这么一个动作，问他为嗦不用火柴，他吐出嘴里的烟雾，说："物么着有味道。"

　　雨荷闲得慌，夺过素女手中的棉花捻子，按在锭尖上，手里胡乱转动着纺车轮子，拉出的线惨不忍睹。她一边纺，一边笑，白糟蹋了人家许多棉花。男娃们笑话她说还不胜他们纺的线呢。

　　素女跟着雨荷往九福家走去，巷里墨黑，伸手不见五指。几乎经过每一家的门口，都有狗在门里面朝她们狂吠。素女就冲它们"雏"地叫嚷一声，狗们立刻停止了叫唤。

　　九福妈把门从里面闩上了，她们又拍又叫了好一会儿，她才来开门，说：

　　"我当是你不来我这搭伏了呢。"

　　"谁说，左不？连我都要来你这搭伏一伏哩！"素女瞪起了马眼说。

　　进了屋，雨荷看着躺了好几个月的炕，心里瘆得慌，迟迟疑疑不敢上去。素女纵身跳上炕，伸手拉她，说，"喔可怕嗦哩，喔老俩可好。"

　　两个女子并排躺下，吹灭了油灯。雨荷问素女婆家的情况，还问她见没见过她姐夫（当地人管自己的丈夫叫姐夫，管姐姐的丈夫叫假夫），素女娇嗔地掐了雨荷一把，两个人叽叽嘎嘎地笑起来。她说她姐夫的面子（面容）不好，眼窝可小。雨荷说那岂不是配不上你这个大美人。素女说："没有小白脸物么不配你，人家思想可好，劳动也好。"说完，俩人都觉得挺尴尬的，没再说话。不久，雨荷听见她呼呼地睡过去了。"她的嘴真够臭的，明天我要让她刷牙，不了着往后怎么让她姐夫亲呀！这儿的人为什么管自己的男人叫姐夫？奇怪！也许是由'妾身的夫君'演变而来，妾夫，妾夫的，叫走音了，变成姐夫了吧？不知道，不然怎么解释？"雨荷这么想着，翻了个身，也睡着了。

　　第二天早上，雨荷找出一把新牙刷，挤上牙膏，递到素女手上，她高低不接，害羞地笑着说："乡下人，刷嗦牙，假故宁（装蒜）！"

雨荷强塞给她，说乡下人也要讲究卫生。素女在院子里跑，雨荷在后面撵，九福妈和两个娃站在院子里看笑话。

素女在雨荷炕上睡了没几天，就招了雨荷一身的虱子。本来她已然被跳蚤咬得体无完肤了，但跳蚤咬得虽痒，没有虱子那么丑陋不堪，膈应人。雨荷一直没能体会“虱子多了不咬”这句俗语。

地总算犁毕了，乡亲们都松了一口气。雨荷问老乡，深翻土地是不是真的能多打粮食。他们说：“毬，不见其（不见得），深翻以后下了种，不好好侍弄也白搭，人勤俭，左哩都能多收成。”

清明已过，该做稳春播前的一切准备，赶谷雨前要种下去。人们每日里忙完队上的活，还要抓空把自家那二分自留地种上，不了着年下吃菜成问题。

女人们扎在麦场上选种儿，手里忙活着，嘴里更不闲着，张家长，李家短，叽叽喳喳像一群麻雀。好容易收工了，她们的嘴还不停。走进巷口，老远的看见小白脸歪歪斜斜地挑着一担水过来了，他每迈一步，水就往外洒一些。大姑娘小媳妇们放肆地讥笑他，说他真真的不扯曳（不着调，不晓事理，二百五的意思），挨嗦都没名堂，还不胜十四五岁的小女娃。小白脸顾不上反击，两只手紧紧抓住扁担下的链索，想让水尽量少洒出一些。

这时，麦地扛着粪叉子和几个壮劳力从槽头蹓蹓跶跶地过来了。他们这是刚起完圈。见状，也都笑话小白脸。麦地本来很悠闲，这时脸马上阴了下来。一个叫宝子的后生大声对麦地说：“还不快着帮帮你假夫。”雨荷听罢，心咯噔一下，想：“要坏事！”只见麦地的脸变得煞白，目光一下子凶狠起来，抡起粪叉子，照着宝子的脑袋掼过去。一个壮汉手疾眼快，一把抓住了叉子，不然宝子的脑袋准开花。人们立时收住了脚步，全都不言传了。麦地松开叉子，抡圆了巴掌给了宝子一记脆响的耳刮子。宝子的左面颊鼓起了几条红棱子，他用手捂着脸，眼圈红了。麦地甩手大步流星地出了村子。众人纷纷责骂宝子，说他嘴贱，欺负老实人。宝子委屈地哭道："我跟他耍笑哩！"

雨荷没去追麦地，也没回知青院子，而是回到九福家，插上了自己的屋门。那天晚上她饭也没吃，坐在炕上发愁。

熊志松来叫她，她求他让她一个人静一静，他在门外暴跳如雷，说自己背井离乡来吃苦受累，不是为受他们姐弟俩的气的，他还抱怨了这许多穷乡僻壤及老乡们的种种不是。雨荷在炕上不停地抹眼泪，一句话都不反驳，悔不该把他带到这儿来。

素女来叫门，她也不开，说自己能行，让素女回去。她想："活人的事比死人的事多。"

打那儿起，麦地没再跟熊志松说过一句话，也不拿正眼看他。知青的院子里，让人喘不过气来。

麦收了。知青们手拿着镰刀，不知道怎么使唤，几根儿几根儿地往下割，留下的麦茬子有半尺多高，让老乡们好个笑话。大伙教他们左脚向前迈半步，斜着身子，弯下腰，用左手搂住一大把熟透了的麦子，右手用镰刀压着麦子根部用力一拉，麦子就下来了，割下的麦子往地下横着放，堆成一座小山后，再换个地方堆。

熊志松仍然几根儿几根儿地割，也不顾老乡们的讥讽，远远地落在别人后面。雨荷姐弟俩很快就学会了，但水平只赶得上颤颤巍巍的老婆婆。队长让他们不要着急，熟能生巧，过两天就好了。

休息时别人都坐在田埂上，只有熊志松坐在麦子堆上，他没割到头儿。他沉着脸，摆弄着手上的泡，自怨自艾地叹息着：手粗得没法拉琴了。

收了工，麦地帮着雨荷做饭。做得了，雨荷喊熊志松来吃，喊了好几次，他才懒洋洋地从炕上爬起来，嘴里不停地唉声叹气，喊累。麦地听不下去，舀了一大碗米汤，又往馍里夹了点菜，端到他屋里吃去了。雨荷找了个盘子，盛了些菜，又放上两个馍，给他送到了屋里。后来他们一直分成两下子吃饭。

麦收之后有几天短暂的喘息时间，三个人到美源约上小菊和栗理回北京。

栗理要到永济串亲戚，其余的人也一同去了永济，没事干，只好逛"普救寺"。

寺庙虽然未被完全损毁，但因年久失修，长年没有香火，甚是萧条。他们几个在庙里瞎转悠，佛龛上布满了灰尘，香案前的蒲团又脏又破，不堪入目。雨荷仰视佛像，那张面孔是那么的慈悲和庄严。她的心中不由得掠过一阵阵悲凉和委曲，仿佛在外面折腾够了，终于回到家了一样。她强忍着泪水，不让它们掉下来，免得被同伴们取笑。

麦地在火车上很愉悦，一路上跟栗理他们打扑克、猜谜语。熊志松却始终无精打采的。

下了火车，五个人乘104无轨，直接到家。

北京没什么变化，只是高音喇叭声似乎没那么无处不在了。

奶奶趴在孙女的脸上看，心疼地说："黑了。"她说熊太太（熊志松的奶奶）对她冷冷的，基本不来往了，问熊志松和他们在乡下处得怎么样。雨荷说老乡都管他叫小白脸，奶奶听了嘿嘿笑，说老百姓的眼睛真厉害。

他们在家待了一个多月，这一个月一眨眼就过去了。

该回去秋收了，熊志松却说什么都不愿意再走了，说顶多不要工分了，那几个破工分还不够塞牙缝儿的呢。至于户口关系问题，以后再说。麦雨荷非但对他未说半句动员的话，反而庆幸他自动留下，而且盼望他能早日把户口迁回北京去。

年底熊志松就把一切关系转回了北京，与麦雨荷的关系也就此告吹。

麦雨荷长长地舒了一口气。

二

1970 年初，队里只剩下麦雨荷跟麦地了。

熊志松走后，雨荷从九福家搬出来，住在了麦地的隔壁。这么大的一个院子，只有他们姐弟二人，显得格外空旷。

这一年的春节，雨荷跟麦地没回北京过，到美源找栗理和小菊他们，在那儿过完年才回的村。房墨兰和黎群利到青岛玩儿去了，好像她们俩谁的亲戚在那里。她们一走就是一两个月，都开始春耕了，也不见回来。

有一天，黎群利的弟弟黎群智突然来了。这位不速之客的到来，使得麦雨荷感到非常意外。"文革"前他就因"行为不端"被送进过工读学校，后来又到了新疆生产建设兵团。班里同学全都知道黎群利有一个有问题的弟弟。

麦雨荷直犯嘀咕：他到这儿干什么来了？现在可是

农忙的季节，别是又犯了什么事，逃到这儿来的吧？要是那样的话，我们会平白无故受牵连。可是黎群利是朋友，冲着朋友的面子，只好硬着头皮收留他。她心里直打鼓，更加盼望黎群利快点回来。

其实麦雨荷跟黎群智只是半生不熟。以前到他们家玩的时候，倒是见过几面的，只因对他有偏见，没跟他说过话。

那天傍晚，黎群智在一个老乡的带领下，一手拎着一个提包，推门进来了。几年不见，麦雨荷有些认不出他来，他比以前长高了一大截，也壮实了，自己得仰着头看他。他笑嘻嘻地对麦雨荷说事先不知道他姐姐不在，他跟别人不认识，只好投奔了她。

麦雨荷看到麦地对于黎群智的到来倒是没什么反感，还要到灶房去给他热饭。他说路上吃过了，只想好好洗洗。麦雨荷端端电壶（当地人管暖壶叫电壶），已经空了，就去给他烧水。她往大锅里添水的时候，黎群智已经坐在了灶前。他扯了一把麦秸，用火柴点着后塞进灶洞里，右手娴熟地拉风箱，左手往里添柴。

麦雨荷给黎群智安排好铺盖，就回自己屋插上门睡了。

第二天清早，麦雨荷起床后准备到灶房去刷牙洗脸。一开门，迎面看见黎群智手拿饭勺站在灶房门口，脑袋几乎顶着门框了。他笑着客客气气地对雨荷说："早饭做好了，你洗完了来吃吧。"雨荷不由得比昨天放松了一些，朝他点头笑了笑。她一边刷牙，一边歪着头偷偷观察他。只见他细腰乍背的，四肢颀长，挺拔而俊朗，眼睛不大，却很有神，还总是笑眯眯的。

等姐弟俩都洗漱完了之后，黎群智给他们一人端了一大碗杂杂汤，热气腾腾的，上面撒了些葱花儿、干芫荽末儿和油泼辣子。他说醋得自己放，各人的口味不一样，说完，醋瓶子放在了炕桌上。

麦地吃得特快，鼻头儿上冒起了一层细细的汗珠，雨荷说："你慢点儿，别烫着！"麦地呼噜呼噜地说："真好吃。"黎群智受到了夸奖，很高兴，说鸡窝不行了，得重新垒，猪圈的门也该加固了。麦地说等后响下了工和他一起干。正说着，上工的钟声敲响了。

响午下了工，雨荷推门一看，院子打扫得干干净净，原先零乱的柴禾垛给码得整整齐齐，要用的砖已经找好，泥也和出来了，就连捆猪圈用的条子都备齐了。她准备洗洗手做响午饭，进了灶房，只见灶房拾掇得井井有条，缸里的水满得都快流出来了，案板上扣着两样菜，掀开锅一看，馏好的馍冒着热气。

"米汤在笼屉下面。"黎群智蹲在院子里大声说。雨荷没话可说，从灶房里出来，冲他挑了挑大拇指，心想，仙女下凡了吧？可是仙女不说话呀！禁不住暗笑。

不管怎么说，这是长期以来头一次吃现成饭。

"我琢磨了半天，不知道那么多母鸡都在哪儿下蛋？"黎群智嘴里嚼着馍，含混不清地问。

"鸡窝里。"麦地说。

"你们怎么知道鸡下蛋了？"

"母鸡一叫唤就知道了。"雨荷答。

"有一种蔫鸡，你们知道不知道。"黎群智放下筷子和啃得半截的馍，朝鸡窝走去。他趴下身子，手伸进去，变戏法儿似的从里面摸出个鸡蛋来。雨荷姐弟俩特奇怪，停止了咀嚼，看着他。黎群智说："甭急，有的是呢。"他一个一个地往外掏，雨荷乐得拍着巴掌蹦了起来。麦地递给他一根棍儿，他看了看，说："直的不好使，有细铁丝没有？"他拿到铁丝后，三两下就窝了一个钩儿，手指跟钳子似的。

窝里的鸡蛋被他一个不剩地勾了出来,三个人开怀大笑,像得了金蛋似的,雨荷数了数,一共 21 个。

院子里充满了欢乐,他们和黎群智的距离一下拉近了。

后响,麦地跟队长请了一会儿假,想早点回去跟黎群智一块垒鸡窝。

一推门,一座绝无仅有的鸡舍已经盖好了。院子里立着几个年长的老汉,嘴里一边哑着烟袋,一边啧啧称赞不已,黎群智刚一见到这姐俩的身影,就高声学着当地干部:"嗦鸡窝,把喔复辟楼给我拆喽!"逗得大伙全笑了。

那鸡窝本来就很大,只是有些破旧。他把破损的地方巧妙地修补好了,还在窝顶上搭了三层一层比一层少一个格子的塔形"建筑",确实很像一座"复辟楼"。每个格子里铺上松软的碎麦秸,尺寸刚好够一只鸡卧下下蛋用的。

长期以来,死气沉沉的知青院里,因黎群智的到来而显得生气勃勃了。

天完全黑了下来,他们点上小油灯,坐在炕上聊了起来。

"听说你特会唱歌,唱一个吧。"黎群智对雨荷说。

雨荷没有推辞,一连唱了五六首,《尤木里之花》《远方的客人请你留下来》等。

"噢,真是名不虚传!"他赞许道。

"要是你姐姐她们在就好了,二重唱更好听!也不知道她们什么时候回来。哎,你也唱一个吧。"

"我这破锣嗓子没法儿听。"可是他说完了,却又自动唱了起来。

嗓子确实不怎么样，但音极准，唱得挺有情调。有的歌雨荷从来没听见过，特滑稽：

> 人啊哪能没有良心，狗啊哪能不认主人。
> 我爱上了一个人，她已被别人俘去了。
> 他们俩人在一起，是形影巴黎（不离）。

雨荷听得直笑。最后他唱起了《拉兹之歌》，唱得非常动情。歌声中带着浓重的忧郁，雨荷不由得收起了笑容。一阵凄凉向她袭来，不知为什么，她觉得他似乎是在唱自己。他好像忘了别人的存在，自顾往下唱：

> ……
> 孤苦伶仃，露宿街巷，
> 我看这世界像沙漠，
> 四处空旷没人烟，
> 我跟任何人都没来往，
> 活在人间举目无亲，
> 好比星辰迷惘在那黑夜当中，
> 到处流浪……
> 到处流浪……

第二天，雨荷跟队长号称黎群智是她的表弟。从此，他每天跟着雨荷姐弟俩去上工。

杨柳已经泛了嫩绿，麦子也要扬花孕穗了，大地散发出一片生机勃勃的气息。黎群智手握着犁杖，扬着鞭子，嘴里"嘚儿起，嘚儿起"地吆喝着牲口。地底下的湿土，从犁铧的所到之处，浪花般地翻滚上来，显现出一道直直的深沟儿。雨荷在他身后紧跟着往沟儿里播撒种子。她臂弯里挎着一只小篮子，里面装着拌好农药的棉花种儿，她抓一把，往地里扔五六粒，然后用脚踢踢土，埋住。隔一尺多远，她再抓一把，往沟儿里扔去……

棉花刚刚播种完毕，就下起了一场及时雨。乡亲们高兴坏了，一个劲儿地感谢老天爷，人们笑着，跳着跑回家去。雨越下越大，雨荷他们也往家里狂奔。进了家门，几乎每个格子里有一枚鸡蛋，仨人乐得嗷嗷叫，冒着雨捡蛋，全都成了落汤鸡。

几乎每天晚上黎群智都唱《拉兹之歌》。

> 命运如此凄惨，
> 但我并没有一点悲伤，
> 我一点也不知道悲伤，
> 我忍受心中痛苦事，
> 幸福地来歌唱，
> 有谁能禁止我来歌唱?!
> ……

有一天，麦地拉化肥去了，只有雨荷跟黎群智在家。

虽然惊蛰已过，但是如果屋里不生火的话，还不胜屋外暖和呢。白面又快没了，雨荷跟黎群智坐在院子里择洗麦子，准备去磨面。春光明媚，艳阳高照，射在身上暖融融的，他们边择麦子边聊了起来。

"你跟以前不一样了。"黎群智说。

"是吗，什么地方变了？"雨荷问。

"以前在我们家，隔着两道门都能听到你的笑声，那么欢快，无忧无虑。你……你眼神里也有一种原先没有的悲伤。"

"我想家，不想在这儿待着！"雨荷的眼泪要出来。

"知足吧，你！"雨荷不知道他说这话是什么意思，刚要问问，他又转了话题：

"你的名字真好，细雨中的荷花。"

"哎呀，你说得真对！我妈妈快生我的时候，在北海荷花池旁，冒着小毛毛雨，欣赏刚刚绽开的荷花，说生了女孩就起名叫雨荷。"雨荷高兴地说。

黎群智背起了周敦颐的《爱莲说》：

"……予独爱莲之出淤泥而不染，濯清涟而不妖，中通外直，不蔓不枝，香远益清，亭亭净植，可远观而不可亵玩焉……"他的眼神有些沉迷，顿了一刻，"这真像是为你而写的"！

"我哪儿有那么好。"她嘴里虽然这么说，但禁不住面露喜色。

他执著地盯住她，摇了摇头说：

"不，你就是这么好！"

她有些不好意思了，问他：

"你为什么一天到晚老唱《拉兹之歌》？"

"因为我就是拉兹。我还不如拉兹呢！拉兹从来没尝过一个小孩子长期离开母亲的滋味，他还有丽达那么好的姑娘深深爱着他，我有什么？我连他半夜在路灯底下遇见的那条可以说说心里话的狗都没有!"

雨荷的心突然间抽搐了起来,阵阵阴冷的寒意向她袭来。看着那张原本让她觉得刚毅的脸,面带着嘲讽的笑容,说出如此凄惨的话来,她受到了强烈的冲击,感到那嬉笑叛逆行为的背后,一定有一颗受过极大伤害的心。

"你……我……你……"她语无伦次,不知说什么好。

他抬起眼睛,深深地,长长地看着雨荷。忽然低下头,点了一支烟,使劲吸了一大口,他把嘴噘起老高,用中指一下接一下地敲打着脸蛋,一连吐出十几个烟圈儿,像金鱼冒泡似的,雨荷都看傻了。他反复做着同一个动作,直到那根烟快抽完了。突然他脸上堆起玩世不恭的假笑,说:

"你刚才听了我说的那些话是不是特感动?别,千万别,我那是跟你演戏呢,骗女生点儿眼泪而已。哎,我一直想问你,你明明知道我底儿潮,为什么还收留我?你就不怕我犯了案,逃到你们这儿?你们就不怕受牵连?"

雨荷急了,好像说她这个人多不仗义似的,觉得大受侮辱,糊了巴涂地脱口骂了他一句"混蛋"。

不知怎的,这几年来的诸多不如意与烦恼竟一股脑地涌上心头,便没来由地哭了起来,还越哭越委屈,近乎于肆无忌惮。为什么学校突然大乱?为什么平时看起来天真活泼、积极向上的学生突然变成了整人打人的凶手?为什么那么多好端端的家庭突然间反目成仇,甚至家破人亡?为什么他们这一代曾经有着美好前途的年轻人,莫名其妙地背井离乡?自己的出路在哪里?

也许,更主要的她是在哭自己莫名其妙的"初恋"。

　　黎群智慌了，"噌"地一下站了起来，不知怎么办好，围着雨荷直转悠。后来他拿起脸盆，打了盆热水，让雨荷洗洗脸。雨荷洗了，他在旁边说："擤擤鼻涕。"雨荷有点想笑，但憋住了。他又递上毛巾，雨荷接过来擦完以后，他又说："抹点儿香香。"雨荷憋不住了，知道他在打破僵局，便破涕为笑。"抹一点嘛，不然那么好看的脸蛋该皱了。"雨荷挥拳欲打。他以极快的速度，在半空中抓住了她的胳膊，不放，手劲特大。雨荷的脸腾地红了，他像被烫了似的，赶紧松了手，这一下更僵了。

　　半天，他才说：

　　"我长这么大，跟我爸妈生活在一起的时间，加起来统共不到四年。他们长年驻外，把我和我姐扔给一保姆，那保姆挺孙子的，整天无事生非告我黑状。我姐住校，我……"

　　刚说到这儿，麦地回来了，手里提溜着一条红白相间的五花猪肉和一把韭菜。他说韭菜是刚从宝子他们家地里割的，包饺子吧。

　　他们就开始择菜。雨荷很想听他说后来怎么样了，又不好开口问。韭菜都快择完了，他也没再提起刚才的话题，净开些不相干的玩笑。雨荷无意中看见他手掌心有一道伤疤，便问他是怎么回事。他说："我们师是流氓窝儿，一天到晚滋事殴斗。有一回六个人打我一个，其中一个小子手里拿着一把刀，照着我腰眼儿就扎过来了，我一把攥住了刀刃，飞起一脚踢他手腕儿，刀子到了我手里，我反过来朝他扎过去，一攮子给了他右肩膀上一个窟窿。那帮小子急眼了，一拥而上，我抄起自行车，照他们脑袋就下去，全倒！这时我才知道疼，左手鲜血直流，我一看，整个手掌豁开了。"他伸出左手给他们看，一条刺目的伤疤横贯全掌。雨荷的心像被这只大手抓了一把，突然觉得他像列瓦雷士(《牛虻》中的男主人公)。"妈的,这帮地痞流氓,这么多年了,到底让我把他们这帮王八蛋全都给打服了!"

他眼里冒着凶光,雨荷从来没见过这么狰狞的面孔,她似乎闻到了一股血腥味儿,不由得一阵阵战栗。

"实话告诉你们吧,这回我是把连长给打了,打完我就跑你们这儿来了。丫是头猪,我早就憋着收拾丫挺的呢!他欺负女的,让我给逮着了,打了他一个半死!我不能回北京,就先到这儿来落落脚。"他的神情由咬牙切齿突然变得阴沉了。

雨荷不由自主地跟麦地交换了一下眼色,他好像觉察到了什么,马上说:"你们要是有顾虑,明天我就走。"说完,他把烟屁股往地下一扔,用脚使劲一碾,抄起肉到灶房剁馅去了。雨荷姐弟跟了进去,一个洗菜,一个和面。他把肉剁得山响,那架势像是在剁他的连长,剁他的命运。雨荷这才明白,他刚才为什么说"知足吧,你"。

"过年喽!"黎群智双手端着一盘热气腾腾的饺子,欢快地叫着。麦地拿出一瓶酒,说:"饺子就酒,越喝越有。"给雨荷也倒了一点。

"这儿不是久留之地。"麦地趁他到灶房拿醋和蒜的当儿小声对姐姐说。

"送美源去?"雨荷捏着嗓子问。

"美源太近。"

"上夏县宝生那儿去?"

"嗯。"

宝生是麦地的"死党"。

黎群智的脸越喝越白,说:"我小时候,周总理请我们全家吃饭,那时候我个儿特小,够不着桌子,总理就把我抱到他腿上……"他突然说不下去了，嘴里也停止了咀嚼，低下头，使劲稳了稳，才又说："妈的，想不到这会儿老子变成丧家之犬了！哪儿才是我的容身之地呀！"雨荷的心强烈地震动：总理请他们家吃饭，如今落得无立足之地！"我只有犯了点儿罪他们才会从国外赶回来！"黎群智捶着饭桌带着哭腔说。

第二天，雨荷从前巷芒种家要了一条小狗。她早就喜欢这条狗，常去逗耍它。这狗跟她特有缘，她给了芒种媳妇一块钱，抱上它就走，它就像回自己家一样顺从。进了门，她对黎群智说：

"你不是羡慕拉兹那条狗吗，这狗归你啦！"

"公的母的？"黎群智满脸喜兴，问。

"母的。"

"它长得真漂亮，给它起个名儿吧。"

那条狗是棕黄色的，有点像狐狸，眼睛含情脉脉地看着人。

雨荷说：

"就管它叫狐狸精吧。"

"不行，太土了，有辱狗格。"

"你的狗，你自己起吧。"

他不假思索，朝那狗就大叫：

"娜斯塔婕·费丽玻夫娜！"

雨荷听了哈哈哈大笑，说：

"别糟蹋人了，再说这名字太长。"

他不理这碴儿，越发拿着洋腔冲狗连声大喊：

"娜斯塔婕·费丽波夫娜！"

　　说也奇怪，那狗真的朝他走过去。他乐坏了，把指间的烟卷放在嘴唇上叼着，伸手把狗抱在了怀里，像抱孩子一样，一边用手胡噜，一边嘴里不停地呼唤。雨荷被逗得嘎嘎笑，喘不上气来，连麦地都笑了。后来她说：

　　"要不然咱们就叫它娜斯塔婕吧，还省点事。"

　　"行，你叫前半截，我叫后半截。"

　　"胡说，那还不把它给弄糊涂了！"

　　"试试嘛。"

　　于是他俩你一句，我一句地叫起来，那条狗的头随声摇动。麦地乐得肩膀一抽一抽的。黎群智问麦地：

　　"你管它叫哪半截？"

　　麦地笑而不答，冲着狗吹口哨。结果这条狗有了三个名字，没多一会儿，它就分清楚了，谁叫它都知道。

　　他们闹够了，坐下来聊天。雨荷说：

　　"《白痴》改得不如书，不过给娜斯塔婕·费丽波夫娜配音的张瑞芳真绝了，尤其是她把钱扔进火里时的那一阵狂笑。"

　　"不如你刚才那阵大笑。"

　　"讨厌！"

　　"电影一般都不如书。"

　　"那可不一定，我觉得《安娜·卡列尼娜》有的地方就比书强，尤其是嘉宝演的那个版本。开头一上来就是火车站安娜遇见沃伦斯基，结尾又是火车站安娜卧轨，首尾相接。其实《复活》也不错，你看过没有？一开头，玛斯洛娃坐在被告席上，将近二十分钟没台词，全靠那双眼睛说话。《牛虻》也特好，演琼玛的那个演员选得太好了，真漂亮，跟我想象中的琼玛一模一样。影片最感人的是最后，她坐在马车上，看到列瓦雷士给她信的抬头称'亲爱的琼玛'，那一声哀叫，其实声音并不大，但撕心裂肺，摄人心魄！"

"嚯嚯，掉进去啦，怪不得你那么浪漫呢，净看这些东西。"

"你呢，你都看些什么书？听说你每天半夜三更挑灯夜战，还写笔记，拿来给我看看。"

他看了麦地一眼，放下狗，进屋从包里掏出几本书，递给雨荷。雨荷接过来一看，全是恩格斯的著作，有《自然辩证法》、《路德维希·费尔巴哈与德国古典哲学的终结》、《家庭、私有制和国家的起源》及《乌培河谷来信》。

"噢，天呐！你看得懂吗？这种书我高低看不明白。"

他没回答，又递给雨荷一本笔记，扉页上写着：

"河出潼关，因有太华抵抗而益增其奔猛；风回三峡，因有巫山为隔而风力益增其怒号。

鹰有时比鸡飞得还低，但鸡永远也飞不了鹰那么高！"

雨荷合上本子，看着他的眼睛，深受感动，一股崇敬之心，油然而升。

"恩格斯中学都没毕业，却博学多才，写了那么多伟大的著作，我特崇拜恩格斯，就连他的相貌，我都认为是世界上最完美的，我一定要努力做他那样的人！"黎群智说。

半个月以后，黎群利回来了。她听说弟弟来了，急忙奔到和合村。姐弟俩见了面，嘘寒问暖好不亲热。黎群利问她弟弟农忙时节怎能请下假，黎群智不正面回答，取笑他姐姐又肥了。黎群利的脸色不对了，雨荷赶紧给麦地使了个眼色，一同到了隔壁。只听他俩说话的声音越来越高，但听不清说的是什么。黎群利气得饭也不吃，走了。

晚饭时谁都不说话。这种状况是黎群智来之前，只剩雨荷跟麦地两个人的时候才有的。吃完饭，他们没像往日那样说笑。黎群智默默地一根接一根地抽烟，抽得直咳嗽。雨荷忍不住抢过来，扔在地下踩灭了。他又唱起了《拉兹之歌》：

> ……
> 命啊
> 我的命运，我的星辰，
> 请回答我为什么这样残酷地捉弄我？
> 到处流浪……
> 到处流浪……

"别唱了，真难受！"雨荷实在听不下去了，说。

"除非你给我唱《丽达之歌》。"

雨荷听罢此言，突然不好意思起来，转身回屋睡觉去了。

地里的棉花长起一拃高了，又该间苗儿了，这是雨荷最怕干的活，因为棉花地太多，得蹲着整整八天才能间完生产队的棉花苗儿。站起来时，膝盖疼得走不了路。黎群智从垄对面接她，使得垄显得短些。

"男人的腿更禁不住圪蹴，你甭光心疼女子，多接接你的小舅子。"休息时，黎群智到地头去给雨荷端水，几个婆娘跟他耍笑。他把碗放在田埂上，拾起土坷垃，照着她们一块一块掷过去，掷得极准。田埂上一排女人全向后仰倒，压倒了一片棉花苗。队长急了，朝他们大吼，人们笑着，闹着，雨荷的脸成了一块红布。娜斯塔婕在一旁助威似的狂跳着叫唤。

回到家，雨荷低着头对黎群智说明天别接她了。没想到麦地居然学着老乡的腔调说："不咋的。"黎群智听完美坏了，冲雨荷又吐舌头又挤眼，得意地唱：

> 在童年时候我有个好朋友，
> 红红的脸儿赤着双脚跟我到处走，
> 在密林中间我们一起踢足球，
> 也曾一起拎着篮子去把苹果偷，
> 为什么，我不明白，我的心儿这样跳动，
> 我想讲，但又怕，只得挨着你轻轻地讲，
> 今天晚上你多漂亮，我心爱的好姑娘！
> 今天晚上你多漂亮，我心爱的好姑娘。

会计抻着脖子在大门外面喊麦地，让他帮队里去分油，他应声出去了。麦地一走，只剩下了他俩，雨荷不自然起来，闷下头洗衣服。黎群智情绪高涨地进灶房做饭去了。

素女来了，她是熟客，娜斯塔婕从灶房出来看了她一眼，没出声。否则别的老乡来，它就叫个没完。

素女羞答答地问雨荷，能不能给家捎个信，替她扯一块紫红色花条绒寄来。雨荷说"能行着哩"，问她是不是要结婚了，她说麦收以

后就办。雨荷跟她开玩笑，她不理会，却拿眼睛瞄着灶房，小声说："喔人可比小白脸强百倍。"雨荷撩了她一身水，俩人嘻嘻哈哈地闹开了。这时候，巷里有人喊，让各户拿上瓮去盛油。雨荷擦干手，站起身到灶房取瓮，素女也跟了进去。黎群智正在擀面条，她提起案上的面条说："哟哟咿，又细又均，比女人擀得都强！雨荷呀，你可有福！"雨荷拿上瓮，赶快拽她出了灶房。出了门就掐她的嘴巴子："让你胡说！"

又是棉籽油，这种油又稠又黏，不像油，像甜面酱，味道也不好，有股怪味。黎群智说多搁点花椒，炸成花椒油，拌东西吃会好些。

刚才雨荷搓了半截的衣服，已被黎群智洗完晾上了。麦地还在为乡亲们称油，黎群智说等他回来再下面条。雨荷进屋，坐在墙角的麦墩上拆旧毛衣。黎群智也跟了进来，他倚在炕沿上抽烟，两条腿耷拉在炕沿下面晃荡，脚来来回回蹭地，发出嚓嚓嚓的声音，身影在油灯的照耀下映在墙上，随着腿一摆一摆的。

"以前我听我姐她们说过，你有一个男朋友，好像和你们一起来插队，他人呢？"黎群智问。

雨荷的双手停止了活计，心情瞬间沉重起来，垂着眼睛半天才说：

"困退回北京了。"

"吹啦？"

"嗯。"她现在很明确，自己不爱这个人，这人也不值得她爱，可毕竟跟他有过那么一段，这就是她的所谓初恋！她的初恋怎么会是这样的？一想起这件事，她的心里就熬糟。

"怎么又哭了？我希望以后永远不再看到你的眼泪，虽然你是女的，但是也应该坚强。"这时的黎群智，像兄长。

"老乡们都管他叫小白脸，他成天抱怨苦呀累呀的。他还特自私，见利就上，没一点责任感和惭愧之心，好像全世界都欠他的。"雨荷的心里话初次向外人述说，眼泪仍然往下流淌。

大门响了，他跳下炕，走过来，用手慈爱地拍了拍雨荷的脑袋，递给她毛巾，然后到灶房下面去了。

雨荷的身子一震，像触了电一样，身上麻酥酥的。她呆坐在墙角，非常想让他再这么拍一拍自己。她被这个想法吓了一跳，使劲克制着这一情绪的滋长，因为她对他心里没有底。可是他那只手拍到她头上是那么温存，那么可亲。他比熊志松强百倍，他有力，他勤劳聪慧，幽默风趣，他体贴人，最主要的是他那句"我就是拉兹，我还不如拉兹呢"，深深打动了她的心，她洞察到他那颗受伤的心是多么需要有人去关怀，去温暖！他那轻轻的一拍，使得雨荷对黎群智大有同是天涯沦落人之感。

这是爱吗？是！

过了些日子黎群利又来了，手里拿着两封信，一封是她妈妈从河南干校写来的，另一封是黎群智的女朋友写来的，他女朋友不知道他的去向，信就写到他姐姐这儿来了，希望他姐姐能转给他。

"文革"初，他们的父母被召回国受审查，整够了，开到干校去劳动。黎群智出逃后，他们师里派人到他父母单位要人，后又赶到干校逼问。这对他们的父母压力极大。他妈妈的意思是让他回连里自首，争取宽大处理。

事态比他们想的要严重得多。

黎群智有女朋友！这大大出乎麦雨荷的意料，他为什么从来都没提起过？从他的言谈话语之中也没有过丝毫的流露？

雨荷站起身到灶房做饭，锅里没添水就点柴了，闻见味儿赶紧把柴勾出来，麦地走进来，把带着火苗儿的棉柴踩灭，端起笼屉举过头看，还好，没糊，他又打开笼屉盖看看馍怎么样，没事，便盖上盖，给锅里添了水，说："我来吧。"

雨荷站起来，走到屋门口停下了，犹豫了片刻，转身出了院门。

天已经擦黑了，巷里没有人，大莫（大概）家家户户都在团团地吃饭。月亮刚刚爬上来，模模糊糊的。地里看瓜棚处传来孤老汉的小曲儿："山丹丹开花红灿灿，再好的宴席也有个散……"下面的词儿雨荷没听见。"是呀，黎群智会走，不管前途怎样，他最终都得走，他有女朋友等着他。"雨荷心里酸酸的。

黎群利走了之后，黎群智把他女朋友的信递给雨荷看，雨荷觉得奇怪，为什么要让她看。那封信很厚，雨荷迟迟疑疑接过来，不知道黎群智是什么意思。她大致翻了翻，这个叫顾兰的姑娘，通篇写满了对黎群智的思念与担忧。

雨荷把信还给他，说："这女孩儿爱你比丽达爱拉兹更切。"黎群智解释说在那种地方，这样的女生就算不错的了。这话雨荷认同，从顾兰的字及文字水平中能感知出来，同时也让人感觉到了一颗滚烫的心。雨荷把这个感觉告诉了他，他承认顾兰对他情深意切，但他对她并不是很满意，因为与她共处之时，从未达到过丝毫默契与相知。他说有一次他又把内心的苦闷向她诉说，她终于哭了，他欣喜若狂，以为她懂得他的心了，没想到她说哭是因为看见他抽烟把嘴唇都抽紫了，还说他家庭那么优越，有什么可发愁的，身在福中不知福。

雨荷突然问他对顾兰有没有过什么越轨的行为，他听后一愣，然后受了极大污辱似的说："当然没有，你怎么会问这个问题！"弄得雨荷直觉得自己太唐突了，然而心中一阵窃喜："没有发生过关系等于是自由人，他是可以重新选择的！"她知道自己起这样的念头太不像话了，那个叫顾兰的女生该多么伤心，再说黎群智对自己有那个意思吗？别自作多情了！

又过了几天，黎群利、房墨兰和房宇轩来了。房宇轩是房墨兰的哥哥，西安军电的高材生，结束了在白洋淀解放军农场的"劳动改造"，被分配了工作，报到前专程来看看她们。

黎群利容光焕发，神采飞扬，因为幸福显得比平时美丽，话也多，在房宇轩的周围蹦来蹦去，微胖的身体异常灵活。黎群智一脸坏相儿，眼睛瞅着他姐姐，趴在雨荷耳朵上小声说："八成跟宇轩哥哥搞上了，要不然怎么跟半扇猪似的身子能像鸟一样飞！"雨荷听了忍不住笑出了声。黎群利知道他在说自己，也不问说的是什么，骂了一句："狗嘴里吐不出象牙来。"

房宇轩带来许多好吃的，他们都许久没沾牙了，疯抢起来。一边抢，一边唱了很多歌。

墨兰抓空儿把雨荷揪到灶房，质问她跟黎群智是怎么回事。她坦然地说什么事情都没有。墨兰不信，并严正地提醒她，别往火坑里跳。雨荷说她不能见死不救。墨兰急了，说：

"怎么又来你那一套了，你救他？谁救你呀！"

雨荷知道墨兰是为自己好，但不知不觉中，自己已经站到黎群智的立场上了，说：

"他有今天，也不完全是他自己的责任。"

"那是谁的责任？你是不是想说是因为从小他爸妈不在他身边的缘故？"

"是。"

"这种情况咱们学校里多啦，中联部、外交部、文化部驻外干部的子女好歹每年还能见到父母，中调部的孩子连爹妈是谁都不知道，那就不活啦？"

"文化部也好，中联部也罢，出使时为什么不让带孩子？这种做法太不人道了！这对一个孩子来说太不公平，太残酷了！"

"不知道，也许是怕影响工作吧。"

"我不信！为什么别的国家驻中国的使节就都带着孩子？你忘了，到咱们学校参加新年晚会的那帮外国孩子，个个都欢天喜地的。他们的孩子是人，我们国家的孩子就不是人吗？这不是把孩子当人质嘛！他们都还那么小，心里的苦闷向谁说？谁来指导他们该怎么做，不该怎么做？犯了点错误，本来该拉一把的，却推给了社会！尤其可恶的是给送到工读学校去，好狠的心啊，怎么舍得把自己的亲生儿子送到那种地方去？这不是毁他嘛！好孩子进了那里也变坏了！你知道吗？黎群智说他故意犯点小罪错，这样他的爸爸妈妈就会从国外赶回来关注他！你想得到吗？"雨荷越说越激愤。

墨兰被她说得一时语塞，半天才忧虑地说：

"你瞎激动什么，反正交男朋友得慎重，别忘了小白脸的教训！我比你了解群智，你自己悠着点儿吧！"

"什么交男朋友，人家已经有女朋友了。"雨荷失落地说。

"我知道，听群利说过，可是那女孩不行，他们家也不会同意，早晚得吹，我敢保证，见了你他准得思迁。"

"去你的。"

雨荷的心乱极了，她知道墨兰提醒得对，可是如果黎群智要是真的回连队自首，将会是什么后果，他今后的路又该怎么走？

"唉，要说他也怪可惜的。"墨兰的语气缓和了下来。

"是可怜！他父母是怎么回事？我真不理解！本来因为工作顾不上孩子，就够亏欠孩子的了。犯了点错误竟忍心把亲生儿子给送工读学校去！这不是毁了他一辈子吗！我小时候妈妈到上海出差不到一个月，我就想死她了，何况整年整年见不到父母！真不可想象那是什么滋味！"雨荷无限感慨地说。

墨兰听了雨荷这一番慷慨陈辞，似乎有所同感，不再言语，只是再次嘱咐她不要感情用事。

黎群利因房宇轩的到来，暂时忘了她弟弟的去留。黎群智自己却没因此而轻松，脸上时常犯愁云，他是在为父母的处境而为难。

"我把你送到美源去吧，离这儿才三十多里。"麦地说。

"不行啊，跑得了和尚，跑不了庙，我跑了，我爹妈怎么办！"黎群智忧愁地说。

"那你准备回去自首吗？"雨荷问。

"嗯。"

这个决定使雨荷姐弟非常难过。

"这一关总得过，好汉做事好汉当。明天我就去跟我姐姐说，按我妈妈的意思办。"黎群智安慰他俩说。

他们每个人的心里都像压了块石头！

棉花已经长到一尺高了，抽穗的麦子呼呼地往上蹿，绿油油的，爱死个人。田埂、地头、漫坡上，开满了金黄色的金盏花、粉红色的牵牛花、橙色的野百合，以及火红的、雪白的、蓝紫色的，叫不上名字的花朵，争奇斗妍，温暖的阳光照耀着万物。望着这良辰美景，黎群智说要是照张相该多好。麦地听了以后说："可惜没相机。"

宝子来叫麦地跟他到槽头去杀一盘。这小子挺憨厚的，挨了麦地一巴掌也不记恨，还觉着是自己的错儿。

黎群智见机会难得，赶紧问雨荷那天墨兰跟她都说什么来着。雨荷不知道如何回答，痴痴地看着他。他说：

"你不说我也知道。"

"不管她说了什么，总之你多了一个姐姐。"

"你像姐姐，又像妈妈，还像妹妹，有时候你还像个小女儿。"他眼神迷醉地说。

雨荷的心轰隆轰隆地激荡，整个人被融化了。这是她最最期待的那种，也是她理想当中女人在男人心目中的位置。

黎群智终于要走了。

他默默地收拾着来时带的那两个提包，他留下一些东西，说还要回来。他说的时候语气平和，眼神却非常忧伤。雨荷给他煮了十几个茶叶蛋，让他路上吃。他紧紧抱着娜斯塔婕，脸贴着它的头。

天没亮，黎群利就赶来为她弟弟送行。

麦地用自行车驮着黎群智到火车站，临走时，他什么也没说，只是幽幽地看着雨荷。

黎群利的神情也很忧愁，跟雨荷一起把他们送出了村子，一直到看不见人影才回来。

娜斯塔婕被事先锁在了屋里，它疯狂地叫唤，使劲挠门。

雨荷的心一下子空了。

日头当午时，麦地回来了，黑着脸吃饭。院子里的空气凝重，猪和鸡们都焉头耷脑的，娜斯塔婕趴在地下一动不动，像丢了魂似的。雨荷姐弟俩一整天都魂不守舍，觉得好似丢了一件重要的东西，晚上特早就各自回屋睡了。

雨荷在炕上翻烙饼："他就这么走了！他今后怎么办呐！他出身在那么高级的干部家庭里，怎么会有这么不幸的遭遇？是谁造成的？我要是他妈妈，什么工作，什么原则，全都不要了，拼了性命也要保住儿子，绝不可能把他送到那种侮辱人格的地方去！他被送进工读学校的时候才十二三岁，肯定吓坏了，羞辱死了！两个月的相处，他给我们带来那么难忘的快乐，这欢乐让我们暂时忘了一切，看来今后又要回到死水一般的生活中去了。他找上门来，搅了这么一把就走了，我怎么能让他就这么走了呢？我应该把他抱在怀里，告诉他，他什么都有！这么说我爱上他了？可是墨兰的告诫又不无道理……"她折腾到后半夜才睡着，毕竟累了。

第二天早上，太阳都老高的了，雨荷才醒。"坏了，上工晚了！"她一骨碌爬起来，开门出来，看见麦地手里拿着锄头，站在灶房门口，满脸喜气，小声对她说："群智又回来了，五十里地，他愣走了一宿，刚才睡下了。"说完，他扛着锄头下地去了。

真是意外的惊喜！娜斯塔婕美滋滋地卧在他门口，看见雨荷，不出声地扑过来，蹭了蹭。雨荷放下它，忍不住轻轻推门，闪进屋去看，娜斯塔婕也从门缝里钻了进来。

门和窗户都是木板的，关上以后，屋里什么都看不见。她站在屋子中央停了一会儿，让眼睛在黑暗中适应一下，然后蹑手蹑脚地走到炕边，看见黎群智平躺在炕上，没盖被子睡着了。她轻轻坐在炕沿上，想拉过被子给他盖上。冷不防，他伸出双臂，一把把她拉进了怀里，完全失控，说：“我不能没有你！我离不开你，我死也不离开你！”

雨荷被这突如其来的事态弄蒙了，心狂跳，血往上涌，差点背过气去！他太用力了，她用手掐他，他松开了，一脸的惊恐。她的本意并不是要拒绝他，正好相反，她赶快一把抱住了他的头，紧紧地搂在了怀里。她听到一声长长的呻吟，这呻吟令她心醉神迷。墨兰的叮嘱她全然不顾了，她的心告诉她：“这才是我要找的人！这才是我理想中的爱情！”

群智坐了起来，抱着雨荷，雨荷躺在他的手臂上，他不停地用手轻轻抚摸她的脸，说：“这么细！”他俯下头来，热烈地亲吻她的嘴唇，说：“这么红！”他迷醉地盯着她，似乎不敢相信这是真的。

“你真的爱我吗？你为什么会爱我？”他问她。

“你身上似乎有无穷的力量，坚毅不屈，这是我需要的。你还有一颗受伤的心，这颗心里蕴含着无限的柔情同时也渴望柔情，这更是我所追求的！”雨荷说。

群智的眼睛湿润了，他把雨荷抱得更紧，似乎生怕这份心灵相知的感情会飞走一样。

“难道你不在乎我的劣迹吗？”群智直率地问。

　　"你的种种'劣迹'是为了在同伴当中显示自己，你想制造事件引起父母对你的重视，这是幼稚的表现。你没想到这样做的后果是损害了你自己的名誉，甚至是违法的。外界对你的惩戒，只能对你造成严重的伤害，使你更加反叛。"

　　"噢，天啊！"群智被感动得哽咽了。

　　"你呢？你爱我什么？"雨荷问他。

　　"你温柔善良，善解人意，你美丽而自然大方，你柔弱，需要我的保护！"

　　两颗炽热的心，猛烈地撞击着，发出绚丽夺目的光彩。

　　"舍不哈你喔女子，又回来啦？"到了地里，乡亲们跟群智耍笑。"一等的女子，谁能舍哈！"他操着一口可以乱真的晋南话说。浑身上下洋溢着幸福，眼里都快滴出蜜来了。

　　人们笑作了一团，雨荷追着打他，他左躲右闪，她怎么也逮不着他。

　　花条绒寄来了，麦地骑车到镇上取了回来。雨荷打开一看，不是紫红色的，是洋红的，比自己那件毛衣的颜色稍微深一些，上面有棕黄色的小花，非常好看，奶奶真会买东西。群智说乡下人不一定满意，他们一般都喜欢那种大红色的。雨荷说素女不是一般的乡下人，便兴致勃勃地抱着给她送去。

　　雨荷忘了用纸把料子包上，惹得巷里的女人都过来看，还用手摸。她用身子使劲护住，说到了素女家再看。一群小女子跟在她屁股后头，往素女家走去。

　　素女家正坐在院子里吃饭，看见雨荷胸前的东西，扔下筷子，两手在袄上蹭蹭，奔了过来。她抢过雨荷怀里的衣料，就往身上比划起来，嘴里不停地叹道："咿呀呀，好，好着哩！"队长婆娘也站起身来看，说好是好，就是颜色有些旧。素女反驳她妈说这样洋气。

队长始终坐在小凳子上吃饭，没说什么。素女妈问雨荷多少钱，雨荷说十一块四毛八。素女妈露出了难色说：

"雨荷呀，我不能马上还你。"她指了指身边的大男娃，"前个才给他刚说下的女子送去财礼，素女婆家来的四季衣裳，胜过全村的女子，咱娘家也不能太寒碜。"

雨荷没容她再往下说，拿话截住了她：

"不急。"

"你不急，我急！"

"急嗦哩，大不了算我送给素女的结婚礼物。"

"全村物么多女子，你能都送吗？"队长说话了。

他让雨荷坐下来吃些，队长婆娘给她盛了碗米汤。

"唉，也不知是左哩，光景一年不胜一年。你们来的喔一年，每个工一块一毛七，年祀个（去年）就减成五毛七啦，今年还不好说，从谷雨前下的喔场雨，到现在再没下一滴，唉！"

雨荷看看围桌而坐的三个男娃，一个个狼吞虎咽，又瞧瞧院里两间就要竣工的，准备给大儿子娶媳妇的新屋，替他们发起了愁，这得挣到什么时候去呀！

"唉嗦啦唉，车到山前必有路。雨荷，吃。"队长说。

桌子上的馍馍远比她刚来时的黑多了，她不忍心吃，随着女子们散去。

素女在她身后说：

"屋里有人等着哩。"

她回过头来骂了一句：

"死女子！"

老乡说北京学生是丧门星，自从他们来了以后，光景就走下坡路。眼下离新麦下来还有一个月呢，几乎家家缺粮。队长说这是解放以后头一次闹粮荒，1960年困难时期，这里肥得直流油，说眼下全是农业学大寨的过。雨荷他们的麦子也只剩下五十来斤了，他们学着老乡的样子，休息时在地头，田边挖野菜。有的老汉挺热心，告诉他们："喔是马齿苋，治拉肚子，喔是荠菜，可好吃了，还能清热解毒，还有喔刺儿菜，能治努着。"

"什么叫努着哇？"雨荷问。

"努着就是比方说吧，你根本没有物么大力气，非使物么大力气，结果伤着了，吐血了。把刺儿菜捣烂，挤出汁儿来，喝进去就好。"

"那我经常努着。"群智说。

"你个憨熊（傻小子），你有几条命啊，努一回就能要哈你的小命，你还经常努着！你是不是吃馍的时候常努着哇？"

"不是，是拉屎时候经常努着。"

哈哈哈哈……地里的人被他逗得笑个没完。这小子真是个疯子，只要有他在，谁的嘴都别想合上。

雨荷真想让时间留住，真怕离开他。心想："吃糠咽菜我都跟着他。可是在哪儿跟他吃糠咽菜呢？"她在心里反复问着自己，"要不然就在这儿跟他成家？这儿的老乡多好啊。"她知道这个念头纯属妄想，"他开不出证明，根本领不了结婚证啊！他要是回连队去，那个被他打折腿的连长还不得要了他的命！"想到这里，她的心拧着疼起来。她看着他跟乡亲们笑着，闹着，心想："这情景不知能维持多久！"她愁眉紧锁，唉声叹气。

群智在不远处看见了雨荷的神态，走过来，蹲在她跟前，目光中透着无限的怜爱之情，说：

"天可怜见，让你跟着我受罪！"

"在一起，能乐一天算一天吧。你要是能顺顺当当地把事情了结了，平平安安回来，让我吃什么苦都行，只要跟你在一起！"

太阳快要下山了，西边一片惨红。人们不知何时已经悄然离去，广阔的田野上，只剩下他们两个人。夕阳下，雨荷紧靠在他的肩上，唱起了《丽达之歌》：

> 你是我的心，
> 你是心灵的歌，
> 快来吧，你快来，我的爱，
> ……
> 对着这片淡淡月光，
> 我在想念你，
> 心中充满爱，
> ……

听到雨荷的歌声，群智忘乎所以地把她紧紧搂在怀里，柔情至深地热烈亲吻，而后发出令人心碎的叹息。

"回去以后，你要强忍住性子，无论如何也要争取把这一关过去，事情平安过去以后，想办法转插到我们这儿来。"雨荷揪心揪肺地嘱咐着他。

"你放心吧，为了你，是龙潭虎穴我也要咬着牙闯过去，平安无事以后，我就回来娶你！我要宠爱你一辈子，老宠着你，宠死你！等我们有了自己的家，你睡里边，我就睡在外边护着你。我们会有孩子啊！你给我生一窝孩子！等我们有了孩子，不管在外面受了什么苦，什么累，只要回到家里听见孩子叫爸爸，就什么苦都没有了……"

雨荷让这一席话说得神魂出窍，险些晕厥过去。

……

他们走出走进相跟着，不离开半步，一起下地，一起做饭。在厨房里，群智把她推坐在饭桌边的麦秸墩儿上，不让她插手，做好了饭，端到她跟前，让她吃现成的。衣服也不让她洗，地也不让她扫。麦地全看在了眼里，他为姐姐高兴，晚饭后，不是回自己屋去，就是到槽头去找人下棋。

好景总是不长的。

黎群利把一封厚厚的信交给了群智，他看完以后，脸色就变了，顺手交给了雨荷。

雨荷的心往下一沉，知道他这回一定得走了。她没心看那封信，已然六神无主。

"明天你到镇上给妈妈打个电报，就说我已经回连队了，一个星期之后，我一定会在兵团和她联系。"群智对他姐姐说。

雨荷受不了这种强烈的打击，发起了高烧。她的嘴唇和脸蛋都烧得发亮,迷迷糊糊的。

"老天爷为什么这么快就拆散我们?他这一去,凶多吉少,何时才能再团圆!我会不会永远失去他?"想到此,雨荷死命地扯住他的衣角。

群智心急如焚,让麦地赶快到大队卫生院去拿药和注射器。

雨荷的头无力地枕在群智的胸口上,听见他的心咕咚咕咚有力地跳着,恍恍惚惚觉得这声音像是和着他渐渐远去的步伐敲响的鼓点儿。他用手极其温柔地、不停地按摩着她的全身,她泪如泉涌,尽情享受着这即将消失的爱抚。

麦地从卫生院回来了,群智忙给雨荷打了针,吃了药。他的动作很娴熟,简直就像专业医护人员。雨荷的手指突然感到一阵剧痛,本能地往回缩,手腕却被群智紧紧抓住,动弹不得。

"快好了,就好了,忍着点,马上好了。"他像哄孩子一般,柔声说道。

"你呀,干吗?"她有气无力地问。

"我在母瘊子根部注射了 10 毫升纯酒精,过几天你手指上的十几个大小瘊子会自动脱落,就不会又痛又痒的难受了。"

"管用吗?"

"绝对管用,我以前给别人治过,可惜我见不到了!"

雨荷的手指肿胀了起来,像根胡萝卜。打完了针,她上下眼皮直打架,但舍不得睡过去,总想多看他几眼。

"你睡吧,我就在你身边,睡一会儿你就会退烧的。"群智柔声说。

她抓住他的手,睡着了。

　　鸡叫头遍，雨荷醒了，觉得烧退了，口渴。她披上衣服，下地倒水，发现电壶在她炕边的凳子上，水杯下面压着一张纸。她预感到了什么，马上打开窗子，就着微亮的晨曦，看到上面写着：

　　纤云弄巧，飞星传恨，银汉迢迢暗渡，金风玉露一相逢，便胜却人间无数。柔情似水，佳期如梦，忍顾鹊桥归路！两情若是久长时，又岂在朝朝暮暮。

三

群智走了之后，再也没回来。

院子里成天悄默无声。姐弟俩下了工，一个挑水劈柴，一个烧火做饭。雨荷手拿着他用过的菜刀切菜，想着他的手，险些切了自己的手。她手把着他握过的风箱把儿，机械地拉着，直到闻到了糊味儿，赶紧揪出柴禾踩灭。

"这会儿他到哪儿了?"雨荷嘴里嚼着馍，如同嚼蜡。"那个猪连长，还有那帮小流氓会怎么报复他，他会挨打吗?"她的嘴被热米汤烫得起了泡。

晚上，雨荷躺在炕上，把头埋进他盖过的被子里，拼命闻着他遗留的体味。

一个星期以后，雨荷正在地里干活，一个老汉举着一封信，给她送到了地头上。她扔下锄把儿，跑过去，一把从老汉手里夺了过来。手抖得打不开信，又怕把信瓤给撕了。刚才人们还叽叽喳喳的，见她这个样子，顿时不言语了。

信上说他已经到了西安，几个小时之后将乘火车到宝鸡。他关切地问她还烧不烧了，让她不要哭，坚强地等着他回来。

从西安应该有到兰州的直达列车，他为什么要到宝鸡去呢？

此后雨荷每天收到群智一封信。有的信里还画着漫画，文如其人，妙语连珠，雨荷看着看着能笑出声来。他书念得不多，文字却很流畅。有一封信他写得很长，是他到了兰州以后写的，他说要在那儿待几天，托朋友先到连里摸摸情况，然后再采取对付的策略。他说他以前太小，误入了歧途，失去了做人的尊严，尽管他极力维护着仅有那一点点起码的尊严，可是他知道，在一般人的眼里，他早已被载入另册，所以必须付出十倍的努力来挽回以往的损失。他还说此生得一知己，死而无憾。

中间有一次，他寄来了二百块钱和一个包裹，里面有一些食物及一件湖蓝色的毛衣，但是没有留下地址。这钱是哪儿来的？他会不会又去偷？天啊，他忘了她苦口婆心的劝告，他在拿着他们俩的前途当儿戏吗?!

雨荷在读他的信中度过了二十一天。

突然没有信了。

开始雨荷还安慰自己，哪能永远都每天写信，总有一些事情需要处理的。可是一连五六天过去了，"不对，一定是出事了！"她想。她切菜把手指切了个大口子，做饭把醋当成酱油，她胡思乱想，做噩梦，她甚至想到建设兵团去找他，因为她怕连长把他打死！她快疯了！

　　麦地从他屋里翻出群智落下的一个旧信封，上面的地址写着：兰州市某某巷 1 号谢金平。麦地说群智以前提过这个人的名字，还有一个叫梅杰男的人，是群智最崇拜的一位，可是没发现他的地址，只有这个叫谢金平的人。雨荷即刻提笔给谢金平冒冒失失地写了一封信，询问群智的情况，求他赶快给自己回信。雨荷食不甘味，夜不成寐地苦苦等着谢金平的回信。麦地怕姐姐忧思成病，但也不会劝慰。不知过了多少天以后，谢金平的回信终于来了，他说群智被逮捕了。雨荷看信后，一屁股坐在了麦子地里，如五雷轰顶般傻了。

　　雨荷拿着谢金平的信跑着去给黎群利看，她还抱着一线希望，也许这并不属实呢！可是黎群利说已经知道了，公安部门已然通知了她和她父母。

　　墨兰和黎群利跟雨荷说了很多话，雨荷一句也没听进去，只看见她们的嘴在动。

　　雨荷踉踉跄跄地回到了屋里，一头栽倒在炕上。

　　开镰了。

　　天不亮就得起床下地，因为天太热，所以晌午歇工的时间很长，但后晌一直得干到天黑透。这是抢收，农民辛苦了一年，全等着这茬麦子下锅呢，要是下起雨，麦子沤在地里就全完了。雨荷望着地里一堆堆的麦子，莫名其妙地联想自己的名字："麦雨荷——夏天收割完的麦子，还没来得及运回仓里，突遇大雨，全都沤烂在了地里……"

　　该"倒霉"的日子已经过了两天了，以往她每月都提前两三天，这回是怎么了，难道怀孕了不成！她被这个想法吓出了一身冷汗，人不能这么倒霉吧！

　　祸不单行，麦雨荷真的怀孕了。她就像那地里的麦堆，遭了灭顶之灾。

　　那些日子，她脑子里整天回旋着三个字——怎么办，怎么办！怎么办呐！

　　她暂时顾不上群智的安危了。她使劲捶自己的肚子，她从高坡上往下摔，她在地里打滚，全都没有用。天呐，我可怎么办啊！

　　她翻开《赤脚医生》手册，寻找导致流产的方法或药物。书都让她翻烂了，什么都找不到，里面只有对于"奎宁"的说明："……能收缩子宫，孕妇慎用。"但她不知道到哪里去找奎宁。

　　割麦这活太重，雨荷身上出的虚汗把衣服都湿透了，眼前冒着金星，几次都要休克过去。群智要是在的话，会心痛地抱着她亲吻，会从垄行对面接她，甚至不让她下地，替她。可是群智不在啊！

　　她一刻不停地干，不休息，寻思着累流产了才好呢。

　　最难办的是呕吐，她怕别人看出来，身上带着手纸，装作擤鼻涕，吐在手纸里。或趁大小便时到僻静处吐个痛快。幸好弟弟是小伙子，什么都看不出来。

　　尽管她累极了，但是夜里经常愁得睡不着。

　　她被噩梦惊醒，梦见群智被吊在房梁上，身上血肉模糊。刑上在他的身上，疼在她的心里啊！

　　她靠墙躺在炕的里边，外面给他留着，铺好他盖过的那床被子。他说过，他睡外边，把她护在里边！

　　……

　　长久地等待你，我心中多么焦急！

从夜晚到天明。

整夜我都在盼望着你，

曙光将升起，你呀在哪里？

亲爱的，我和你永远不分离

朦胧中我好像和你在一起

星星落，天发亮，

可听见我一声声呼唤你？

雨荷在心里一遍遍唱着这支歌，恍惚之间总觉得他能听得见。

妈妈来信说已经到了湖北干校。雨荷攥着信，想象着妈妈得知引以为荣的掌上明珠未婚先孕时的心情，吓得她心惊肉跳。还有奶奶，整天"百事孝当先，万恶淫为首，男女授受不亲"不离口的老人，连游泳都不让她去，说男男女女脱得精光，同在一个水池子里瞎扑腾，成何体统。奶奶要是知道孙女莫名其妙有了身孕，会要了她的老命！

麦收总算熬过去了。

雨荷去找墨兰讨主意。墨兰听后脸都白了，愣愣地盯着雨荷，半天才说："回北京，打胎！"

雨荷想，打胎之前无论如何得到干校去看看妈妈。

西安有直达武汉的火车。雨荷下了火车找到了去咸宁的汽车。在汽车上，她碰到了一伙晒成印度人那么黑的文人。他们一下子就猜出她是来干校看父母的，问她去哪个连，她说去八连。他们告诉她，下了车往右拐有一个桥洞，出了桥洞一直往前走就是八连。

雨荷照着他们指的路线走。

那里的土是砖红色的，雨后太阳一出来，把刚下过雨的土晒干了，板结在一起，非常硬。这里的热与晋南的热不一样，是黏热，特难受。她看了看表，已经下午六点多钟了，心里有点着急，怕万一走错了路。她想跟当地人打听一下，可这儿的人看起来跟晋南那儿的老乡完全两样，一个个直眉瞪眼，古里古怪的。男人们大都光着膀子肩挑重担赤脚而行，身子像只水桶，前后看起来似乎比左右还要厚，这一定是老挑重担压的。雨荷选了一个顺眼点的人问路，那人叽里瓜拉说得特快，她一句都没听懂，感觉比西班牙语都难懂！

雨荷只好继续往前走。

后来，雨荷看见一个熟悉的身影在田埂上蹓跶，一阵惊喜，“封叔叔”脱口而出。那人立刻停下脚步，东张西望找。封叔叔认出她后，开怀大笑，跑过来接过她手里的提包，拉着她就朝他身后的方向快步走去。一边走，一边大声喊叫：“哎，梁施因，特大喜讯，你看谁来啦！哎呀哈哈！”

雨荷妈正坐在帐篷门口的小板凳上，摘掉眼镜缝着什么，手里的东西几乎贴在了眼睛上。她听到有人喊她，放下手里的东西，戴上眼镜，站起来看。雨荷紧跑了几步，来到了妈妈眼前，她竟没认出是女儿。雨荷说：

“妈妈，是我！”

妈妈先是一愣，继而惊喜地捶打着女儿的肩膀说：

“你怎么来了？你怎么找到这儿来了！”

雨荷扑到妈妈的怀里“妈，妈”地叫，失声痛哭：“你的眼睛怎么了？你怎么看不出是我啊！”雨荷哭喊着。

“血压高，右眼眼底出血，已经失明了。”妈妈说。

"失明！怎么会失明？"雨荷惊得惨叫起来。

"不要紧的，左眼还能看得见。"妈妈未老先衰的脸上，洋溢着幸福的笑容，凝眸无神的眼睛，闪烁着无比骄傲的光芒注视着女儿。雨荷的心碎了，她无论如何不能伤害这样的母亲，拼了性命也要瞒住怀孕的事，不能让妈妈为自己背负着耻辱的十字架，她要让妈妈永远以她为骄傲！

这时，同事们都围拢过来，情绪很高涨。雨荷看了看，十个里头有八个去家里造过妈妈的反，此时却是一副冰释前嫌的样子。有的笑着叫她的小名，有的说已经给她准备好了洗澡水，让她快去洗洗。

帐篷里面放了十多张木板床，一张挨一张，像沙丁鱼罐头一般，闷热难耐。噢，老天爷！妈妈就在这样的环境里生存，还不如她插队的处境呢！不是说老弱病残的人可以不到干校来吗？来的主体反而正是这些老弱病残！

雨荷洗完澡，换了衣服，坐在帐篷外面吃起他们从食堂打来的剩饭。是焖干萝卜条和糙米饭，真有些难以下咽。她一边吃，一边看着这些平时摇头晃脑的文人骚客，此时都暑天无君子了。

晚上，雨荷钻进妈妈的蚊帐里，两人挤在一张木板床上，跟躺在蒸笼里没什么两样，刚洗干净的身上，又让汗水浸透了。她们没说上几句话，雨荷就睡着了，但她知道，妈妈一宿都在不停地给她扇扇子。

第二天，雨荷陪妈妈到地里去插秧，这活她以前没干过，但总比这些半大老头老太太强多了。他们都光着脚站在水田里，弯着腰插晚稻。妈妈的眼镜因为汗水直打滑，总往下掉，摘了又什么都看不见。一个陌生的男人粗鲁地说："绣花呐？到了这儿你还敢装斯文！"雨荷听了特生气，说："她一只眼睛都瞎了，你知道不知道！"别人也都跟着帮腔，那人不言语了。妈妈紧张地小声跟雨荷说："他是军代表，别跟他硬碰。"雨荷说："我又不归他管，我才不怕他呢！""可我归他管制！"

雨荷听了又难过，又后悔。

每天都是焖干萝卜条就糙米饭，吃得雨荷时刻想吐。她真怕露馅，心里成天像揣了只小兔子：万万不能让这里任何一个人发觉半点她怀孕的迹象，女孩没结婚就有了孩子，就得去死，死都洗刷不了家人的耻辱！

这时干校流行打摆子，这儿的蚊子特厉害，个个都像小飞机，一到晚上，洗完澡，第一件事就是往身上抹黏乎乎的驱蚊剂。八连也有人发病。这一天雨荷没忍住，吐了个天翻地复。大伙都说是打摆子的征兆，又给她量体温，又找药。"是奎宁！"她攥在手里，紧盯着药想，"这东西能救我！"她悄悄包好，放在了包里。妈妈特别紧张，说传染上这种病，以后年年犯，让雨荷快走。

雨荷赶紧顺坡下驴。

启程那天，全体人站在帐篷外面送雨荷，就跟送他们自己的孩子似的。妈妈站在最前面，花白的头发随着微风飘舞，她三步一回头向妈妈挥手，她咬着自己的嘴唇说："无论如何也不能让妈妈为我背上耻辱的十字架！"

这一别凶吉未卜，但总算见了一面。

一年多没回北京了，奶奶老多了，但依然硬朗。对于孙女的突然回家，也很惊喜，同时感到意外。雨荷说过春节就没回来，特想她，麦收后农活暂时不忙，抽空回家来看看。

雨荷在提包里翻找奎宁，心里拿不定主意，是在家吃，还是回和合村吃。把提包都翻遍了，也没找到那包着几片小白片的纸包，急得雨荷把提包整个都翻了过来。"丢了！"她气急败坏地捶打肚子，丢了魂儿。奶奶问她出什么事了，她打岔，问熊志松怎么样了，奶奶说听说他到新加坡探亲去了（小白脸的父亲在新加坡）。"和合村怎能与新加坡相题并论！他也算去得其所。"雨荷想，心安理得。

麦雨荷不敢一个人去医院，就这么在家里慎着。

奶奶说何在真回来了，到家里来打听过雨荷的情况。何在真是雨荷的同班同学，在内蒙古插队。"对，去找她，让她陪自己去医院。"雨荷有了主意，但又有些怕她那张刀子嘴，可她的心是豆腐的，跟自己又那么亲密，便又有些放心了。

何在真还是那么瘦小，但脸色黑红，显得比以前结实了，仍旧叽叽喳喳的，说了许多雨荷闻所未闻的牧区生活。她听了雨荷吞吞吐吐的陈述，居然一言没发，约定两天以后陪雨荷去隆福寺医院，说她在那里有熟人。

去医院的路上，雨荷磨磨蹭蹭，惴惴不安：一个大姑娘，进妇产科去打胎，这是最最可耻的行为！人工流产是什么样的？有危险吗？会不会大出血？

妇产科的诊室很小，白布帘后面有两张诊床，诊床旁有一个两磴的木凳子。那个四十多岁的女大夫垂目对雨荷冷冷地说："把裤子脱了，上去。"一脸的鄙夷，那态度分明是在对一个荡妇说话，雨荷像被人打了两记耳光。

"脱了，全脱了，还扭捏什么！"女大夫肆无忌惮地冲雨荷大声说，雨荷屈辱得恨不得一头撞死。她脱了裤子，躺在检床上，两行泪水流进了耳朵里。她两脚高高跷起，"就是因为这个姿势……"她对自己生出了极端的嫌恶之心。

孩子就要从这里被扯出来了！雨荷的心像被针扎一样难受，这毕竟是群智的骨肉！但她同时又感到一阵轻松——终于可以放松地活着了，终于可以不伤害妈妈和奶奶了。

那女大夫经过检查和问诊后，说已经四个月了，不能做人工流产，只能做引产。引产很危险，必须有家属的签字。何在真一个劲地求女大夫想想别的办法，女大夫的态度非常坚决，还呲何在真怎么结交这种女孩子。何在真还不罢休，雨荷穿上裤子，往外拉她，不能让她替自己担这个风险。快人快语的何在真终于忍不住了，臭骂了雨荷一顿。骂完了，问她打算怎么办。

怎么办，没办法，听天由命呗，天要杀我，来吧！

麦雨荷没有别的路可走，只能回和合村去，相对来讲，那个地方还安全一些。

临走前雨荷去找了栗理的爸爸栗叔叔，跟他讲了半天他们几个在美源过春节的情况，栗叔叔听得爽朗大笑。最后她求栗叔叔能不能为弟弟想想办法，找路子参军。栗叔叔一拍大腿说："巧了，我有个老战友，刚好负责招兵，我让他给咱山西弄两个名额。不过栗理这小子不爱当兵，哼，没出息！"雨荷让他给他那位老战友写封推荐信，栗叔叔痛快地答应了。

这一趟北京总算没白回来！雨荷喜不自胜地左瞧右看，好像这封介绍信能救命一般。她怕把信丢了，放在贴身的口袋里，找出针线，缝死。

还没缝好,窗外有人喊:"麦雨荷电报。"雨荷扔下衣裳,飞至楼下。

电报是麦地打来的,不知道为什么,雨荷心头一阵不祥的预感。电文:"雷子来村速归"。雨荷骇目惊心,一把将电报纸攥成团,左顾右盼,生怕别人窥见。

"雷子"是中学生对警察的"黑话"称谓,雨荷知道,弟弟有意这么写,是对家人瞒天过海。

雨荷仓皇奔往和合村。

北京站售票处说山西境内正在武斗,火车不通了。"那我怎么办!?"雨荷几乎把头伸进售票窗口,心急火燎地问。售票员建议她先到陕西风陵渡,从风陵渡过黄河就到山西了。

天像下火一般炎热,风陵渡黄河边上停泊着几艘破旧的摆渡,雨荷夹在十几个衣衫褴褛,浑身汗臭的农民中间登上了船。

她随便坐了下来,浑浑噩噩地盯着奔流的河水,黄色的泥汤在她身旁急驰而过,发出巨大的哗哗声。船速加快了,河水相互猛烈撞击,无情撕扯。它们怒吼,它们咆哮,如虎如狼。雨荷周身被汗水浸湿,心里的寒意却沁入骨髓——"群智出卖我们!不仅仅是出卖,是坑害!"她捏着那一纸"雷子来村……"的电文,痛彻心扉。婴儿在腹内蠕动了几下,这初次的蠕动在告诉她,她陷入了进退乏路,求生无门的绝境。雨荷悲戚万状,盯着身边湍急的河水,想:"跳下去吧,只要我纵身一跃,一切便会轻而易举地完结。"汹涌的波涛在她身边震耳欲聋地号叫。突然间她什么感知都没有了,周围空无一人,空无一物,只剩下漫无边际浑浑的黄河水在向她殷切地召唤。她猛地站了起来，船身随之大幅度晃动，人们惊呼：“搂嗦哩？要死呀！快坐哈！”

她坐下了，船上的斥责声，不绝于耳，她缓过劲儿来，想：“现在还不能死，得赶快回去看看弟弟怎样了，还有入伍推荐信。”她摸了一下上衣口袋，一丝希望涌上了心头……

三天前晌午，麦地正在地里干活，警察突然到知青院子里来搜查赃物，他们拿着一份清单，指定麦地交出二百块钱和湖蓝色毛衣。毛衣很快找出来了，二百块钱让雨荷带走了，她是准备打胎用的。警察要把麦地当窝赃犯带走，全村的乡亲们都急了，队长出面力保，说这是他们村连续两年的劳模，是北京学生里的顶尖。后来由大队领导作保，让麦地写了书面保证，保证一个月之内交出赃款，才算了事。

赃款是如期还上了，可雨荷欠弟弟的永远也还不上！这么重大的事全由他一个人承担，她不敢想象当时弟弟所受到的惊吓和屈辱！

她只有力求弟弟早日应征入伍，离开这个地方。她把栗叔叔的推荐信交给弟弟，让他快去活动活动，麦地说离征兵还有三个多月呢。

雨荷开始怨恨群智：他为什么要把我们这里供出来？他有什么道理这样做？我和弟弟是天底下最厚道的人，从来不做对不起人的事，也没妨碍过任何人，何况在他落难时！

雨荷想起了墨兰的告诫，开始怀疑他的人品。在她心目中，他是一个为朋友两肋插刀、除暴安良、顶天立地的汉子，他怎么能出卖自己心爱的人？他是否真的爱她？他到底是一个什么样的人？

这种怀疑使雨荷的心像在油锅里煎炸。本来在那个女大夫宣布不能做人流时，她还有些庆幸，决定把孩子生下来，等着他出来。到那时，他一定会更加百倍地疼爱她跟孩子。此刻，她摸着自己的肚子，彻底不想要这样一个人的孩子了。

雨荷到牛舌去向墨兰交代一下回北京的经历，墨兰还等着结果呢。其实她是心里没底，想得到墨兰的安慰。

到了村口，雨荷看见墨兰和黎群利躺在一辆装满麦秸的牛车上昏昏欲睡，车缓缓地向前行驶，她喊了她俩一声。墨兰抬起头来，推了推身边的黎群利，说："雨荷。"黎群利勉强抬起头来，紧皱着眉头，恶狠狠地瞟了雨荷一眼，算是打过招呼了。雨荷从头凉到了脚，转身就走，墨兰溜下牛车追了上来。

墨兰得知雨荷打胎未果，愣怔了片刻，说："这么说只有把孩子生下来了？"雨荷愣神盯着墨兰，不置可否。墨兰看了一眼牛车上渐渐远去的黎群利，说："她爸妈让群智给坑苦了，再加上这孩子的事，黎家的脸……"雨荷抬手打断了墨兰的话，不知她下边要说什么，生怕自己会失去多年来的朋友兼偶像，决然地对墨兰说："到时候我去投奔群智的朋友，绝不会殃及他们家的名声！"说完，扭头就快步走了。墨兰追了几步，说了些什么，她没听见，她满腔的愤懑："你黎群利的弟弟遭了难，来投奔你，你不在，是我们接待了他，我从来没想过要你感谢我们什么，我自己做下的事情，自己承担责任和后果，无论它有多么严重！"

秋风瑟瑟，吹起了地上的树叶，掀起了雨荷的衣角，吹乱了她的头发。枯黄的树叶子在地下翻卷着向前滚动，伴随着形单影只的麦雨荷，卷走了她心中许多许多美好的东西。

素女要结婚了。她妈抹着眼泪给她收拾东西，看见雨荷来了，打开刚包好的包袱，抖出那件由她亲手做的花条绒袄给雨荷看，说："唉，我还是还不上你的钱。"雨荷冲她摆摆手，小声说："大喜的日子，不说这个。"

素女的姐夫眼窝果然很小，一笑，眯成了一条缝儿，但是五官和脸盘都很端正，身子也壮实。名字真有意思，叫蛮牛。素女说他不蛮，可聪明。她脸上洋溢着幸福与满足。雨荷替她高兴，不是每个女子都有她这个福分的。

素女上身穿一件水红色的布袄，下身一条毛蓝裤子，脚上是白袜子和红色绣花鞋。头上别了一朵小红花，胸前挂朵大红花，真的很美。

蛮牛一身崭新的蓝制服，胸前也戴了朵大红花。喜气洋洋地瞅着他的新媳妇。当他把素女抱上马的那一瞬，雨荷的心一阵紧颤："群智，你什么时候也这么抱上我走！"

蛮牛是独子，家里殷实，房子和院落都远远超过了其他农户。酒席也丰盛，八盘子四碗。雨荷，麦地被安置在了上座，跟村里有头有脸的人坐一桌。蛮牛爹长得很富贵，他妈也干练，一个劲地给雨荷姐弟夹菜。

乐人们卖力地吹着响器，新郎、新媳妇不断给客人敬酒，递烟。

酒席散了是闹洞房，两位新人被一伙年轻人架到炕上胡闹。炕柜上摆满了花花绿绿的新被褥，还有两床绸缎的。新裱的顶棚雪白，墙上贴满了吉庆有余的年画，还有扎着鬏儿的大白胖小子，窗户上贴着红色的剪纸，有囍字，有小娃儿，有大白菜，有麦穗和大棉花桃，还有一男一女，男的手持锄头锄地，女的坐在纺车前纺线。

后生娃们挤在前面，女子们嘴里磕着瓜子，嚼着糖果在后边稍着。雨荷靠在门框上，紧盯着墙上喜人的白胖小子。

后生们强让素女和蛮牛亲嘴儿，素女不干，羞得满脸刚红（通红）。一个憨熊跳到炕上，硬把蛮牛往素女身上推，这熊真不扯曳（不懂事，不着调，二百五），摁住蛮牛不撒手，素女被压在她姐夫身下直叫唤。女子们兴奋得个个红头涨脸，停止了咀嚼，捂着嘴笑。

一个后生从外边闯进来，撞了雨荷一下，他手里举着件东西，喊："剋来（起来），剋来先！"雨荷看清楚了，是泥巴做的阳具。人们一阵狂呼烂喊，摁住蛮牛的人松开了，阳具举到了素女脸前。素女看清楚后，嘻笑着骂："要死呀，日他先人的！"她没有半点羞赧和惊恐，眼里反而闪动着淫光。雨荷感到不可思议，一股怒火直顶脑门，想冲上去，把那东西抢过来撅了。

她转身出了洞房，蛮牛妈问："你回呀？"她绷着脸点了点头，往外走。素女妈一把拽住她说：

"你揍嗉？"

"这不是欺负咱们素女吗！"雨荷忿忿地说。

"北京娃，不懂得咱们这搭的事情，别搅了我女子的好事情，留下！"

雨荷见在场的人个个发自内心地高兴，只好留下了。

从蛮牛家回来，已经是后半晌了。

天刚蒙蒙亮，雨荷被阵阵鬼魅般的哭声惊醒。她穿上衣服出来看时，见麦地站在院子里竖着耳朵听，说："是春官家。"他俩出了大门，看见隔壁春官家门外围了几个人，春官妈伏在地下哭："亏死人呀，你带上我走吧……"春官爹浑身哆嗦，从人堆里把雨荷姐弟俩拽进来，说："快瞅瞅还有救吗！"春官躺在柴房里，半睁着眼，紧闭着嘴，脸紫乌，手里握着一只"1059"空农药瓶，小小的柴房里散发着浓烈的有机磷气气（气味）。麦地蹲下，手伸进春官黑袄里摸了一会儿，站起来说："已经凉了。"春官爹咕咚一下，坍在了地上。

春官二十四岁，念过初中，人长得瘦小枯干，眼睛大大的，很怯懦，不爱说话，却很爱笑，笑容总是很凄惶。春官的媳妇是雨荷他们进村喔一年春上娶进门的。她个子低，很墩实，能说，但不爱笑，眼神也不友好。平时他家院子里只听见她一个人叨叨。春官还有个弟弟叫伏官，伏官不服，这一家人里，只有他和嫂子争竞。一般都为嫂子对爹妈不恭。近来又为给伏官盖房娶媳妇的事闹，喔熊硬说房盖得比给她的房规格高。伏官恨哥的窝囊，村里人也笑春官软蛋。这软蛋有双重意思，说春官干喔事不行，媳妇子进门两年多了，肚子还瘪瘪的。夜个春官媳妇不知为何又恼了，还把值钱的东西挟带回了娘家。

春官留下一张只有七个字的遗书："苦挣苦挣为了甚"。

收棉花了，每个人的腰间拴着一个巨大的包袱皮，一边走，一边双手摘了棉桃往包袱里放，放满了有三十多斤重。雨荷摘得飞快，没有一个人能追上她，她疯魔似地干活，一句话都不说。这棉花有群智种下的，他没能来收获果实。她肚里的娃也是他种下的，种完就走了。

雨荷靠在春官坟边的一棵大树根下歇息，这个湿漉漉的新鲜土坟里，埋着年轻的生命，一个老实巴交的后生。

"苦挣苦挣为了甚"，这是春官对生活发出的感问。

"那么我又为了什么？不是我非要到这儿来的。要不是因为'文化大革命'，我已经大学毕业了。也许我是一名外交官，也许我会是广播电台的主持人。是谁剥夺了我升学和生活的权利?"

> 人留儿孙哎咳咳草留根，
> 苦命鬼就是咱这一辈子人嗯，
> 头枕着呃炕沿脚蹬着喔墙哎，
> 左思右谋我活不成哎嗨哟!
> 野生的那花儿野生的草，
> 天不收来哎哎嘿地不要，
> 骂一声老天爷呀你耳朵聋，
> 跺一脚地哟你为嗦不应声?

一个老汉扯着喉咙唱眉户，苍凉而悲怆。

雨荷把草帽盖在脸上，遮住流下的眼泪。

秋收已毕，庄户人像学生一样，完成了一年的学业，只等着秋分一到，就开犁种麦了。上冻前，再给地里上一回粪，这一年的活计便基本告终。

二海打了只野兔子，做熟了给雨荷端了一碗。她抓了一块，扛着锨去扬粪。她一路走，一路吃。半道儿上碰见队长婆娘，问雨荷吃嗦哩，雨荷说二海家给的野兔。队长婆娘没过脑子，脱口而出："怀身子不能吃兔肉，不了着要哈（生下）的娃三瓣子嘴。"说完她张着嘴，干瞪着眼，傻看着雨荷。雨荷心里说："好，这层窗户纸终于让你给捅破了，只要别让我弟弟知道，等他参了军一走，我生娃时就找你。"有了指望，雨荷的心里轻松多了，竟悠然地哼起了小曲儿。

突然，走在前面的一拨儿人大乱，惊慌失措地喊着"啥！啥！（蛇）"后面的人吓得全停住了脚步，雨荷却不管不顾地接着往前走。有人拉住她说："咬哩！"她甩开人家的手，大步走过去。见是一条一米多长的青褐色花蛇。她翻起肩上的铁锨，照着蛇的中段下去，蛇成了两截子，首尾分隔，在原地扭动。周围没了声响。一个老汉忽然朝她大骂："你喔女子，心左物么狠！喔啥是有灵性的，是你能砍的么？小心日后它寻你哩！"雨荷听了哈哈笑，说："来吧，我候着哩！"大伙都说喔女子疯了。她扛好铁锨高声唱：

> 油泼下的辣子呀香喷喷，
> 雪一样白的馍馍哟嚼筋筋，
> 羊肉圪哒的饺子耶馋死个人，
> 妹妹你跟上我呀赛过天上的神！

终于盼到麦地要走了。

"千万别把栗叔叔的信丢了！"雨荷一边叮嘱弟弟，一边替他收拾行李和干粮。看着弟弟穿上她给他做的左边衣襟厚，右边衣襟薄的新棉袄上路，她的心稍感安慰。

麦地临走时交给姐姐一把三棱刮刀，说这是群智的，让她晚上睡觉时放在枕边防身。他说的时候露出很不放心的表情。雨荷接过刀子，心里直瘆得慌。

弟弟走了，麦雨荷大大地松了一口气。

天大冷了，雨荷穿着厚厚的棉袄遮掩着肚子。农闲时地里没有女人的活计，她蹲在屋里不用出门了。

素女常回妈家来，几乎每次回来都去看雨荷，还教雨荷做针线，雨荷跟素女学会了做鞋。近来素女常说腿疼，雨荷让她去医院看病，她说："金贵的！"乡下人就是这样，有病就生扛。

雨荷用被子围住身子，坐在炕上纳鞋底，一门心思地等着麦地的好消息。

这院子真大，后面还有一个更大的果园。听说院子的主人特能挣命，临死时手里握着纺车坐在墙角纺线。男人纺线实在不多见，挣下了院子，盖了两间大瓦房，人就走了。他死后没多久，老婆就带着娃嫁到外村去了。"人活着，干吗呢！"雨荷盯着主人临死坐着的地方想。

二海的女人又怀身子了，这公母俩再穷也要生个男娃。雨荷看见她短小的身材顶着硕大的头，肆无忌惮地腆着肚子，不禁羡慕不已：这个女人有男人加倍的呵护，不用提心吊胆、遮遮掩掩！

一天夜里，雨荷被"当嘟嘟，当嘟嘟……"的声音惊醒。"谁！"她蹭下子坐起，手伸到枕头底下，握住了刮刀，头发根儿都炸起来了，心跳到了嗓子眼儿。"当嘟嘟……当嘟嘟……"的声音没停，有节奏地继续响着，同时夹杂着呜呜的风声。她这才弄明白，原来是起风了，老北风刮动了门环儿。

雨荷突然受了暴烈的惊吓，精神一下子垮了，无限的悲凉猛烈袭上心头，忍不住放声哀嚎，手里那把刀子真想就势把自己扎死！然而她凄惨的哭声被淹没在强劲的寒风声中，没人能听到，只有娜斯塔婕拼命地咬。她披上棉袄，打开门，一股强劲的冷风卷着尘土和枯树叶子扑面而来，娜斯塔婕比风还快，窜了进来。她抱起娜斯塔婕，问它："我怎么活呀！"她死命呼喊着，"群智呀，你在哪儿？天哪，我实在受不了了！你说过，要老宠着我的，可是你在哪儿啊！"

后半宿雨荷没再睡，也没点灯，抱着娜斯塔婕靠墙坐着。狗在她怀里热乎乎的，让她感到了一些温暖。黑暗包围着整个世界，耗子在墙角吱吱地交谈，大概以为主人睡着了，商量着如何分吃桌上的剩饭。狗抬起头来低吼，她摁住了它，让它们吃去吧。后来耗子又出来了，踮着脚试探着走动，见没人理，竟然跳上炕来，娜斯塔婕扑过去，它们一哄而散。雨荷笑了，说："你真是狗拿耗子多管闲事，不胜告诉告诉我，肚子里的娃怎么办吧。"屋里又恢复了安静，外面的风吹着哨地刮。炕凉了，她下地重新点柴禾烧炕。被窝里暖和了，她又坐回原处苦思冥想，想她小时候，想家，想学校。"要是那场'猩红热'让我死了就好了，现在就不会受这份罪了！"

腹内的婴儿猛地给了雨荷一拳，这一下使她眼前闪出群智的音容笑貌，一股柔情忽然涌上心头，不禁双手抱住了肚子，像抱着她的群智一样，泪水无声地流了下来。"弟弟要是能参军离开，我就把孩子生在这儿，自己带着等孩子他爸回来。会苦尽甜来的，会的，到了那一天，我们俩将是世上最幸福的夫妻！他是爱我的，他供出我们这里一定是被逼迫的……"

雨荷这么冥想着昏昏睡去。

不久，麦地喜气洋洋地回来了。

"那老头说跟栗叔叔是从小在村里光着屁股长大的，后来又一起参加了革命，交情没的说，他会找到具体负责山西招兵的人，一定把我给招上来。我看这回很有希望，他让我回来静等佳音。"说完，麦地居然哼起了小曲，他从来没说过这么多话，看得出来，他特高兴。

雨荷更高兴。真是天无绝人之路啊！

"我走了你怎么办？"麦地忧心地说。

"你走以后我马上回北京泡病号，想办法办病退。"雨荷赶紧宽慰他。

"你又没病，我看你还胖了好多。"他似乎看出了姐姐有什么地方不对。

"我不会装神经病么？你就放心走你的吧。"雨荷忙打趣道。

麦地也笑了。

征兵的人终于到了，姐弟俩欢天喜地地做着各种出发前的准备。

不知道是不是他们上辈子欠着黎群智的，征兵政审没通过——县里一个主管人员愣咬着"窝赃犯"的事不给办手续，还说上次没追究就已经便宜他们了。雨荷疯了似的求那人，窟嗵就给人家跪地下了，那人用鼻子哼了一声，甩手走了。

"算了吧，没用，肯定是他给自己的人占了这个名额。"麦地搀起姐姐说。"我耽误了你的前途！"雨荷大放悲声，悔恨之情咬噬着她的心，自己受再大的罪那是活该，连累了弟弟的前程怎么好呀！

"还有一个月就要临产了，怎么办？弟弟的前程已经给毁了，不能让他跟着我一块儿在众人面前现眼，否则我还是人么？"雨荷心中暗想。她决定到兰州投奔群智的朋友们，当初她跟墨兰这么说时，是情急之下信口而言，眼下只有这一条路了。群智以前常念叨那里有几个好朋友，其中有一个叫梅杰男的人，很是令他敬佩。她得通过那个叫谢金平的人找到梅杰男。

雨荷没法跟麦地开口，只好谎称回北京再去求求栗叔叔，或是想想别的办法。

四

雨荷上路了。沿着群智的路线，坐了汽车倒火车，一路上走了三天。到了兰州市，身上只剩两毛钱了，不知在哪一个火车站她迷了迷糊被小偷光顾了。

兰州城举目无亲，人生地不熟，要是在这儿找不到谢金平，雨荷肯定没活路了。

饥寒交迫的麦雨荷在兰州市大街上茫无目的地走着，如果找不到谢金平，她就得永远这么瞎走下去，直到走死。最终她按照地址找到了某某巷1号。

开门的是一个个子不高，白白净净的小伙子，眉眼有些像回民。

"你是谢金平吗?"雨荷怯怯地问。

"是，你……"谢金平一脸的诧异。

"我叫麦雨荷，是黎群智的女朋友，我们曾经通过信。"雨荷赶紧自我介绍。

"是，我认出来了，只是不敢相信你怎么会来。"见雨荷有些纳闷，他忙补充道，"噢，群智给我们看过你的照片。"

雨荷道歉说事先应该知会一下再来。他听后低头思忖了片刻，说：

"晚上我父母下班回来，不便留你住下。你听说过肖锋吗？还有梅杰男，他们两人都参军走了，肖锋有个小妹妹，只有她一个人在家，你住她那儿比较合适，走吧。"

说完谢金平帮雨荷拎着提包，来到了肖家。

开门的是一个十四五岁的小姑娘，个子差不多有雨荷那么高，秀美白皙的面容。她见到雨荷惊喜地叫道：

"你是麦雨荷！"

"是，你怎么知道？"

"群智从你们那儿回来时，一进门就把你的照片铺了一桌子给我们显摆，他叼着烟卷笑眯眯地说：'怎么样，不错吧！'"小姑娘把嘴瘪起来，食指和中指放在嘴唇上做夹烟状，"他还把你送给他的东西抖搂了一炕，那个得意的劲儿别提啦！"

小姑娘绘声绘色地说，那场景一下子就活灵活现了，雨荷不由自主地露出了愉悦的笑容。

"你叫什么名字？"雨荷问。

"肖琪。"

雨荷把东西放下，脱了大衣坐下问：

"群智到底为什么被抓起来？"

他们俩人你瞧瞧我，我看看你，都摇头说详细情况不清楚。谢金平说群智刚被捕时肖锋和梅杰男还都在，他们通过公安局的干部子弟打听过，说群智是要犯，曾作案多起，就是抓不到他。听说这回好像是他穿着军装，在部队的一个招待所里打抱不平来着，把什么人给打了，被一帮当兵的给抓住，一查，是个假军人，马上扣了起来，后来查明了身份，就正式逮捕了。

"群智是好人！"肖琪说。

"那当然，他特讲义气。"谢金平也赶快说。

"后来呢？"雨荷急切地问。

"不知道，听说还在预审，不让探监。"

屋里沉闷了下来，雨荷的两眼发直。过了许久她才问肖琪：

"你们家的其他人呢？"

"我爸妈两年前就让造反派给抓走了，到现在都不知道关在什么地方。我哥跟梅杰男一块参军去了，刚走没几天。我大姐在天津工作，我二姐才结婚，到她婆家去了，离这儿一百多里地。"

"剩你一个人不害怕吗？"

"不怕。二姐让我住我家原来的阿姨家，阿姨特别好，我家几个孩子都是她带大的。可她们家人太多，太乱，我就回来了。现在你来了，正好和我做伴。"

雨荷发现这屋里真可以称得上是家徒四壁。只有一个炕，一张桌子，两把椅子。炕上堆着许多衣物，地下摊着锅、盆等炊具。屋子中央是一个大号炉子，火很旺，上面坐着一只大铁壶，里面的水吱吱响，冒着白气。雨荷的手脚暖和过来了。

肖琪说家里的东西全让造反派给抄走了，说着，她指了指水壶，又拿起锅说：

"这，还有这个，都是群智偷回来的，还有闹钟，那两把椅子。

他出去一趟能拿回好几百块钱来，我们家要是没有他，日子更没法过了。"

谢金平坐了一会儿，说有事，先走了，明天再来。他走了没多久，肖琪家原来的阿姨来了。

阿姨五十多岁，是当地人，非常干练，眼睛能说话，看不出是哪个阶层的人。她也很快认出了雨荷，嘴里先是"啧啧"了几声，然后说："好我的你呀，臭群智呀，这样的女子他也能弄到手！"她上下打量雨荷问："你是来生娃的？"

雨荷点点头，眼泪下来了。不知为什么，她觉得这回真的找到救星了。

"好你个群智呀，我日他先人的！不要脸的东西，把人家女子弄成这式子，他不露面了，亏死人啦！"阿姨嘴里虽然骂着，眉宇间却透出对群智的喜爱。

"知道日子吗？"

"大概还有二十几天了。"

"行，好说，交给我了。你好好歇着，明儿个我再来。"说完她走了。

雨荷累极了，吃完饭，倒头便睡。

第二天，雨荷发现被子很脏，立刻动手拆洗。正洗着，阿姨和谢金平一块来了。阿姨见雨荷坐在板凳上搓洗东西，一把拽起她来说："看你，咋不知道心疼娃呢！搓板会顶着娃的，起来。"阿姨坐在雨荷刚才的凳子上，接着洗起来。"唉，不知道肖姒什么时候能回来，金平是个男娃，不方便，小琪又小。"

谢金平偷偷看着雨荷的肚子，不好意思说什么，始终沉默不语，直到临走时才说："群智是我们大家的好朋友，他的事就是我们的事，你放心住下吧，有什么困难，我们都会帮忙的。"

雨荷感激不尽地点点头，心里更踏实了。

就这样，雨荷安顿了下来。每天跟肖琪谈论着群智，倒也有几分安慰和快乐。小琪告诉雨荷，群智没事就拿出她的照片看个没完。说得她心里美滋滋的。

傍晚，她俩正在兴致勃勃地回忆着群智出的各种洋相，一个五十来岁的中年妇女敲门进来了，小琪赶紧站起身来叫阿姨，并向她介绍雨荷。那人上上下下一个劲儿地打量雨荷，最后盯着雨荷的肚子，那眼神像两把刀子。雨荷作贼心虚，不知来者何人，不敢站起来，心里直发毛，垂下头去，两只手神经质地摆弄衣角。

阿姨推门进来了，和那女人打了个招呼，那女人就告辞走了。门刚一关上，阿姨冲着她的背影恶狠狠地骂了一句。雨荷问是谁，她们告诉她是梅杰男的妈妈。

阿姨兴冲冲地说："我可给娃找到好主儿了！男人是十三级干部，够上高干了，女人倒一般，四十多岁了没孩子。"

雨荷的心像被一根硬硬东西戳了一下，虽说早已作了这个决定，但真的事到临头，她还是无法接受这残酷的事实。孩子踢了她一下，她浑身一震，两手抱紧了肚子不撒手，好像孩子马上就要被人抱走一样。

阿姨没理会她的反应，灌了一口水，抹了一下嘴，接着说："这下可好了，日后群智出来，我也好有个交待。"她发现了雨荷的神情，说："你甭熬煎，娃跟了人家比跟你强。"

雨荷还是不说话，想："娃跟了人家，真的比跟我强吗？有谁能比得上亲妈？可是我要不是为了把孩子给别人，千里迢迢挺着大肚子，到这'西出阳关无故人'的地方干什么来了？"她把肚子抱得更紧了，孩子又恨恨地踢了她一脚，这一脚踢在了她的心窝上。

阿姨的眼圈也红了。

一个艳丽的少妇推门进来了。小琪惊喜地喊："二姐你可回来了！"雨荷的脑子里闪出"王熙凤"三个字，知道这一定是肖家的二小姐，肖姒，但没想到她长得这么漂亮。

肖姒进屋没正眼看雨荷，这使得雨荷忐忑不安，坐也不是，站也不是。肖姒放下提包，洗了手，才转向雨荷。她端详了雨荷片刻，叹了口气说："欲洁何曾洁，云空未必空；可怜金玉质，终陷淖泥中。"这是《金陵十二钗正册》中影射妙玉的句子，"她这是什么意思？"雨荷心里问。

阿姨把刚才跟雨荷说的事，又跟肖姒学了一遍，肖姒点头表示满意。她从提包里拿出一大块冻羊肉，小琪见了惊喜万分："这么多羊肉！哪儿来的？"肖姒说她把婆家的供应全拿来了，说雨荷需要营养。雨荷这才猜想，一定是阿姨写信把肖姒给叫回来的，眼泪便掉了下来，感觉像回了娘家一样，问：

"二姐，你告诉我，群智是不是好人？"其实肖姒比雨荷小。

肖姒先下意识地说是，而后又摇摇头说不是，然后又说是。后来她气急败坏地说：

"他是好人，也是坏人。你怎么连他是不是好人都没弄清楚，就跟他有了孩子？糊涂！他这种人当朋友没问题，当丈夫绝对不行，摊上这么个丈夫，你一辈子都别想过安生日子！"

"那我怎么办？"

"先把孩子生下来再说。"

阿姨告辞了，说有肖姒在她就放心了。

肖姒动手做晚饭。她先煮了小半碗花椒水，让小琪和面，她剁羊肉。雨荷要上手，她拦住了，说一会儿包的时候再说。

肖姒把花椒水一点一点打进羊肉馅里，然后再搁别的佐料。白细的小手，十指尖尖，做起事来飞快。活脱一个王熙凤。

"二姐，你长得真漂亮！"雨荷忍不住说。

"你长得也不错，女人长得好脑子必须更清醒，可是你太糊涂了。"

雨荷岂止糊涂，根本没有正常思维。

自打肖姒回来以后，谢金平就到别处联系他的工作去了，他临走时交给阿姨一块手表，托阿姨变卖掉，作为雨荷生孩子的费用。那表是瑞士产的，很贵重。"给了我，他自己戴什么！"雨荷心存感激地想。

肖姒不断地开导着雨荷，她的话让雨荷心神不安。无疑，她对群智的了解比雨荷要客观而理智，但群智的"我就是拉兹，我连拉兹都不如"，这句震撼人心的话，不断在雨荷的耳畔回响，与肖姒嗡嗡的劝说声，形成了杂乱无章的交响曲，使雨荷根本无法正确思考。多少次一想起他这句话，便使雨荷不顾一切。

十多天以后，雨荷的肚子开始疼起来。开头间隔十几二十分钟，后来缩短为七八分钟。肖姒打发小琪去叫阿姨。

天快黑了，阿姨带着她的一位亲戚很快赶到，大家七手八脚地把雨荷扶到了那人的自行车架子上送往医院。其他人在后面急急地跟着。

医院里冷冷清清，医护人员心不在焉地接待了这一行人，机械地给雨荷做产前检查。

整个待产室里只有她一个产妇，荧光灯雪亮，室内温度虽然很高，却被这强烈的灯光晃得阴冷。雨荷忍着逐渐加剧的阵痛，环顾四周，一张张白床包围着她，像无常鬼，一步步向她压过来，吓得她紧紧闭上了眼睛。"这是哪儿啊？都说女人生孩子跟阎王爷只隔着一层薄纸，群智，你快来啊！奶奶，妈妈，你们快来救救我！"她在心中无助地嘶啸着。

对面套间里的产床正在等待着她。她将在那上面生下她的孩子。她把他或她带到这个世界上来，然后再永远和他分开。

"为什么，是为了我自己的名誉和利益吗？是的！不能用'娃跟了人家比跟你强'当借口，来推卸一个母亲的责任，这种话是用来欺骗别人的，骗不了我自己！可是如果我自己带着孩子的话，不光是我个人的名誉问题，全家人都完了。对于他们来说，麦家的公主生私生子，比把他们杀了都可怕。我岂能让他们为了我受奇耻大辱！群智也将为此罪加一等。那么孩子呢？怎么不为孩子着想！"她不敢再往下想了。

肚子一阵紧似一阵地疼，腰也要折了似的。她呼吸急促，心跳加快，眼前的人和物变得模模糊糊，不知怎样被人撖到了产床上。

产床旁立着一个屏风。雨荷恍惚看见阎王爷在屏风后面等着她。"我要死了。妈妈，奶奶，我对不起你们！"她在心里哀鸣，全身每根骨头节撕裂着，要散开了。但她始终咬着牙关，没叫出一声。叫给谁听？

生和死并存。

仿佛过了一个世纪，她终于听到了一个声音："看见头了，再使把劲。"

雨荷感到体内的生命在拼命向外冲，她不能让他憋死，她必须提起精神，和婴儿共同努力，来到这个悲惨的世界。

她感到"嘣"的一声，浑身断裂了，紧接着"呼噜"一下，孩子离开了她的身体，随即一声凄惨而尖厉的哭声，响彻了整个产房，整个世界。

"是女子。"一个声音飘进雨荷的耳朵里。她睁开眼睛看了看对面墙上的挂钟，凌晨三点十分。

雨荷抬起眼皮来四处寻找，她看见一只带血的小手在空中向她摇动，似乎是在告诉她，"我来了"。抑或是在向她挥手告别，"我走了"！

她吃力地，拼命地想抓住这个小生命。她跟医生哀求："让我看看！"护士把孩子抱到了她的眼前。孩子的哭声突然小了，五官皱在一处，委屈地向她吭哧。"她怎么啦？"雨荷惊骇地呼叫，生怕孩子有什么危险，不顾一切地伸出双手抢自己的孩子。护士用身子挡住她，说："没事，挺好的。"说完，抱走了。孩子在母亲眼前一闪，就被抱走了，以至于她都没看清楚自己的女儿长得什么样，女儿就被永远地抱走了。哭声渐渐远去，留下的只有冰冷的器械声。

那哭声与器械声突然形成了一根线，不是线，是一根银亮的钢筋，拴着她和女儿，她的魂被这根结实的钢筋扯着，一直扯着。孩子的哭声越来越小，最后终于消失了，那根钢筋随即变成了搅拌机里的螺旋刀，她的灵魂，她的心，她的五脏，她的血肉，她的筋骨，她的皮肤，被飞速旋转的螺旋刀绞得粉碎，她的灵魂与肉体不复存在，变成了一摊血泥！

雨荷不知道过了多久，也不知道自己是如何被推到产休室的。

屋里面躺着五六个人，个个有说有笑。

雨荷不知道自己是死了还是活着，植物人一样瘫在硬硬的床上，下身的血水像涓涓的细泉，源源不绝，肚子已经瘪了，她的骨肉没有了！

阿姨领着孩子的"母亲"到产休室来看雨荷，这是一个很壮实的中年妇女，她的眼神有些呆板，说话的声音很洪亮，那双手大而粗糙。

雨荷回过阳来，打量着来人，"我的孩子将要交到这双手里，这样的一双手里！"雨荷想，急速选择着对待她的态度。

局面非常尴尬，阿姨不停地打圆场，雨荷一言不发，那女人坐不是，站也不是，只好起身准备走，雨荷突兀地说："把你的地址留给我。"那女人愣愣地看了雨荷片刻，没回答，扭头走了。

阿姨送走那女人回来时，对雨荷生气地大加埋怨：

"你这女子，怎么能问人家要地址呢？这下好了，人家不敢要你的娃了，你知道我费了多大劲才寻下这么好的人家！"

"那太好啦！我生的孩子嘛，她不要更好！"雨荷无所顾忌地大声发泄。

"嚷什么！"肖妣怒斥着她们。产休室里立刻停止了说笑，人们像看戏一样看着她们。

午夜，产妇们睡得正香，又一名刚生产过的女人被推了进来，大家被惊醒。所有人都起来了，有喝水的，有尿的，还有打听生男生女的，只有雨荷闭着眼睛纹丝不动。她们折腾够了才关灯。屋里一黑，她又睁大了眼睛。

"嘿，5床的娃是私生的！"一个女人压低了声音说。

"就是哩，真恓惶，要是我的娃给人，我不活呀。"另一个小声说。

"说得是，一个女人作了母亲，却把自己的孩子给别人，这个人是不应该活了！"雨荷想，"我前世作了什么孽，要受这么严厉的惩罚？老天爷，你用别的方式处罚我行吗？我什么都可以忍受，只要你把孩子还给我，还给我吧！"她苦苦地毫无希望地向虚空哀求。

失去孩子的痛苦，残忍地踩踏着麦雨荷的心，使她死去活来！

孩子被他们直接从婴儿室抱走了。

雨荷从医院回到了肖家。肖姒变着法儿地给她做些有营养的饭菜，可是巧妇难为无米之炊，供应太差了。不知肖姒怎么弄来了一些冻鸡蛋，这鸡蛋使雨荷一下子想起了群智从鸡窝里掏蛋的情景，"这不是一场梦吧？"她感到这一切的一切都是一种虚幻。

阿姨拿来了一百块钱，说是那家人给的。雨荷瞪着眼睛看着她，用眼睛问："这是卖孩子的钱？"阿姨好像听懂了一般，说："你开肠破肚生了一回娃，他们给这点钱不算多，再说你住院的花销和回去的路费，总不能让肖姒给你出吧。"

"我把孩子给卖了，卖了一百块钱。我把孩子给卖了，卖了一百块钱……"雨荷一言不发，在心里不停地念叨。她的状态变得非常奇怪，什么都不懂似的。

几天以后，肖姒让小琪护送雨荷回北京。因为肖姒怀孕了，不便上路。

要分别了，她们很感慨，肖姒和阿姨都跟雨荷说了很多话，但雨荷木木的，甚至没跟她们说一句感谢和告别的话。

冒着刺骨的寒风，小琪陪着雨荷上路了。

雨荷的心、脑子空空如也。车窗外的枯树、荒山、土地、陋房，飞快地向后面跑去，带着她的孩子，越跑越远。

麦雨荷把亲生骨肉丢在了荒芜的大西北。

进了家门，见爷爷、奶奶、哥哥、弟弟以及二叔全家，还有墨兰都在。他们看见雨荷，全体大叫。奶奶说："你还活着！"说完险些昏过去。雨荷被这阵势吓得魂飞魄散，如梦方醒："我跟弟弟说回北京找栗叔叔的，可是在兰州一待就是二十天，中间没给家里任何人写过信。"

"你上哪儿去了？"二叔严厉地问她。

"我，我……"

还没等雨荷回答，奶奶哭着说：

"快，快别脱大衣，马上到邮局给你爸爸妈妈各打一份电报，报平安！"

雨荷转身就出去，小琪吓死了，无声地跟在她身后往邮局跑。

一路上，雨荷悔恨交加，知道自己给全家带来的是什么，悔不该这么长时间没给家人写封信。

打完电报，雨荷把小琪拉到等着听她这二十天行踪的亲人面前，说："这是我们同学的表妹。我在火车上发高烧了，正好碰上了我们学校的一个同学到太原她姑姑家去，她带我到她姑姑家住下养病。我不该没给你们写封信，我错了。"雨荷用谎言欺骗着亲人们，她奇怪，自己说谎时居然如此镇定。只有墨兰心里清楚她干什么去了，只是不知道她在哪儿，不能说，只能等。麦地默默递到雨荷手里一封信，是妈妈从干校写给他的。

"……一端起饭碗，我就无法下咽，眼泪往碗里掉。你姐姐在哪儿啊？我心爱的女儿是不是已经不在人世了！"

雨荷看完信，眼泪噗簌簌地往下掉。提笔给妈妈写信，重复了一遍刚才的谎言。她只能这么做，否则会更加伤害她。

风波尚未完全平息，小琪的大姐肖姗从天津来了。

肖姗没有肖姒漂亮，但是多了几分文气。她说肖姒让她请两天假，到北京来看看雨荷怎么样了。

她们的用心如此良苦，雨荷用什么报答呢！

麦地出门找同学去了，奶奶被传到街道上开会。肖姗见机，对雨荷说：

"你不了解群智，他在你之前有过一个女朋友，他跟人家睡过。"

"你说什么？"雨荷惊愕之极。

"我说他以前睡过人家，遇见你，他把人家给扔啦，坑啦，听懂了吗？"肖姗大声说。

"你胡说！"

"这是事实！不信你问小琪。"

雨荷立即转过头去，求救般地看着小琪。小琪怯怯地，无可奈何地点点头。

"可是我觉得群智更爱的是你。"小琪安慰雨荷说。

"可能，太可能啦，他现在可能是真爱你，以后呢？再说那个女孩儿怎么办？"肖姗尖锐地说。

雨荷顿时呆若木鸡，眼前直发黑，她的心像被刀子一下一下地割着。肖姒含糊其辞的劝戒，由肖姗直截了当地说了出来，等于一脚踢塌了雨荷活下去的精神支柱。对于他供出她和弟弟来，她可以认为是被逼无奈，只要他对自己的爱是纯真的，受再大的罪也值得。

看见雨荷这副模样，她们姐俩都哭了。

"告诉我是怎么回事。"雨荷哀求道。

"那个女孩子叫顾兰，是他们连的卫生员。"

"这我知道。"雨荷呆傻地说。

"群智把顾兰带来过两回，那时候我们都反对他跟那女的好，因为她爸爸是历史反革命。有一天早上起来，我发现肖锋睡在我们这屋，我就把他打起来问是怎么回事。见我那样子，肖锋吞吞吐吐说群智又把顾兰带来了，太晚了，回不去，两人就住他那屋了。我听完气炸了，正好这时候黎群智那小子敲我们这边的门，我开开门，伸手就打了他一个嘴巴子，然后臭骂他：'你一个共产党的干部子弟，居然跟历史反革命的子女睡觉，你什么立场，什么东西呀！'这小子自知理亏，赶紧带着那女的走了。"

肖姗的述说无情地撞击着雨荷的鼓膜，砰砰的，她一时没有完全反应过来，她的思维处于一种停滞状态，她的血液不流通了，她呼吸停顿了，心脏也不跳了，整个人飘飘的，有一种魂魄出窍的感觉。她面部没有了任何表情。肖姗见状，两手抓住雨荷的双肩，使劲摇晃，雨荷回过神来，说：

"啊？"

"你不要这样!"肖姗哭着说。

"那你把刚才的话收回去。"

"我,我,哎!"

雨荷已经完全不知道那些日子是怎么过的了,只知道从那时候起,她不想活了。并不仅仅是因为群智对她隐瞒了他和顾兰的性关系,而是因为他对这种事情的态度。在她的思想里,他得对顾兰负责任。顾兰那封由黎群利转给他的信是那么热切而凄惨,他对此却无动于衷,若无其事。当初她问过他对顾兰是否有过越轨行为,他是那么信誓旦旦,她信以为真了,假使她知道顾兰早已是他的人了,那么她说什么也不会接受他的。她虽然没有见过顾兰,但见过信,体会了一颗和自己一样的心。她对他毫无保留,一片赤诚,完完全全以为对方也像自己一样,她不知道在爱情上还可以有欺骗两个字。

她找不到方向了,迷失了。

他能够这么对待别人,也能这么对待自己。

她想象着顾兰失去群智以后痛不欲生的情景。

她也有可能怀孕。

她长得什么样儿?

她会像我一样,苦苦等着群智出狱!

他以后将如何面对这两个人?

或许还有其他女人!

……

雨荷的思想陷入了极度的混乱之中,她觉得自己这颗滚烫的心被他欺骗、玩弄。十月怀胎,担惊受怕,他没能来护慰她,更谈不上宠爱她。临盆之时她叫天天不应,叫地地不灵,千里迢迢,身无分文,去异地他乡投奔陌生人，为的是什么？为的是他跟她说过他爱她，他不能没有她，死也不离开她。为了这些话，她可以为他死，可如今这些都成为了谎言，她活着还有什么意思？

希望破灭了。

肖家姐妹要走了。

雨荷翻箱倒柜，找出几件小裙子、小帽子、小鞋，都是纱和缎子的，淡淡的粉色或淡淡的黄色，上面镶着小花边。这些小衣服是她自己婴儿时穿的，妈妈珍藏至今，经常拿出来给她看，还讲一些她儿时的故事。

雨荷把衣物抱在怀里，把脸埋了进去。而后她让小琪回去后交给肖姒，托她把这些小衣服穿在自己女儿的身上，这是她留给女儿的遗物。

送走了肖家姐妹俩之后，雨荷开始着手如何死。她不准备自杀，那样会给家里人带来极端恶劣的影响。

她企图制造一起交通事故。意外死亡是很自然的事情。

她的骑车技术很差，要不然也不至于在学校的时候老坐司徒政的"二等"。她上车时左脚蹬一块石头，下车靠捏闸，车停住蹦下来，见着人大老远的就喊，看见树愣往上撞，经常鼻青脸肿的。

这样，她骑车上路了。

麦雨荷在大街上横冲直撞，王府井、西单、动物园……

她进了东风市场，看见一堆人在排队，挤到柜台前一看，是卖宽幅塑料床单的。一对青年男女兴奋地议论着塑料布的花色多么洋气，铺在床上如何好看。雨荷冲他们嘿嘿冷笑，吓得他们直往旁边躲。

她又进了外文书店，看见架子上摆满了唱片，立刻联想到破四旧时被爸爸砸了的那一摞心爱之物，禁不住怒火中烧。书店里33. 1/3转细纹的、78转粗纹的、胶木的、塑料的，统统都是革命歌曲和样板戏。她的气不打一处来，朝店员大喊：

"我要贝多芬的'D大调小提琴协奏曲'！还有德沃夏克的'自新大陆'！"

店员义愤填膺地骂：

"够猖狂的你嘿！那些资产阶级的反动音乐，我们这里没有！"

"你好大的胆子，这两部作品都是周总理最喜欢的，你敢说周总理反动！"雨荷顺口胡诌，那人不知是真是假，张口结舌，一时不知如何回答是好。雨荷狂笑着离开了。

在街上，她看见男男女女甜甜蜜蜜的，心里就骂："全是狗男女！别臭美啦，日后指不定什么结果在等着你们呐！"

她最见不得怀里抱着孩子的母亲们，恨不得一脚踢死她们。

她恨一切！

她就这么在街上找死，可是几天下来，她安然无恙。也许是那会儿街上没现在这么乱，车少人也少，也许是她命不该绝。

妈妈来信了："……我每天下了工走十几里路，到团部去看有没有你的消息。这里一下雨，地面像镜子一样滑，我看不见路，摔倒了不知多少次，爬起来接着往前走，一路走一路哭，每天都失望而归。有时我觉得我唯一的、心爱的女儿已经死了，那样的话我也不活了。可是我不甘心，每天都去等消息。今天路上喜鹊朝着我叫，我真高兴，心想一定会有你的好消息，果然收到了你的电报！"雨荷的心碎了。她不能死，为了亲人，她得活下去。

过了几天，她又收到妈妈一封信："……接到电报惊喜之后，又怀疑是家里人怕我着急，冒名打的，但又不敢承认。直到收到了你的信，才真正放下心来。八连的人都说：'你的女儿照亮一条街，一定会没事的。'他们说得真对，我的女儿是最棒的！你要小心注意身体……"

雨荷拿着信去找墨兰，墨兰看完信以后不说话，两个人坐在屋子里默默流泪，天都黑了也不开灯，直到墨兰的妈妈回来开开灯，看到她们两个人说："我以为家里没人呢。"

墨兰把雨荷引到另一间屋里，告诉她，在她失踪的那些日子里，麦地白天下地，夜里看渠，大家都劝他别这样，他说他不敢停下来，一停下来就胡思乱想，觉得他姐姐出大事了。

雨荷听不下去了，她愧对弟弟，麦地人前人后姐姐长，姐姐短地叫，以她为荣，自己不配呀！

对于雨荷来说，生不如死。但为了家人，她只能苟且偷生。

这时候，雨荷突然收到梅杰男来自部队的一封信。信中说他刚离开家和肖锋一起去应征入伍，雨荷就到了。他听谢金平说了她的事，又跟肖嫩要了她的地址，写信表示问候。梅杰男称雨荷是烈女的化身，并鼓励她坚强地活下去，他说："我不像某些人能抒发自己的感情，我不会用感情得到别人的同情。我不会说，也不会写，但我凭着自己的自信及所受挫折与打击而活着。那些挫折不会磨灭自己的意志，只会从中总结出流血的教训，从而开闯出新的前进道路，并在自己的人生舞台上导演出更加雄伟壮丽的戏剧来。"

梅杰男的话像一针强心剂，一股强有力的能量注入了雨荷的体内，人一下子复苏了过来。匪夷所思，一个她不认识的人怎么会无缘无故地给她写信呢！然而就是这封信，在她人生道路的关键时刻出现了，使她如绝处逢生一般。她来不及多想，像一个濒于溺死之人突遇一救生圈，她紧紧抓住，立刻提笔回信："苍天呀，你是谁？怎么会在我被苦难碾得就要分崩离析之时出现？'为天有眼兮何不见我独漂流，为神有灵兮何事处我天南海北头，我不负天兮天何沛我于殊匹，我不负神兮神何殛我越荒州'！我只是一个普通的女孩子，怎禁得毁灭性的打击？你把我从磕子底下拉出来，然我已支离破碎，还能再拼凑起来吗？"

回信很快来了："生活不会因为你是一个弱女子而网开一面，外挺内坚才不会被苦难压垮。你必须站起来，洞悉前车之鉴方能趋利避害。"

她回道："'身后有余忘缩手，眼前无路想回头'，晚矣！"

他又道："晚了，但没完。君子不迁怒，不贰过。"

……

就这样，在雨荷的生死关头，一双神奇的，力大无穷的双手，把她从死亡的边缘上拉了回来。

从此，他二人尺素频申。

五

又是一个春天来了。

雨荷跟麦地回到了村里。推开院门，迎面看见"复辟楼"静静地立在那里，鸡窝门儿大敞四开，鸡们早已不知去向，准是夜晚没人堵门儿，全让黄鼠狼给吃了。"狗呢，娜斯塔婕呢?"雨荷问麦地。麦地说他临走时又送回芒种家去了。雨荷扔下东西，撒腿往芒种家跑。芒种媳妇说狗不知得了什么病，不吃不喝，死了。雨荷闻听此言，号啕大哭。

她推开屋门，到处积满了灰尘，四处萧然。拉开抽屉，里面放满了群智留给她的信物；另一个抽屉里，依次整整齐齐地放着注射器、棉球和药瓶。她用手轻柔地抚摸着这些物品，眼前顿时现出与群智临别时的情景，禁不住热泪滚滚。

雨荷跟弟弟开始了新一轮更加沉闷的生活。

种棉花的时候又到了。在雨荷前面赶着牲口犁地的那个人，不再是她的群智。

休息的时候，二海的女人坐在田埂上敞胸露怀地奶孩子。她还是没能如愿，又生下了一个女娃，那女娃跟雨荷的女儿差不多大。她的小手耷拉在母亲的腋下，另一只小手搁在母亲另一侧乳房上，闭着眼睛，急促地吸吮着乳汁，发出轻轻的吭吭声。

雨荷蹲下身去，呆呆地看着，认为这个女人是世界上最幸福的人，尽管她身体有残疾。雨荷双手摁住自己鼓胀的乳房，前襟都湿了。二海女人抬起头来看着雨荷，泪水从她的脸上流了下来，别的女人也在抹泪。她对雨荷说："后晌收了工到我家来。"雨荷摇摇头，走开了。

雨荷悔死呀，恨死自己了，当初完全可以把孩子生在这小村庄里，像所有的母亲一样，喂养自己的孩子。如今一切都无可挽回了。

素女也怀上娃了。女人们在地里说她害得跟别人不一样，喘不上气来。雨荷赶快去看她。

素女婆婆大莫（大概）还没忘记婚礼上的事，对雨荷不冷不热的。素女穿着那件花条绒袄，歪在炕上，对雨荷咧开嘴笑笑，用手拍拍炕，眼睛盯着雨荷的肚子看。雨荷坐下问她怎么了，她说出不来气，心里慌慌，腿疼得太太（厉害）。雨荷号她的脉，心律不齐，过速，脸也有些浮肿。雨荷让她快去医院，别耽误了，这回她没再说什么金贵不金贵的。

蛮牛送雨荷出来，雨荷跟蛮牛说素女八成心脏有毛病，怀上娃有危险，让他赶快带上素女去县医院，不了着后悔来不及。

不出雨荷所料，县医院诊断素女是风湿性心脏病，让中止妊娠。

蛮牛是独子，这事没那么简单，素女自己就不愿意。怀着身子，又不能用药，就这么死扛。

队长来向雨荷讨主意，雨荷告诉他生娃时最危险。他听后脸上掠过一阵惊恐不安，低下头不言语了。

和梅杰男通信已经成了雨荷唯一的生活内容与精神支柱，她把他当成了良师益友。虽然他们不曾谋面，但这并不重要，对于她来说，笔墨胜于语言。每天晚上，她坐在微弱的小油灯下给他写信，把心里话向他倾诉。他回信总能给她以力量，他的思想令她耳目一新：

"高山上的松柏所以能抗烈日，冒严寒，冬夏常青，永不凋谢，乃是由于坚韧的本性；水边弱柳虽然缺乏这种本性，但她有她的本性，即插到哪里，哪里活，以婀娜多姿的枝叶给人们以荫凉。我们需要的就是要具备松柳的两套本领。"

"青年——当代的风流人物，我们应成为祖国的精英与骄傲。在我们面前，面临着生活的考场，在这张人生的考卷上，最终写下的是红色的满分，还是庸碌的豆腐账，甚至是虚度此生的不及格呢？青春，像将出地平线的太阳，光辉灿烂，闪烁着无尽的光和热。它正是一个人立志图强，奠定人生方向的时刻。当然，青春怎样度过，由于家庭环境及社会影响，觉悟高低，对它的理解各有差异。青春，人生的起点，决定人一生的关键。我们准备扮演什么样的角色呢？需在社会的大沙盘上摆一下自己的位置，志气这个闪闪发光的字眼，不知吸引了多少人，博得了多少人的追求，这个字眼儿看来很简单，其实它背后蕴藏着无限丰富的内容和时代色彩。"

"白雪应象征着一个人的圣洁，红梅应象征着一个人的坚贞，时光能夺走他的生命，却永远夺不走他永恒的精神。"

"抱着一孔之见，一技之长是不会有进步的，看问题不是看局部，而是全体。应重视流血的经验，有连战连捷之后又吃一败仗而前功尽弃，也有吃了许多败仗后打一胜仗而展开了新的局面，连战皆捷与许多败仗都是局部性的，不要因某些失利而放弃全局。"

"无实事求是之意，有哗众取宠之心，华而不实，脆而不坚，自以为老子天下第一，这种作风拿了律己，害了自己。让那些鼠目寸光的人尽量表现自己去吧，我们要有'黄沙百战穿金甲，不破楼兰终不还'的情怀！"

鸿雁频传。

雨荷也跟肖姒和小琪通信，在危难之际是她们救了她，还有阿姨。对于她们来说，她只不过是一个萍水相逢的陌生人，但她们却能如此善待于她，小琪只有十五岁！这是涌泉之恩，当以何为报呢!？

但是说实话，看肖姒的信总让雨荷感到一种压力，她已经失去了孩子，难道还能失去对这世上最心爱的人的信心吗？否则她还活什么劲！她宁愿自己骗自己，骗自己群智的一切过失都是情有可原的，更骗自己她是他的最爱，之所以对她隐瞒与顾兰发生性关系之事，是为了怕失去她。

肖姒突然寄来了一张孩子一百天的照片。

雨荷差点昏死过去。那双和群智一模一样的眼睛，充满哀怨地注视着生身母亲。雨荷丧失自控，把照片当成了失而复得的孩子，拼命地搂在怀里，而后疯狂地亲吻。雨荷对照片亲了又抱，抱了又亲，亲完又看。

她委屈地哭了。

她伸出小手让妈妈抱她。

啊，她一定是饿了，妈妈这么久从来没有给你喂过一次奶！

啊，还有一点奶水！

雨荷撩起衣襟，把乳头放在了女儿的嘴里。

奶水弄脏了照片。

这不是孩子，只不过是一张照片！

雨荷气急败坏地把照片扔在了炕上——肖姒，你为什么用这种方法来折磨我！头使劲往墙上撞去……

院门"咣"的一声，把雨荷惊醒。是麦地进来了，她迅速恢复了常态。

麦地进门说：

"听说县里电机厂要招工了。"

"没门路，哪能有咱们的份儿呀。"雨荷说。

"我以前在县里开劳模会的时候，认识了县公安局的一个干部，叫普宪，他家是咱们大队二队的。他以前在北京当过兵，见了我就跟见了老乡似的，说以后有什么事尽管找他。"

"那你快去找找他！"雨荷听后，心里燃起了一线希望。

麦地"嗯"了一声，上县去了。

摆在知青面前最严峻的，是出路问题。

麦地从县上回来时，带来了普宪。普宪操一口晋南味儿的京腔，说电机厂的指标早就被头头脑脑的三亲六故给抢光了，就这还不够分呢。雨荷一听，凉了半截，普宪安慰她说以后还会有别的机会。她听了大不以为然，麦地赶紧说那次警察来搜查，要不是有普宪在暗中保护，他早就被当成窝赃犯给铐走了。雨荷听罢，如梦方醒。

"武装部有个头头和我有仇哩，不了着年祀个征兵的名额，左也不能叫喔毯馁了去！毯，当嗦破兵，好男不当兵，好铁不打钉。你们生就的城里人，发配到这搭来，肯定长远不了，最后都得回去。大学就要招生了，由当地政府推荐，不过你俩只能推一个。"普宪说。

"真的！推他，推我弟弟！什么时候开始招生？"雨荷迫不急待地问。

"这个现在还不好说。"

普宪是他们的大恩人，按说雨荷应该对人家说些千恩万谢的话，可她这个人就是这么没用，只会给普宪沏糖水，搁多多的糖，齁得他直往里兑白水。

雨荷接到二叔一封信，说他有个病人，是北京某高校的校长，老家正好是雨荷他们插队这个县的，让雨荷赶快回北京见一见这个人。二叔说知道她刚离开北京没多久，可这是个难得的机会，是有关前途的大事。还说麦地是男孩子，在农村多待两年不怕什么。要是他先走了，把她一个人撂下，全家人都不得安生。

在麦地的催促下，雨荷又回北京了。

二叔"文革"中所有的罪名早已被平反了，是被病人平反的，是被有地位的病人平反的。他的名气日益大增，常有人慕名到他家就诊，赵院长就是经人介绍来他家就医的。赵院长得了一种怪病，站立时人总往后仰。开始以为是脑子里的毛病，经过医院全面检查，没问题，一切正常。但就是往后仰，站立不住。二叔的两副汤药下去，就见好。院长敬佩二叔的医术，把他的家人也带来看病。没多久，赵院长就成了二叔家的常客。

雨荷如约到了二叔家，碰巧大姐麦文姬从解放军农场回来了，还带来了男朋友。听说她男朋友的家在天津，可他说话一点儿天津味儿都没有，雨荷认定他不是天津人，而是住在天津的北京人。初次见面，不知道说什么好，就没话找话说：

"天津人特恶心哈！"

"怎么恶心了？"大姐的男友收起了笑容问。

"说话那么难听，女的过年还戴花呢，臭美。"

家里人忍不住都笑了，大姐笑得最开心，雨荷猜想自己可能失言了，问：

"你们家是天津人吗？"

"是呀。"

"祖祖辈辈都是天津人？"

"对。"

这回雨荷不知道说什么好了，样子非常尴尬，把大家逗的笑得更厉害了，连大姐的对象也被气笑了。"不会说话就别瞎说。"二婶呲了雨荷一句。"待会儿赵院长来了，你可别瞎说啊。"二叔嘱咐她，"一见面就管人家叫'老西子'，那就什么事都别想办了。"

敲门声打断了笑声，来人正是赵院长，可能是工作环境的关系，赵院长文质彬彬的，很稳重。二叔让雨荷给客人上茶，客人见了问这是谁。二叔赶快介绍说是他的侄女，在山西赵院长的老家插队。赵院长听了特高兴，说现在还有许多亲戚在那里，好多年没回去了，不知道家乡变成嗦样样儿咧。雨荷说："蒿（好）着哩。"他听见雨荷说家乡话，高兴地笑出了声。后来他问雨荷今后的打算，还没等雨荷回答，二叔抢先替她说，她是 66 届的高三毕业生，学习成绩很好，本来家里打算让她考北大的，可就差那么一步，"文化大革命"就开始了。院长说真是很可惜，国家耽误了一大批人才！可是他们学院今年不在招生之列，也不知道哪一年才恢复招生。他想了想，说："这样吧，我给你写封介绍信，你学外语怎么样？你到北京外语学院去试试。"说完，他走到书桌前，掏出老花镜，写了起来。写完交给雨荷说："这位老大姐是我以前的老领导，找她没问题。"二叔赶紧说："好好好，别说学外语了，学地质都行，只要让她赶快有个出路，学什么都行！"

雨荷拿着介绍信去找那位"老领导"，当那人得知雨荷是老高三的时候，问她多大了，她说二十四，人家说："我们是外语学院，只招二十二岁以下的。"雨荷没争取一下，道了谢就回来了。

家里人对于雨荷的表现很不满意，说这么好的机会也不会争取一下。大姐的男朋友问雨荷那人是哪儿的人，雨荷说不知道，听她说话是南方口音。他说："那还好，不是天津人。"大伙听了哄堂大笑。

二叔把雨荷叫过去，说："坐下，从你'失踪'那件事以后，你就总是失头丢脑的，告诉我，到底是怎么回事？"雨荷心里一惊，赶忙掩饰说不知道怎么回事，最近自己脑子里老是闪过小时候在大姑奶奶屋里遇见过的那个红衣女人。二叔一听惊得张大了嘴，险些喊出声来："什么？你看见什么了！"总算掩饰了过去，不过雨荷还真想会会那红衣女子，问问她的女儿能不能留在大西北。

后来赵院长又给雨荷写了一封介绍信，是写给他发小的，一个叫张邦定的人，张在地区主管工业和基建。赵院长说："找份工作，人先从农村出来，以后再等机会上大学。"

雨荷问二叔弟弟怎么办，他说："一个一个来。"

雨荷又要回山西了。大姐提议到香山去玩儿一趟，还说要骑车去。堂弟踩鼓雨荷说："到时候不行了，可没人救你啊。"

那天他们玩儿了一整天，中午在一个小饭馆里吃的烧饼就凉粉，晚上到家都六点多了。一进门，挨了奶奶一顿臭骂，说再有两个多小时火车就要开了，东西还没收拾呢，一天到晚懵懵懂懂的……

临出门，奶奶塞给雨荷一书包吃的，说："不是给你的，是给我小孙子的。"雨荷知道奶奶心疼她，亲了奶奶一下，含着眼泪走了。

车厢里灯光昏暗，旅客们急赤白脸地找自己的座位，行李不时地撞到雨荷身上。她找到了自己的位子，放妥行李，坐下了。车还没开，她就要睡着。刚刚昏昏睡去，喇叭里传出喜儿的哭诉："娘生我，爹养我，生我养我为什么？为什么……"她一下子清醒了，是呀，生我养我为什么！我生了女儿，却卖给了别人养，为什么！两行热泪沿面淌下，她赶紧趴在了小桌子上。

到了地区，已是下午两点钟了。雨荷找到了地区革委会，看门老头儿说张主任正在开会，那老头儿把她带到会场门口，叫出了张主任。

张主任没什么特征，中等人才。他一看到雨荷递给他那封信的落款写着赵院长的名字，错把雨荷当成了赵院长的女儿，兴奋地拍着她的头和肩膀说："哎呀呀小红，哎呀呀，长成物么大的女子啦，我都不认识你了！"雨荷不好打击他，由着他抒发完，才让他看看信。他看完信，方知自己搞错了。

张主任匆匆把雨荷安排在招待所的一个铺位上，就返回了会场。临走时他交给雨荷一打儿饭票，让她自己到食堂吃晚饭，他有会议饭，不能陪她，说晚上再来找她仔细谈工作的事。

雨荷坐了十几个小时的火车，加上前一天骑车到香山玩儿了一整天，累坏了。送走了张主任，她就睡着了。睡得正香，门外大声说笑和敲击碗盆的声音把她吵醒。一时间，她不知道自己在什么地方，等清醒过来，马上意识到："坏了，张主任说好昨晚要来谈我工作的事，我怎么一觉睡到今天早上了！"她一看表，六点多了，天都发亮了，赶快撩开被子，翻身下地，刷牙洗脸。雨荷拾掇停当了，直奔服务员办公室，劈头就问："张主任昨晚上来找我了没有？"她说得挺快，她们没听懂，互相看了看，摇摇头。"都赖我，都赖我。"雨荷懊丧地说着，无心去吃早饭，坐在床上想怎么办。一会儿，天越来越黑，她纳闷，再一看表，快七点了，才明白是怎么回事。怪不得刚才在院子里刷牙的时候，那些手拿饭盆去吃晚饭的房客们直奇怪地看她呢。她自己傻笑了一会儿，又去找服务员，进门就说："对不起，我睡糊涂了，以为现在是明天早上了呢。"她们说："刚才我们还在说，喔人今个后晌才来，左问昨黑夜的事。"

她们一起又笑了一会儿，相跟上去吃晚饭。

张主任来找雨荷时，已经快九点了。刚坐定，还没来得及说话，有人敲门。张主任一见来人，眼睛一亮，说："有办法了。"

来人是个二十多岁的女同志，宽宽的脑门儿，戴副眼镜，文文静静，说话的声音又脆又亮。她拿着几张东西让张主任批示，张主任说：

"先甭说旁的，你先看一哈喔女子左样，北京来的，这面子，这身条，给你们当演员能行吧？"

"能行，你张主任介绍的人还能不行！"那人说得一口普通话，"只要您给批了这料，就更行了。"

"说嗦哩，考试哩嘛。"

"行行行行，考试考试。"她把手里那几张纸，捅到张主任鼻子底下。张主任草草看了看她手里的文件，说："先给喔女子考试，你等着，我给你们老乔写个条条，你带给他。"他由包里掏出笔和纸，写起来，任凭那女子说什么他都不理。写完了交给她说："料只能先批一半，不是跟你们讲条件，实在是没有物么些些。"来人接过条条和批文，高兴地说："我去跟乔书记商量一下考试的日期，定了就通知您。"张主任不放心，又叮嘱了一句："快着啊。"

那人走了之后，张主任跟雨荷说他难为了一后响，主要是没有指标，农村户口太难办。文工团有指标，只要是他们认为有特长的，哪搭的人都能办来。雨荷一听说是让她去文工团，赶快说自己没特长。张主任说："不怕，练一下就有了，再让晏梓公母俩给你辅导一下，不了着没别的法儿。"

晏梓就是刚才找张主任批材料的人。

雨荷在地区招待所里住着，等晏梓通知她考试。

三天后，文工团考试的通知来了。

乔书记人虽然精瘦，个子也不高，但很有威严。见了雨荷说："张主任来信儿说着哩，你先给咱考个试吧。"说完，领她到一间大屋子里。一架半旧的钢琴引起了雨荷的注意，这几乎是这破院子里唯一像样的东西了。

　　乔书记叫来了几个人，算是考官吧，雨荷禁不住有些紧张。一个面貌和善的人坐到了钢琴前，问她想唱什么歌，她一时拿不定主意。许久没唱歌了，她一下想起了和群智在一起时唱的许多歌曲，嘴角露出了一丝苦笑，脑子里闪出奇怪的念头：亲生女儿被别人抱在怀里，心爱的人在监牢里，我却在这儿咿咿呀呀唱！见她仍在发愣，乔书记高声喊她的名字，她才回过神来，告诉那个弹琴的人，她要唱《丽达之歌》。那人听了一脸的惊慌，她强调说，就是要唱这支歌。看来那是一个好说话的人，琴声随之而起，雨荷纵情唱：

　　　　你是我的心，
　　　　你是心灵的歌，
　　　　快来吧，你快来我的爱

　　"行啦，嗦洋腔腔，换个革命歌曲。"乔书记严厉制止道。她想了一会儿，说想唱《桂花开放幸福来》，琴声又起，她放声唱道：

　　　　桂花开在桂石崖唉，
　　　　桂花要等贵人来哟，
　　　　桂花要等贵客到，
　　　　贵客来到花才开耶。
　　　　唉……
　　　　山前山后桂花儿开，
　　　　苗家从苦难中走出来，

桂花开放幸福来，

幸福和毛主席分不开。

……

"好！"一阵喝彩声连连而起，接着响起了一片掌声。她背对着门口，感觉到屋里挤满了人。

"别起哄！"乔书记大声叫道。

众人依然嗡嗡议论不止。雨荷知道他们不是因为她唱得好而鼓掌，而是为了那久违了的两首歌曲。

她忍不住侧身抬眼望去，人群后面一个身形极似群智的高个儿，手里端着饭盆儿，身上披一件旧呢子外套，靠在门框上注视着她。她的心骤然乱跳，一阵晕眩，赶紧靠在了钢琴上。

考试就这么结束了，人们乱哄哄地渐渐散去，她兀自立在原地发呆。乔书记让她回去等通知，从乔书记的脸上什么都揣摩不出来。

回到村里，她大致向麦地讲说了考文工团的前前后后，又写信告诉了梅杰男和肖姒，并且征求他们的意见。

梅杰男在回信中只字未提对雨荷考文工团的看法和建议，只是叮嘱她到了新地方别断了和他的联系，然后像往常一样，谈些思辨性的问题：

"知识的海洋怎么这么深，渴知的'潜水员'们都拼命地朝下钻，我也许是力气不足，或是方向不对，一钻就出来了。我正在努力学习'潜水'的技术，但每每让华丽的'鱼类'或鲜艳的'水草'吸引而忘了我不是在采集她们，而是在打捞海底的沉船……"

"比海洋大的是天空，比天空大的是宇宙，比宇宙大的是人的心胸……希望你勇敢地、欢乐地、满怀信心地走完自己一生的道路。"

雨荷与梅杰男整整通了三年信，摞起来有两尺多高，可惜后来因为不得已的原因中断了，而且一封信都没有留下。这是一件巨大的憾事，不过他的品格，他的精神，他的学识，他坚忍不拔的意志以及海洋一般宽广而深沉的胸怀，所给予雨荷的营养，已经渗入了她的血液和骨髓之中，没有梅杰男就不会有今天的麦雨荷。

肖姒却没有回信，雨荷一直指望她能不断地寄来孩子的照片，以及有关女儿的各方面情况。女儿已经快半岁了，该长牙了吧？她一定会笑了！她笑起来会跟她爸爸一样，那张脸是群智的翻版！也不知道那家人对孩子怎么样！可是雨荷写了好几封信肖姒都不回，直到后来她到了文工团以后，告诉肖姒新地址，仍然没有得到肖姒的回音。这是一个谜，雨荷一直不解其意。她猜想也许肖姒是为了断了她对孩子的念想，或许是因为她在信中说过什么不该说的话？但愿不要为此，这不但有悖于她的愿望，更有悖于她的品质。

每天晚上临睡前是雨荷最宝贵的一段时间，她插上门，在小煤油灯下久久地观看孩子的照片。她小声跟她咿咿呀呀说话，给她唱《宝贝》，哄她睡觉，唱到"你爸爸……"时，她就改为"你爸爸不知在何方受罪啊我的宝贝！"她给女儿起了一个名字，叫"星辰"，因为群智唱《拉兹之歌》时，给她印象最深的就是那句"命啊，我的命运，我的星辰"……总在她耳边回响。"星辰"如幻，离她那么远，像群智一样遥远，对于她来说，这父女俩似乎都在天上，永不可及！

梅杰男来信说他的部队从河北迁到了山西境内。雨荷突发其想，麦收后去部队看看他。她要当面问问，肖姗说的有关群智与那个叫顾兰的姑娘之事是否真的属实。她不是不相信肖姗，实在是想从梅杰男那里得到反证，当然，也是因为梅杰男在雨荷心中的分量已经相当重了。

虽说在同一省内，但一南一北却也不近。

麦收后，雨荷登上了开往怀仁的火车，她与梅杰男从未见过面，想着找起来也不那么容易，后悔事先没互寄照片，希望他能像谢金平和肖琪一样轻而易举地认出自己来。

怀仁是个小站，候车室里人不多。梅杰男比火车早到了半个小时，他抽着烟，徘徊在站台上。列车缓缓地进站了，他扔了烟头，两手插进了裤兜里。车停了，他在稀稀拉拉的下车人中看见一个梳着短发，穿着一身不知是洗得，还是晒得发白的蓝学生装的瘦高少女，一手抓住车门柱，一手提着旅行袋，顺梯而下，飘然而至。"衣服都晒白了，脸却没晒黑。"他心里想。他没有想到，与之"纸上谈兵"已久，且越"谈"越契合的姑娘，竟是如此楚楚动人，当初黎群智在众人面前显摆麦雨荷照片时，他并没有多看，头脑里只想着顾兰该怎么办。麦雨荷的眉间微蹙，眼神凄楚，让男人不由自主地心生怜香惜玉之情。他待她的眼睛找到他时，低下了头。

雨荷看到站台上唯一一个穿军装的人，便断定了是他，但让她没想到的是，这人竟然这么高，比群智还高出半头，怕是有一米九几。"他们都得巨人症啦！"雨荷想。

两人互相径直照着对方走了过去，没有半句寒暄，只是相互点了点头，他接过了她手中轻巧的提包。

雨荷在梅杰男身后默默地跟随着，一路上谁都没说话。团部离车站不近，都是半山路。风很大，把梅杰男的军装吹得往后撤去，像一幢风帆，只显出平端端的肩膀，使得军装里面好像缝了垫肩一样。这个在雨荷前方健步前行的人，让她联想到了格里高利·派克。

梅杰男把雨荷领到团部见首长。首长热情地跟雨荷握手，看她一眼，再瞧一眼梅杰男，朗声大笑："哈哈，我说真有你的啊，梅杰男！"首长对雨荷说这里的条件艰苦，让她多多包涵，并命令梅杰男好好照顾她。梅杰男立正敬礼，口中称"是"。

从团部出来，就是一排排的营房，战士们在不远处施工，看见他俩，集体停住了劳作，驻足观望。梅杰男始终沉默不语，他把雨荷带到了一里地以外的一个小村子里，推开了一间小屋的门，闪身让她进去。

屋里大半间炕，一只大木箱子，一长条木头凳儿，除此之外，别无他物。梅杰男把提包放在木箱上，向炕上伸了一下手，意思是让雨荷坐下。他跟她说的第一句话是："你也不爱说话。"雨荷含含糊糊地"嗯"了一声，她怕在这个"知者不言"的人面前显得"言者不知"。

其实她挺爱说话的，尤其爱给别人讲笑话，讲的时候她自己不停地大笑，别人却什么都听不懂。她的表达能力不怎么样，尤其内心深处的东西，说不出来，也不想说。

雨荷坐在炕上，梅杰男坐在对面长凳上，闷头抽烟，一根烟都抽完了，也不说话。雨荷没办法，只好开口问他：

"群智是好人还是坏人？"

"好人。"他说，"坏人"。他又说，"是好人，也是坏人"。最终他是这么回答的她，跟肖姒的答案惊人地相似。

"他跟顾兰睡,睡,在肖锋屋里……是,是真的吗?"雨荷屏住呼吸,紧张地等待着他的回答,像犯人等待宣判一般。

梅杰男又点燃了一支烟,猛吸了一口,重重地点了一下头。

虽说早已在半年前就知道这件事了,但此刻雨荷的心上仍然像猛地挨了一击。

"那我等不等他?"许久,她问。

梅杰男弹了弹烟灰说:

"这个问题太重大,我没办法给你拿主意。"

"为什么?"雨荷问。

"……"

"我这次来就是讨你一句话!"雨荷说。

梅杰男迅速用眼睛问了一句:"讨我一句话?"

雨荷读懂了,说:

"是,你主张怎样我就怎样。"雨荷说。

梅杰男沉思了几十秒后,艰难地说:

"监狱是社会渣滓的云集地,他在那里八年,有可能改造好,也可能学得更坏,你……你要慎重,这是一辈子的事。"

雨荷听明白了,可她真的照办吗!

后来,两人一直沉默着,他们可以在信中长篇大论,见了面却相对无言。

有人敲门,几个小战士端着一盆热气腾腾的饺子进来了,说是首长吩咐让他们特意为雨荷包的。梅杰男站了起来,那几个小战士刚够着他的肩膀头。他把长条凳让给了他们,几个人歪歪扭扭地挤坐在上面,轮流偷眼瞄雨荷。饺子都快凉了,他们也不走。梅杰男把他们带来的两只碗里倒了点醋，搛了一碗饺子，递到雨荷手里。雨荷在众目睽睽之下，吃了一碗凉饺子。

他们走后，梅杰男吞吞吐吐地向她解释说："他们把你当成我的家属了。"雨荷听了木木然，并不明白所谓"家属"的含义，心里还在琢磨着刚才梅杰男的话。

第二天，梅杰男领着雨荷在村里转悠，他在前面走，她在后面跟着。他们遇见了一群孩子在村头戏耍，梅杰男忽然把烟卷放在嘴上叼着，伸手抱起了一个一岁左右，歪歪斜斜在地上刚学会走路的小姑娘，他把小姑娘高高举过了头，那小女娃也不害怕，咯咯地笑。他仰着头逗她，那张始终肃穆的脸，突然变得极其温柔而慈爱，身姿潇洒感人。雨荷的心一阵悸动，幻想这是群智举着他们的小女儿在逗弄！这个无限动人的镜头，定格在她的心里，使她仔细观察这个与之神交已久的男人。

他瘦，但不单薄，文，却不弱，整个人骨感很强。长方脸，天庭饱满，地阁方而不圆，棱角分明，眉骨突出，细长眼，鼻直口阔。他的目光坚定深邃，嘴角倔强地微微向上翘着。

三天以后，雨荷告辞了。梅杰男送她到火车站，火车临开时，他问她："需要钱吗？"雨荷对他摇了摇头，火车就开了。

回到和合村，雨荷在队长家门前遇见了素女，她的脸色吓了雨荷一跳，焦黄，肿得更明显了，说话大喘气。雨荷问她几个月了，她说四个多月了。是呀，四个多月没法再做人工流产了！雨荷想起自己分娩时的痛苦，觉得她的身体承受不住。她见了雨荷的神情，反而安慰说："你甭熬煎，我死不了。"

雨荷进了家门，发现炕上躺着一封来自平凉 108 号信箱的信。平凉是什么地方？她在那里没有认识的人。打开信，见是群智的字体，她的心怦怦狂跳，信在手中瑟瑟抖动。

信很短，说他的案子已结，被判了八年徒刑，现正在平凉监狱服刑。他开了一个清单，希望她给他寄些日用品和烟。雨荷读着读着，不禁放声大哭。她原以为自己已经不会哭了呢。哭声引来了麦地，麦地从她手中拿过信，看完后，默不做声，等姐姐平静些以后，叫她赶快给群智写回信，并提醒她注意，狱方会检查信件。

麦地拿着姐姐的回信，骑车到镇上购买群智所要的东西去了。

八年！八年是一段什么样的光阴啊！八年前，她背着行李到学校去报到，那时的她是一个无忧无虑的小姑娘，这一切已经是那么的遥远。那时的她，怎能想到日后会在他乡的土炕上受这等煎熬！那么八年后又会是什么样？这八年又怎么熬啊！八年后他出来，她将如何向他交代孩子的事？难道告诉他，她已经把孩子给卖了！

他小时候坐在周总理的腿上吃饭，现在坐牢！这是什么命运？

总算有了群智的消息！八年再长也比遥遥无期强得多，什么顾兰顾红的，雨荷什么都不顾了。

能跟群智通信了！尽管不能畅所欲言。

雨荷赶紧把这个消息告诉了梅杰男和肖姒。

雨荷打算把这封信拿给黎群利看看，但一想起她那无情的眼睛，便打消了这个念头。

素女提前两个月分娩了，是个女娃。那天一大早，队长来拍雨荷的门报喜，说素女生娃时，县医院十二个大夫围在产床前，以备意外之需。"莫（没）事啦!"队长眼里闪着激动的泪花。雨荷心里的一块石头也落了地。

大姐来了一封奇奇怪怪的信，神神秘秘，吞吞吐吐，不知所云，而且异常兴奋。她说中央出了件意想不到的大事，真是大快人心，罪有应得! 中国有救了，人民总算有出头之日了等等，也不说到底出了什么事，还千叮咛万嘱咐的，让他们千万别跟别人说，否则有杀头之祸云云。

没过多久，中央的正式文件就传达到了村里。老百姓对此漠不关心，那态度好像在说，这有嗦，意料之中的事，与我们的生活莫关系。队里组织学习毛主席与江青的通信，通知晚上七点开会，结果八点了，人还没到齐，政治队长只好挨家挨户去催。人们慢慢悠悠，三三两两地来到队部。男人们抽烟，闲扯；女人们纳鞋底，骂孩子，乱成一团。会计念的是什么，根本听不清。雨荷是真想听听毛主席怎么说，就站起来大声说："安静些，都听不见了。"老乡们七嘴八舌地说："听喔揍嗦？人家公母俩的事情与你有何相干。"一个老婆婆说："公母俩的事情不在被窝里面美美地整，写嗦信哩，还叫物么多人听，羞死人咧。"

会场上哄笑不止，会计等于白念了。

后来雨荷再也没有机会聆听主席的这次教诲，跟许多人打听过，都说不解其意。

雨荷去问墨兰，墨兰无心顾及政治，她的母亲得了心脏病，她正在办困退。在这之前不久，黎群利已到河南随她父母的干校去了，否则雨荷也不会再到牛舌来。

初冬时节，晏梓带着调令来接雨荷去报到。他们姐弟俩原以为此事早已告吹，没想到突然间又成了。雨荷问晏梓这事怎么拖了这么久，中间一点消息也没有，还以为彻底黄了呢。晏梓说乔书记因为派性下台了一段时间，后来他们这一派又赢了，重新掌了权，乔书记复出，才又着手办理的。晏梓说好像外调的时候有点麻烦，张主任又作了许多工作，好不容易才办成功的。

说话之间，一伙人连说夹笑推门进来了，原来是栗理和小菊他们来了，还带来了一个小男生，院子里顿时热闹起来。那小男生名叫廖鼎，原是不认生的，数他闹得欢腾。雨荷跟弟弟很久没有这么开心了。

突然来了这么多人，吃饭成了问题。正赶上风箱又坏了。"要是群智在就好了，他准能修好。"雨荷暗想。幸好天冷了，屋里生起了炉子。

晋南的冬天不大冷，家家沿着炕盘一个小炉子，火眼儿的直径也就十多公分，很省煤的，生上火后再烧烧炕，屋里很暖和。奇怪的是全都不用烟囱，晚上封火后也没有煤气。雨荷曾多次请教老乡们，他们都说历来如此，从来没熏着过人，真日怪！

队里正好杀了一头病牛，给各家分了些牛肉，他们就切了放在这小火眼儿上炖。火力太小了，总也不见开锅，廖鼎忍不住老掀锅盖，栗理就打他的手，说越掀盖越不容易开。大伙都饿了，晏梓是客人，真不好意思。

得知晏梓是地区文工团的演员，是来给雨荷办调动手续的，大家都来了兴致。

"我还以为你是雨荷的同学呢。"栗理说。

"又有一个要飞啦!"廖鼎嚷道。

"咱们什么时候才能离开这儿呀!"小菊叹道。

"听说大学要招生啦!"栗理说。

"你也听说了?什么时候开始?"雨荷忙问。

"什么时候开始不知道,只知道各地区,各学校不一样,而且不考试,由当地政府部门推荐,叫工农兵大学生。"

"可是有那么多知青,哪能有那么多的名额呀,还不打破了脑袋!"

"我脑瓜儿硬,禁打!"廖鼎伸出脑袋来做让人打状。

雨荷和弟弟对视了一下,全都想到了普宪。

锅终于开了。雨荷跟九福妈借了几个馍,烤在炉子四周。

队长听说知青院子的风箱坏了,差人来修。

馍都被啃完了,肉也不见烂。修风箱那人说准是先放了盐,肯定是烂不了了。

"是廖鼎这个笨蛋放的。"栗理说。

"就这么凑合吃吧,都快三点了。"雨荷给每个人盛了一碗。

几个人围坐在炕桌旁正要吃,麦地说:"慢。"然后从炕洞儿里摸出一瓶白酒来。

"乌拉!"众人齐声欢呼。

酒过三巡,每个人都面红耳热。大伙又举杯为雨荷饯行,她一阵百感交集,忍不住掉下了眼泪,后来越发不可收拾,竟呜呜地哭出了声。

众人顿时哑然,小菊也哭了。

晏梓在和合村住了两天,和大伙儿已然稔熟,这是一个爽快的人。雨荷问她什么时候去报到，她说团里正在西山煤矿演出，眼下没人，可以再过几天。她的老家在芮城，想借此机会去探家。雨荷一听，萌生了报到前到平凉探监的念头，便拉过弟弟到一边商量。麦地面有难色，雨荷说等报了到再请假就难了，并反复向他保证不会出问题，只去三五天就回来，麦地只得依了姐姐。

晏梓跟雨荷约定，一个星期以后回和合，然后一起去地区报到。

想到就要见到日思夜想的人了，雨荷的内心激动不已。她准备了一提包东西，把刚给麦地做的一双新鞋也给带上了。她又把小星辰的照片夹在自己的几张照片当中，准备得机会交给群智，他还不知道自己已经当了爸爸，如果他知道有了亲生女儿，一定会感到巨大的幸福。

栗理他们留下来陪麦地，雨荷放心地上路了。

雨荷辗转登上了去平凉探监的路程。

火车停在宝鸡站时，天已经黑了。雨荷必须得在这儿住一宿，因为第二天才有去平凉的汽车。这车站真小，比县城的火车站大不了多少，人也都灰头土脸的。她想，宝鸡已是这德性了，平凉更是可想而知！她向一个着路服的人打听去旅馆如何走法，这人的口音跟晋南那边老百姓的口音差不多。

她顺着那人所指的方向，深一脚浅一脚地寻去，天已然漆黑，伸手不见五指。她完全不知道方向了，心下慌恐。走着走着，感觉脚下有铁轨，就用脚踩着枕木探着往前走。突然，她听见身后有火车的响声，同时有光亮从背后射来，借着光，她才发现自己走在一座桥上，向脚下望去，有三条轨道。她扭头向后观看，强烈的光线使她无法判断火车在哪一条线上运行，火车越来越近了，她来不及思考，一个箭步蹿到右边，扔下提包，双手紧紧抱住了桥栏杆。这时，火车像一座山一样压过来，强大的气流险些把她的双手从桥栏杆上掰开。她看清楚了，火车在中间那条铁轨上，如果是在右边这一条上，她准没命了。

雨荷惊魂未定，吓得大声哭喊。一个手提号志灯的路工寻声走了过来，把她带到了铁路局招待所。

平凉终于到了，雨荷随人流走出了车站。一连问了好几个人，均不晓 108 号信箱为何物。她一时踌躇，不知何去何从。后来一个年长的人说，这可能是一个什么单位的通讯代码。她看此人面善，就告诉他这是监狱的信箱号，自己是来探监的。那人驻足用惊异的目光看着她，她说："叔叔，我是来探望亲人的，你告诉我怎么走吧！"他听后，掏出笔和纸，画了一个详尽的路线图，交给她，她接过图，对人家千恩万谢，他摆了摆手，走了。

照着图，雨荷顺利地找到了目的地。门口赫然挂着"平凉监狱"的大牌子。

真的要见到朝思暮想的人了吗？她不敢相信这是真实的，她激动得不能自持。天寒冷，她整个身和心在监狱门口战栗不止，没法往前迈步。

持枪门卫厉声质问她干什么，她结结巴巴说："探，探，探监！"门卫问探谁，她说："黎，黎群智！"门卫给里面打电话。

一个中等个的中年人出来了，问雨荷是黎群智的什么人，她说是他对象，那人就带她进来了。那人慈眉善目的，神情安静，完全不是想象中横眉立目的狱卒，她的心渐渐定了下来。

进了大门，还有二道门，传达室的屋顶上站着一个穿军大衣的持枪岗哨，墙的上端布满了铁丝网，平添了几分阴森。

中等个儿告诉雨荷，已经派人去传了，让她等在这儿，然后跟她聊了起来，问她是干什么的，从哪儿来。雨荷背对着门口，脸向着中等个儿，毕恭毕敬地一一作答。其时，群智已经站在雨荷身后了。那人用下巴向她示意，她猛一回头，看见了他。

刹那间，她险些扑到他的怀里，然而周围的环境像一只无形的巨掌，挡住了她。

群智虽然强作镇定，但雨荷分明看到他眼睛里闪烁着意外的惊喜和百感交集的光芒。

中等个儿见此状，把他们领进了传达室，群智向她介绍说，这是他们的教导员。

这是一间 15 平方米左右的房子，屋子深处有一张值班床，床头有一张三屉桌和两把椅子。教导员让雨荷坐在床上，让群智站在靠门口的窗户边，他自己坐在了桌旁的椅子上。

他二人四目而视，千言万语尽在不言中。

教导员咳嗽了几下，开始训话："人家姑娘大冬天的，千里迢迢来看你，你一定要好好改造，别辜负了人家一片心。"群智口中连连称是。

雨荷忙打开提包，一样一样往外掏。见多是吃的东西，群智忙说这里的伙食不错，每个星期都有肉吃，让她尽管放心，还说自己比以前胖了几斤。雨荷仔细观察他，果然脸上白胖光洁。见雨荷绽出了笑容，他来了神儿，向她讲述在这里学会了许多技术工种，还参加篮球比赛。雨荷问他身边是否还有自己的照片，他说在看守所里全部遗失了。她拿出一摞照片，问教导员是否可以给他，教导员点了点头。她连忙站起身来，将那沓儿照片递给了群智，借机握了握他的手。他接过照片，一张一张地翻看着，雨荷仔细观察他的反应。突然，他的手停止了翻动，身子颤了一下，随后靠在了窗台上，脸色惨白。正好这时有一个人推门进来跟教导员说话，群智赶紧抬起惊愕的目光，用眼睛询问雨荷，她向他深深地点了一下头。他把照片掖进了上衣口袋里，痛苦地垂下了头，不吭声了。那目光令雨荷永生难忘。

过了许久，雨荷问群智还需要什么东西，他想了一下说："烟。"

雨荷问教导员明天是否可以再来一次，教导员说："你从那么远的地方来，可以破一次例。"

雨荷依依不舍地离开了，回头再望他一眼，见那屋顶上的哨兵跟他开玩笑："喂，谁看你来啦？"他强作欢颜，冲那哨兵举了举手里的提包，进去了。

雨荷出了监狱，先到街上买了好多包各种牌子的香烟，准备第二天交给他，真懊恼忘了问问他想要哪一种。

买完烟，雨荷找到离监狱不远的一家小旅馆，店员向她索要介绍信，幸亏临出门的时候，她到大队开了一张，这才住下了。她声明要个单间，店员引她到了一间小屋里。屋子虽然小，但很干净，只是没有窗帘和门帘，从院子里能看清屋里的一切，晚上绝不能开灯。

雨荷放下东西，抓紧时间给群智写了密密麻麻一封信。她首先讲了小星辰的事，又讲了她对他的爱，告诉他，她永远等着他。如果他也同意的话，下次回信就在信纸的右上角写一个"A"字，反之写"B"。写完，她叠好，塞在一包印有特殊图案的硬纸壳烟盒里。

天黑前，她做好了这一切，然后插上门，摸黑洗漱后，躺下了。

第二天一早，雨荷又来到了监狱。没等多久，教导员带着群智出来了。这次他没让他们进屋，让他们在院子里站着说话，他站在不远处看着。

群智把鞋还给雨荷，说太小了，穿不进去。雨荷拿出烟，问教导员是否需要检查一下，教导员冲她摇摇头。她心中甚喜，打开报纸包，一盒一盒地递给群智，假装问这个牌子好不好，那个牌子行不行。拿到里面有信的那一盒，她用食指敲了敲，暗示他里面有东西，他接过来，用眼睛向她表示会意。

群智双手捧着香烟，沉重地对雨荷说：

"你回去吧，这里太冷了，又不安全。"

雨荷告诉他，自己找到了工作，在地区文工团当演员，从这儿回去以后就去报到，让他等着新地址。他听后大不以为然，说："你要到台上让人当猴儿耍？"见雨荷茫然，他又说："一切要多加小心，以前我们都太幼稚了，社会很复杂，你自己多保重。"雨荷点点头让他放心。

在那种情况下，他们也只能说这些了。

要分别了，他们什么都不能做，只能说声再见。雨荷真想扑到他的怀里永远不撒手，但周围荷枪实弹的卫兵阻止了她的非分之想。

又要分手了，他们再次用眼睛交换着心里的念想，恋恋不舍地分别了。

她把心留给了他，带走了他的眼神。

雨荷病在了路上，她不能停留，挣扎着往回走。回到和合村，她烧得直说胡话，说的全是跟群智在狱中会面的内容，朋友们都说烧这么高得送医院。麦地推出自行车，大伙把雨荷裹严实了，放在车架子上，用绳子把她和车座子捆在了一起。县医院离和合村有近五十里地，一路上天寒地冻，麦地却骑得满头大汗。到了医院，医生说是一般的风寒感冒，给打了一针柴胡，开了些药。

麦地去拿药的时候，听人说下午两点半有一班开往镇上的长途汽车。他实在累得够呛，就想让姐姐坐车回去，自己在镇上等她。

雨荷打完针，烧退了下来，感觉好多了。麦地把她送到了长途汽车站，自己骑上车先走了。汽车是从地区开来的，规定车上下来几个人，让上几个人。雨荷不知道，排到跟前，车门关上了，她有气无力地拍打车门，司机根本没听见她的哀求，车开走了。

雨荷站在空荡荡的车站里思索了半天，觉得只有一种选择——走回去。否则麦地在镇上等不到她，会急死，她绝不能让弟弟再为这个姐姐担惊受怕了！

她不清楚五十里地是一个什么概念，只得冒然徒步而行。走累了在路边歇一歇，歇一会儿再走。

她饿了，见着一家小饭铺走了进去，要了一碗羊肉泡馍，上面撒着芫荽末、葱花和油泼辣子。"醋得自己放，各人的口味不一样。"群智做好杂杂汤时的话音，在她的耳边回荡。

她出了饭铺，沿着公路继续往前走。不远处有路标，但上面的字迹模糊不清，也不知已经走了多少里了。

她渴，刚才的泡馍有点儿咸，上哪儿去找水喝呢？嗓子直冒烟儿。天不早了，她给自己加了把劲接着往前走。身后一个十六七岁的小女子骑着自行车过来了，雨荷像见了救星，拦住了小女子，问她家离这儿远不远，说自己渴坏了，想找口水喝。小女子下了车，说：
"不远，就在前边三四里路。"

雨荷坐上了小女子的后座，觉着这三四里路总也不到似的，比她
从和合到牛舌的时间还长。起风了，风从迎面掼过来，小女子吃力地
蹬着脚镫子，使雨荷于心不忍，便从车上跳了下来。小女子骑出去一
段，发觉轻了，回头一看人没了，又掉过头来推着车迎她。

雨荷一连喝了人家三碗水。小女子的妈听说她要走着去镇上，脑
袋摇得像拨浪鼓，说："你保险走不到乌搭（那里）。从县城到这搭
八里路，你自己算一哈吧。"雨荷抬腕看了看表，已经快五点了。
"你今黑夜住我屋里，明个再走。"女子妈说。雨荷没想到费了那么
大劲，才走了八里，还不算小女子骑车带她的那一程。有心住下明天
再走，但一想起麦地，谢绝了，坚持要走。女子妈嘴里不停地说，
"你走不到乌搭，你保险走不到乌搭。"见雨荷态度坚决，便要她儿
子用自行车送她。

风越刮越狠，呜呜的，使得眼前这个壮实的后生也减慢了速度。
雨荷说："我下来走一段吧！"后生说："不用。"仍吃力地往前骑。
上坡时车速更慢了，雨荷没征求他的意见，跳下车，说："我自己
走。"后生下来，推着车跟在她身后。坡过去以后，雨荷重新坐上后
架子。没多久，又是坡，她又要下来。后生说："你甭下来，前面全
是上坡。"雨荷想：顶风、上坡、带人，得把人家给累死。便跳了下
来，心里踏实了。

雨荷让那后生回去，要自己走。他不言语，紧跟在雨荷身后。雨
荷坐地下了，说：

"你不回去，我不走了。"

"我没把你送到，回去我妈骂死我呀。"后生为难地说。

"你不回去我不走，坐在这一宿。"

"不了着，你随我回去。"

"不。你回。"

"有罗（狼）哩！"后生着急地说。

雨荷认为他是在吓唬自己，说：

"我不怕。"

后生仍站在她跟前不动。见雨荷仍是坐在地上不肯起，他才无可奈何地蹬上车回去了。

天墨黑，没有星星和月亮，风像狼一样嚎叫。雨荷的心里有些害怕，扭头去看那后生，早已没了踪影。空旷的田野上，只剩下她一个人，寒冷、疲劳和无助包围着她。

雨荷走走停停，觉得永远到不了头。她极度恐慌，突然觉得这世间本来就空无一人，空无一物。

"这条路群智走过，他走了整整一宿，走回来告诉我，他不能没有我，他离不开我，死也不离开我。"想到这里，她感到身边似乎有他的身影在陪伴，又鼓起了勇气。

"是什么拆散了我们？"她想起了分别时的情景，想起了群智看到女儿照片时的那双眼睛。"家，什么是家？我们这一家三口被分隔在三地，何时才能团聚！"

雨荷实在走不动了，倒在地上大声地哭喊。没人听见，她是哭给自己听的。

夜深了，她不知道现在是几点钟，麦地一定在镇上急死了，然而她无论如何也站不起来了，恨不得生出翅膀飞回去。

雨荷哭累了，呆坐在冰冷的地上直打哆嗦。

有声音！不是风声，风已经小些了。

是人，是鬼，还是狼？

她坐直了，竖起了耳朵听，毛骨悚然。

声音渐渐近了，是人！

"有钱人穿的是绫罗绸缎，穷人们穿的是粗布衣衫，这才是世不平难以改变，怨什么命来怨什么天……"啊哈，是个男人在唱眉户！雨荷站起来朝那声音大声喊叫，戏文戛然而止。她加大了嗓门，对方没回应。她急了，说："帮帮我！帮帮我啊！"两个男人推车走了过来，她看清了，是一老一少。老的说："好呀哩，你喔女子，吓了我哩一跳！我哩若不是两个人，都不敢走过来，不知是人是鬼哩！半夜三更你一个女子在荒郊野地里搂嗦哩，不怕么？有罗哩！"

雨荷说明了原委，坐在了那个少年的后座上。

刚到镇边，就听见麦地、栗理、小菊、廖鼎四个人打着手电，扯着嗓子叫她的名字。

麦地见到姐姐的身影，就瘫在了地上。

下雪了，这一天是"小雪"，老乡们说"小雪"这天的雪特别难得，能治病，就纷纷出来用盛器收集。廖鼎说：

"咱们也盛一点儿吧。"

"行，治治你的臭脚。"栗理笑着说。

麦地进屋拿出了锅和脚盆。

"去你的。"廖鼎抓起一把雪，揉成了球，朝麦地扔去。

四个人在后果园打起了雪仗，小菊净挨打了，栗理却也不知道向着她一点。雨荷在旁边看得直着急。

麦地打了一会儿雪仗，端起一锅雪进了灶房。他把雪倒进大锅里，烧开了让姐姐喝下去。

晏梓从芮城回来了，看样子真的要离开这里了。

该去看看队长一家子，告个别，不知近来素女怎样了。雨荷向队长家走去，快到时，远远的瞧见蛮牛一手抱着孩子，一手搀着素女进了村口。"那是素女吗？怎么这么瘦！女人生了孩子该当胖些才是。噢，是她！"雨荷紧走了几步，迎上去，抓住了素女的手。

"你怎么了，这么瘦。下雪还出来？"雨荷问她。

"不咋的，消肿了，可好，心也不慌慌了，就是累。"说话间，她仍时不时地瞅一下雨荷的肚子。"你咋样？"

雨荷说好着哩，挽着她的臂膀，向她妈家走去。素女脸上洋溢着幸福说：

"你不瞅一哈我娃，我娃可好，过了百天了。"她说话仍有些气短，雨荷忙制止她，说进了家门再看。

进了门，她们都脱鞋上了热炕。素女脱下大棉袄，露出了那件条绒衣服。她把娃放在了雨荷的怀里，娃正睡着，雨荷紧紧搂起娃，把娃的头按在自己的左乳上，伏下身去，一下下亲她的小脸儿。眼泪掉在了娃的脸上，娃"哇"地一声哭了，素女赶紧抱回了她娃。雨荷的两手张着，傻了。队长婆娘把雨荷的头揽在怀里，掉下泪来，说："苦命的女子呀！"

半夜里，一阵紧急的拍门声，把人全吵醒了。素女的二弟上气不接下气说："快，我姐，我姐让他们给扔在破庙里啦！"雨荷惊出一身汗，问是怎么回事，他说："快，快呀！"

几个人跟着素女二弟往村外跑。还没出前巷，就听见素女妈的哭声。他们加快了脚步，跑到了庙跟前。

素女躺在破庙地下的一块门板上，她妈扑在她身上哭天抢地，其他人立在地上哭。雨荷想不明白是怎么回事，白天还好好的！

风搅着雪，香案上的油灯在风里摇曳，几近熄灭。素女的脸灰白，闭着眼，半张着嘴，似乎有什么话还没说完。

雨荷扶起了素女妈，两人一起抱头痛哭，素女妈断断续续地向雨荷讲说素女的死亡经过。

素女生娃时虽然得以脱险，但身子一直虚得很。医生叫她不要给娃喂奶，说有危险，她心疼娃，不听。夜个（昨天）来家是因为身子突然消了肿，觉着轻快，好些日子没回妈家了，就冒雪抱上娃来了。黑夜，母女俩躺在炕上闲扯，扯着扯着，素女突然对她妈说："我要是不行了，你要把我娃照顾好……"话没说完，没声音了，她妈说："说喔揍嗦，你不是好好的。"素女不言语，后来突然大叫一声，身子翻了一个个儿，人趴着咽了气。等队长和他长子闻声赶过来时，人已经没气了。据说当时队长说的第一句话是，"快抬走"！爷俩卸下一块门板，抬上素女往她婆家疯跑。急不行雪路，幸亏她婆家不到二里地。

蛮牛妈太精明，一见爷俩的式子，心下明白八九分，挡在门前不叫进，伸手一摸，人早凉了，高低不叫进门。这搭的习俗是，人死在外头再不叫抬进门里。蛮牛跪在雪地里哭着求他妈："素女还没死呢，让她进门吧！"蛮牛妈说："没死为嗦她妈家人急着往咱屋里抬？你自己摸摸去，冰凉！"这爷俩没法儿，只得把素女放了在破庙里。

素女妈不断地大喊："把我娃抬回我屋去!"队长老泪纵横,跟雨荷说:"不行啊,咱这搭嫁出去的女子,不叫停在妈家!"

几个人生拉硬扯,把素女妈拽回了家。进门见素女的娃美美地伏在炕上,众人又是一阵哭泣。娃被吵得在被窝里来回扭动小脑袋,但没醒,雨荷把这没妈的娃抱在了怀里,一直抱到天亮。临走时,队长婆娘跟雨荷说:"人都死了,条绒钱还没还上你!"

雪停了,雨荷该上路了。他们默默地收拾东西,连廖鼎都不闹了。也许是因为要分别了,也许是因为素女的死。

乡亲们闻说雨荷要走,都来送行。男人们远远立着目送,二海女人捯着小碎步,塞给雨荷一个黢黑的粗布手巾包,滚热的,打开一看,是几个刚煮熟的鸡蛋。九福妈递给雨荷一摞才织下的粗格布,说:"不胜洋布美,可比洋布舒服。"还有给鞋样和麻绳的。

队长一家子来了,队长婆娘交到雨荷手里六块四毛八,说还差五块钱,日后慢慢着还给麦地。雨荷急了,说:"你是不是叫我给你跪下?你是不是拿着我当外人?素女能穿上我送她的衣裳走,也不枉我们姐妹一场!呜,呜……"

队长婆娘的手松开了,收回了那六块多钱,在场的大小女人一齐哭出了声。

雨荷说自己要走了,感谢三年多以来乡亲们对她的爱护,托付他们继续照顾她的弟弟。她向乡亲们深深地鞠了一躬,告别这块生活了三年的土地。

一行六人提着雨荷的行李,走在厚厚的雪地上,发出咔嚓咔嚓的脚步声。回头看看,村口像她来时一样,站满了黑压压一大片人。雨荷转身又向众乡亲们鞠躬,头低得就要挨着地了。

雨荷被他们拉起来,走了。

她听见身后栗理对晏梓说,以后你要多照顾雨荷,别看她在我们当中最大,可是她最单纯,最实在,心也太善。晏梓答应着。

雨荷心里想:"什么'太善',把自己亲生的女儿都给卖了,现在又丢下弟弟去'谋生',这是太恶!活着有什么意思?"

雨荷同晏梓坐上了长途汽车,向众人告别。

她就这么把弟弟一个人丢下了。

六

晏梓的家住在车站附近。她帮雨荷拎着行李，先到她家歇歇脚，吃了点东西，才送雨荷到团里去。

传达室一个老头儿迎了出来，晏梓给雨荷介绍，这是王大爷。王大爷听说雨荷从和合村来，特别高兴，说是自己人。他进屋取了钥匙，带她们往宿舍走。院子破旧而零乱，但非常大。墙上写满了大标语，地下还有大字报的零碎残片。雨荷的宿舍在南排倒数第二间，王大爷把门打开，说团里人还在煤矿演出，明天才能回来。

屋子也不小，足有三十来平方米，里面有七张木板床。据王大爷说连雨荷才五个人住，都是新来的学员。

晏梓告诉雨荷，四个人当中，有三个是当地人，另一个也是北京知青，叫凌燕喃。那三个人都是对立派招来的，凌燕喃虽然是本派招上来的，但来的时间太短，让雨荷别跟她们随便说话。对于晏梓的嘱咐，雨荷大不以为然，因为她素来对派性对政治运动极不感兴趣。

较好的位置已被占去，雨荷只得把铺盖放在了迎着门的空床上。这时已是下午四点多了，雨荷让晏梓快回家去，待一会天就该黑了。晏梓临走前，把雨荷领到食堂，通知大师傅姜大爷预备晚饭。安排停当了，晏梓才离开。雨荷把她送到大门口，一直目送她出了巷口。没想到她转身又回来了，让雨荷跟她回家住。雨荷感动得鼻子直发酸，但谢绝了。

晏梓走后，雨荷一个人坐在冰冷的屋子里，感到从未有过的孤独与凄凉。陌生的地方，陌生的人。她被寂寞与寒冷紧紧包围着，从内冷到外，是那么的孤苦伶仃，无依无靠。"甘肃比这里冷多了，更比这里陌生！我的孩子，你这么弱小，妈妈就把你扔给了生人，我是千古罪人！孩子啊，你在哪里？你怎么样了？你冷不冷？你吃得饱吗？"冰凉的泪水像小溪一样流淌下来。

王大爷敲门叫雨荷，她赶忙擦掉眼泪，开了门。王大爷进来说："这娃，左不开灯？"话音没落，灯亮了。他发现雨荷哭过，说："娃呀，找到工作是好事，哭嗦哩？有物么些些人还在村里没指望哩。"雨荷点了点头。他说："快把炉子生起来，冷哩。"他拿起煤桶和小铲子，又让雨荷带上簸箕，跟他到院子里搓煤和劈柴。

炉子又高又大，一桶煤倒进去，不到炉膛一半高。她又去搓了两桶进来，才填满了。

生上火以后，屋子慢慢暖和起来。雨荷披上衣服，拿着饭盒到食堂去打饭。姜大爷给她做的揪片儿，她端回来，放在炉子边上，却吃不下。

床铺跟妈妈干校帐篷里的木板床一样，都是用条凳支着铺板。她铺好床后，躺在上面，饿着肚子，久久不能入睡。群智在监狱里是不是也睡这样的床？他此刻也在想我和孩子吗？弟弟今后一个人怎么生活！她想象不出今后的演员生活会是什么样的，是像小时候在少年宫合唱队那样的演唱吗？

第二天早上，姜大爷敲窗户，让雨荷去吃早饭。她说昨晚的揪片儿还没吃呢，自己在炉子上热了吃吧。她把二海女人给她的熟鸡蛋送给了姜大爷几个，姜大爷高兴地咧着嘴笑了，露出了黄黄的牙齿。

吃完早饭，雨荷把从村里带来的脏衣服都洗了，晾了满屋子都是。她把屋子也打扫得很干净。干完活，她坐在火炉子旁，用火钩子抠哧棉鞋底子上的泥嘎巴。这时，院子里传来了说笑声和脚步声，她想，该是他们回来了。她坐在原地没动，继续抠着她的鞋底子。"嗵"的一声，门被推开了，进来了几个十几岁的小丫头，手里提着大包小包。雨荷抬起头来冲她们笑了笑，她们也回敬了不自然的笑容，还偷偷打量着她。最后进来的肯定是那个叫凌燕喃的北京知青，她友善地跟雨荷打过招呼，然后麻利地把雨荷晾在绳子上的衣服归拢到边上，免得挡道儿。雨荷赶紧放下火钩子，站起来和她一起归置。

凌燕喃虽然不很漂亮，但一看就知道是从大地方来的，而且是那种让人很放心的人。那几个小丫头其实无甚姿色可言，还惺惺作态的，显得更怯了。雨荷从心里不由得升起一股居高临下之感。傲气虽然是无形的，但让人能感觉得到。她想，一堵墙已经在她们中间竖起来了，但绝不是因为派性。

有人敲门，还没等屋里的人答应，门已经被推开了。进来的是一个又高又瘦的男青年，有那么一点玉树临风的意思。他直奔着雨荷走过来，伸出手说：

"我叫李嗣特，唱男低音，是北京河北北京中学的，在忻县插队。"

雨荷实在忍不住，笑了，说：

"李斯特？还莫扎特呢！你是匈牙利人？"

"不是，"那人也笑了，"是子嗣的嗣。"

雨荷噢了一声。

"听说你是老高三的？不像不像，顶多像初三的。"他一边嘎悠着屁股底下的椅子一边说。那椅子似要散架了，咯吱咯吱地呻吟。

雨荷说谢谢。后来他从巴尔扎克谈到梅里美，从比才到德彪西。他见雨荷不太搭腔，就问她知道不知道这些。雨荷说知道，我曾祖父在李鸿章手下搞洋务，我爷爷奶奶都是在洋人堆里长大的，我们家原先有一屋子书。你看过《诸子集成》《太平御览》这类书吗？他听后表情起了些个变化，说没有，没听说过。雨荷不喜欢炫耀自己的人，尤其是初次见面，而且她看出同屋那几个女子已经开始重拿重放了，就拿话把他镇住。

果然，那个年纪看起来最小，但个子最高的女子说："嘿，我们要换衣服啦！"说的是山西味儿的普通话，语气很不客气。

李嗣特有点下不来台，正好屋外有人大声叫他，他顺势答应了一声，出去了。等他出去以后，几个小女子此起彼落地骂他"讨吃鬼"，只有凌燕喃没说什么。

想不到和同事们的初次见面，竟是这么的不愉快。

团里因为在外面连续演出了一个多月而放假三天。那三个小女子都回家去了，屋里只剩下雨荷跟凌燕喃，她们都松了一口气。

交谈之中，雨荷知道凌燕喃的父母是中央歌剧舞剧院乐队的，她本人打扬琴。这让雨荷异常兴奋，以为遇到了知音，谁知凌燕喃对音乐并无太大兴趣，这使得雨荷有些扫兴。

去食堂打饭的时候，她们碰见了那个身姿很像群智的人，他跟凌燕喃打了招呼。雨荷装作不经意的样子，向凌燕喃打听他的名字，凌燕喃说大伙儿都管他叫"宽儿"，雨荷问是什么意思，她说可能是因为他老说自己的肩膀比一般人宽，做一件衣服至少得用一丈布什么的，大伙就给他起了这么个外号，反而没人叫他的真名了。

这三天里，雨荷写了许多封信。告诉所有该告诉的人她的新地址和新情况。中间晏梓来看过她一次，见她安排得挺好，就放心地走了。凌燕喃说晏梓的爱人是副团长，叫韦栋天，是这一派的头头。雨荷问她这两派到底是怎么回事，她也没什么兴趣地说："搞不懂，管他呢。"

她俩闲得没事，凌燕喃说电影院在演《地道战》，雨荷说都看过八百遍了，她仍是拽着雨荷去了。

电影院紧邻文工团，后门通后门。这里通常也做剧场用，文工团常在这儿演出，还经常租他们的舞台彩排。两家是合作关系，所以剧团的人可以随便进去看电影。

在电影院门口，她们碰上了几个男生，其中有李嗣特和宽儿。彼此只是点了点头，没说话。电影院的看门人拦住了雨荷，宽儿说："她是新来的。"他的口音是纯正的北京话，身躯壮硕而伟岸，那张脸也很漂亮，宽宽的额头，浓眉大眼，嘴唇略微有点厚，下巴向前翘着，很像雨荷想象中普希金笔下的骠骑兵。

三天假期以后，上班了。有人通知全团开会。院子的尽里头靠近后门处，有个二层简易楼，是办公的地方。会议室、会计室、办公室等都在里面。会议室在二楼，雨荷找了个不显眼的座位坐下来，感觉好些人在看她，便把头低了下去。这时她听到乔书记的声音，抬头一看，果然是他。按说自己来报到以后，该去乔书记那里打声招呼，也应该去看看张主任。"等抽时间拉上晏梓一道去吧。"她想。

乔书记作了演出期间的工作总结，简洁而明了。之后，是另一个四十多岁的男子讲话，口音是晋北的。雨荷小声问凌燕喃这是什么人，凌燕喃说是团长，姓焦。焦团长讲了没几句，人们开始窃窃私语，后来声音越来越大，嗡嗡的。雨荷借机瞭了几眼将与之为伍的人们。她不知道该如何形容这些人的气质和身份。说他们像粗人吧，又没有劳动人民的朴实，说他们是知识分子吧，又不文雅。不过有两个年纪大一点的女演员长得倒是不错。

嗡嗡声已然成势了，雨荷觉得这也太缺乏礼貌了。后来他们竟然发出一阵笑声，焦团长一声怪吼，吓了雨荷一跳。他大发雷霆，连珠炮似的说了一大套。中心意思是有些人把派性闹到工作里面来，差一点在台上出了洋相。他滔滔不绝，许多人用手捂着嘴笑。

会议结束了，回到屋里，那几个本地小妞儿开始轮流在墙上的镜子面前顾影自怜。中等个儿的许卫红对着镜子用铝制卷发器卷她脑门上的刘海儿，潘金贵紧贴在她背后，手里攥着相同的东西，不停地催促她快点。宽儿敲门进来了，说："嚯，又往脑门儿上贴刨花呐？"许卫红一边笑一边骂他。小姑娘们顿时情绪高涨起来，个个不由自主地骚首弄姿。宽儿又说："行了，别臭美了，谁借我点饭票，孙会计开完会就走了，我们都没换上饭票。"屋里人说："哟，她怎么走了，我们也没换呢！"

雨荷是开会之前，凌燕喃刚带她到孙会计那儿换的，就掏出来说："我这儿有。"宽儿听后愣了一下，有点不自然地说："我还是跟熟人去借吧。"雨荷觉得屋里几个人有一点儿兴灾乐祸，心中很不愉快。

　　院子里每天回响着演员们"咿咿咿、啊啊啊、呜呜呜"的吊嗓子声和绕口令声，还有踢腿要把式的，喧闹而无序，这与村里清新而宁静的农家生活大不相同。

　　练功全都是自发的，没人指点。当然你要是去请教老演员，他们也会给你说上个一二。雨荷见此状况，也自己瞎唱起来，喜欢唱什么就唱什么，什么《丽达之歌》《小小的礼品》《鸽子》等。结果没几天，晏梓就找她说："你注意点儿吧，别让人抓辫子。他们那派的人说，'看你们招上来的这个人，整天披头散发，狂了叽叽的，披着大衣晃来晃去，嘴里一天到晚哼哼叽叽地唱洋歌，什么样子'！他们还给你起了一个外号叫'丽达'。你把生活也得弄整齐点儿，听说你刚到团里那天，洗了一屋子脏衣服，光裤衩就七条。你真得注意点儿，要不然会给乔书记和张主任找麻烦的。说实在的，当初决定要你的时候，团里曾经派人到你们当地调查过……"说到这儿，晏梓猛地刹住了，犹豫了片刻，接着说："说句实话，要不是乔书记和张主任，你根本来不了团里。"

　　雨荷心里一惊：

　　"一定是我跟群智的事！

　　他们知道我有个孩子吗？

　　我在公众眼里是个什么样的女子？

　　今后我怎么在这集体里待！"

见雨荷变了脸色，晏梓马上安慰她说："也别思想负担太重，你初来乍到，大伙儿对你还不了解，日久见人心，这帮人……"底下的话，雨荷已经听不见了。

雨荷陷入了一种有始以来最为难堪的处境。

晏梓他们对立派的人根本不理她，本派的有些人也是阴阳怪气的。她从小到大，在任何群体里都是"众星捧月"，哪里受过这等冷遇！

雨荷看着别人整日里都是嬉笑打闹，好不开心的样子，感到一种无形的压力，有时甚至产生再回村儿里的念头。她只好一有空就到会议室里趴在桌子上写信。有人见了，跟她开玩笑："呦，誊字典呐！"她听出是讽刺，就笑笑，不答。

这一天，雨荷收到了七封信。

她首先打开群智的信，一眼看见了右上角的"A"字，心中甚慰。信像往常一样，只有一篇，而且内容与以往基本相似，只在不经意处说了一句"星辰真可爱"。她知道，这是在监视之下写的。

麦地信里说接到她的信以后，就随栗理他们到美源去了，准备在那儿住上一段。他还说收到妈妈和奶奶激烈反对雨荷到文工团去工作的信，尤其奶奶，管演员叫"下九流戏子"。他说给她们写了回信："……都到这份上了，还狂什么，狂？"

普宪说推荐工农兵大学生一事尚未开始，说一有动静，他马上行动，他又强调麦地上大学是上策。

妈妈和奶奶的信措辞确实激烈，说文艺团体还不如农村里单纯。两人都说她不听话，从小把她惯坏了。

二叔说："这是你真正走入社会的第一步，你要谨言慎行，为将来深造作准备，实现你的理想。不要为眼前的处境所困扰，否则对前途永远会望洋兴叹……"

梅杰男洋洋洒洒又是五六页，看他的信是一种享受。他说："我的性格与我的热情有点不相称，我的热情能把念青唐古拉山的积雪融化！我也有爱，有真挚的感情，我热爱生活，热爱所有美好的一切！大海的水也深不过我的情和义！"雨荷被深深打动了，这激越的情怀出自一个沉默寡言的人之口，更具有非凡的震撼人心之力，她强烈地感受到那冷峻的身躯里涌动着的炽热岩浆。

梅杰男的每一封信都是厚厚的，有时他能把西北某地的地理历史，山川河流，风土人情大写一通。他说山西是个了不起的地方，中华民族五千年的文化遗迹遍布全省南北，从晋北的大同云岗石窟和五台山的佛教文化，到晋中的儒商，还有晋南的尧、舜、女娲庙。他无所不知。他对于雨荷到平凉的探监之举感慨地说："风水人间不可无，也需阴骘两相扶。时人不解苍天意，枉使身心着意图。"

可没有肖姒的信。到底是为什么呢？

因了这几封信，雨荷的心情大大好转。

听说团里还有个军代表，姓卓，大伙都管他叫卓军。眼下出去搞外调了，已去多日不见回来。谁都不知道他去哪儿了，去调查谁，于是就瞎胡猜。

雨荷来团已经半个月了，导演还没给她安排节目，只是让她"先看看"。她也不知道这是什么章法，就老在后台看别人化妆。化妆室里，演员们在贼亮的灯光下对着镜子往自己脸上涂涂抹抹，嘴里不停地胡吣嬉闹，没有一刻正经的。开演后，雨荷就到侧幕条后面看节目。有一个唱二人台的女演员的嗓子引起了雨荷的高度兴趣，她一张嘴，满堂彩，大有绕梁三日余音未尽之势。雨荷曾问她从师于何方人士，她说没人教，全是可着嗓子瞎嚷嚷的。看她的样子不像是说谎，真是匪夷所思！

这里简直就是一个大杂烩，不仅中西结合，土洋结合，而且还一人多能。有的人既能唱又能跳，还有的人既能编也能演。雨荷有些茫然不知所措。

终于有一天，导演对雨荷说："今天晚上你上台，别人唱什么，你唱什么，不会唱光张嘴也行。"说完，他发给雨荷一套化妆用具：一面镜子和一个铁盒。她打开铁盒一看，里面有几支粗细不等的毛笔和一排各色油彩。

雨荷拿着化妆盒，对着镜子，不知如何下手，坐在那儿发愣，都快开演了，她还没动手。宽儿走过来问她："不会化呀？"她点点头。他叫过来一位已经准备好了，准备上台的老演员说："老杨，快给她化化，马上就要开演了。"

老杨把烟卷儿往嘴上一叼，对着雨荷的脸仔细观察了一会儿，让她自己先往脸上打一层凡士林，再打一层红彩。然后他拿起笔，蘸上黑油彩，快速地在她脸上化了起来，一会儿的工夫就化完了。他把笔往台子上一扔，弹了弹烟灰，叫来几个人看化得怎么样，雨荷仰起脸来，那些人一看，笑得前仰后合。雨荷觉得受了戏弄，一股怒火在胸中燃起，心想："要是你们合伙欺侮我，我就拿手里这面镜子砍你们！"

她把脸歪向墙上的一排大镜子，禁不住自己也笑了——"这哪儿还是我呀，整个一个老杨！"

面对着爆满的观众，她不知道该怎么唱，两条腿不由自主地打哆嗦。

当天夜里，她做了一个梦，梦见自己的脸变成老杨的脸了，而且是没化妆的脸。

麦雨荷的演员生涯就是这么开始的。

转眼之间，一个月过去了。雨荷整日与凌燕喃出双入对，还跟她学会了打扬琴。"看来我也会演奏两种乐器了。"她跟凌燕喃说。慢慢的，又学着写了点小节目什么的。凌燕喃说："你还真打算跟这儿长期待下去啊？"雨荷说："那咱们还能怎么着！"

张主任已经荣升到省里了。

雨荷很想接近乔书记，一来是谢恩，二来想到以后推荐大学生时，也许地区的意见很有用。但乔书记总是一副不怒自威的样子，让人望而生畏。可是老演员们谁都不怕他，动辄大声吵闹，雨荷永远弄不明白为什么要这么吵。听说管道具的关师傅曾经为了一把藤椅的事，跟乔书记撞过"羊头"。她无论如何也想象不出，乔书记被关师傅的脑袋撞在胸口上时是一副什么样子。这里的人太好斗了。晏梓出于好意，劝乔书记灵活一些，不要总板着脸，动不动就急，说他领导的不是一帮普通的人，这伙人没什么真格的，让他也学着没事跟同志们开开玩笑。乔书记听进去了，没来由地冲一老演员打招呼：

"喔你揍嗦（你这是干什么）去呀？"

"搞对象去。"

"唉，不兴说搞嘛，多难听。"

"喔可说嗦？"

"说谈对象哩嘛!"

"扯淡!"喔人一下急了。

"你左(怎么)骂人!"老乔也急了,瞪起了眼窝吼叫。

"我莫(没有)骂人,我说的扯是闲扯的扯,淡是咸淡的淡,骂你嗦哩。"

院子里的人大笑,弄得乔书记大惑不解,恼怒至极。

有一个资深的老话剧演员,是因为政治问题,从北京贬到这小地方来的。她专演老太太,人称刘老太。老演员中,只有她见了雨荷总是亲切地笑,这让雨荷感到格外温暖。

晏梓是个大忙人。韦栋天虽然是副团长,但能力远远不如她,事事征求她的意见。她在团里的威信挺高,业务上也是一把好手,一专多能,雨荷心里总有一点怵她。

发工资了,雨荷领到了三十块钱,这是她有生以来领到的头一份工资。按说她应该买点东西给妈妈和奶奶寄去,表一表心意。可是她却买了十多块钱的香烟给群智寄去了。

群智收到烟,心里一定会感到温暖和安慰。"群智,你的生活是什么样的?我好像跟你隔了两个世界!我是多么心疼你,多想用我瘦弱的身体,焐热你那颗冰冷的心!时间啊,快快地过吧,快快地跑吧!群智呀,快些出来,出来和我一起去把小女儿找回来吧!"她不停地在心里念叨着,她所能给予他的也只能是这些了。人失去了自由,沦为阶下囚徒,还有比这种处境更悲惨的吗?他所遭受的是多重的压力,但愿这小小的包裹,能够稍稍修补一下他那颗千疮百孔的心!

有时梅杰男在信里还跟雨荷谈公安破案的内容，说从人牙齿的状态、大小、数目、颜色，有无虎牙、龋齿、缺齿、假牙等，都能够确定出案犯的特征。他还画了好几副牙齿图谱，画得相当专业。雨荷突然想起，群智曾经多次用极其敬佩的表情提到过梅杰男能摹仿任何一个人的笔迹，还说他会用萝卜或者橡皮篆刻。群智最佩服梅杰男的地方是他的不动声色、从容和镇定。

梅杰男还跟雨荷大谈兵器的起源，什么弓、弩、弓床弩、戈、矛、戟、屈刀、眉尖刀等，通通附有精美的图画，并根据《史记》《汉书》《太平御览·蒲元传》《晋书·赫连勃勃载记》《唐六典》一一说明了它们的来龙去脉。雨荷都看傻了，觉得真应该拿到专业部门去发表。

梅杰男知道自己跟雨荷谈这些基本上属于对牛弹琴，然而这成了他枯燥苦闷的军旅生活中唯一的精神慰藉。对于这样的信函，雨荷就以大谈欧洲文学及古典音乐作为回应，但梅杰男一般不做回应，只是"矫情"地说："'不愿听的人比聋子还聋'，每当听到时间的足音，心中便感到某种压力。儿时天真的爱和憎都让实践中的见与闻所代替。实际的生活需要我们克制自己的感情，并将它深深地埋在心里。我用冷静的皮囊裹着赤热的心，将那遥念幽思，怆然难怀的经历，像蚕吐丝一样，织成多样而五彩缤纷的纹锦。我是两个不同的人，有头脑的人和有良心的人，不要认为我没有像别人那样重感情的心，我同你一样，是相当善良的人，但是我从很早的少年时起，就尽力使这条心弦静止下来，以至它现在不发出一点声响。"

他的文字与情怀无比美好，但雨荷终将没弄明白他为何要使之"不发出一点声响"，只感到他的深不可测，或许"天将降大任于斯人"就是如此。

　　台上正在演歌剧《白毛女》。

　　舞台上灯光昏暗，显得气氛沉重而凄惨。李嗣特扮演杨白劳，他穿着破旧的衣裳，头上戴着一顶又脏又破的毡帽，因为个子高，不得不弯曲着腿向黄世仁乞求："少东家呀，能不能再宽限我几天……"这时他忽然放了一个响屁。本来忍一忍就过去了，可是李嗣特没忍住，笑了。戏本身既严肃又悲痛，绝不可以笑的。他这一笑不要紧，其他两个演员也都跟着笑了起来，还越笑越厉害，连台词都说不出来了。台下的观众不知内情，先是莫名其妙，接着大肆起哄。没法儿收场了，只好拉大幕。

　　这是建团以来前所未有的大事故，领导们的鼻子都气歪了。潘金贵大闹，她演喜儿，本身又是贫农出身，说李嗣特这个反动学术权威的儿子本性大暴露，还说他故意拆她的台，让她下边的戏没法演。给她撑腰的人说李嗣特背后有人指使，把派性带到演出里来。不一会儿，院子里贴出了大字报，给李嗣特上纲上线，还含沙射影地指责晏梓这一派的"险恶用心"。

　　当时在台上笑得最厉害的还有一个人，叫霍京生，演穆仁智，也是北京知青，块儿头仅次于宽儿。他嗓门儿特大，上去就把刚贴上的大字报一把给撕了下来。贴大字报的人对他破口大骂，他抄起浆糊桶扣在了那个人的脑袋上。那人两手掀开浆糊桶，直往霍京生砸过去，然后双手不停地往下揪自己头上脸上的浆糊，咬牙切齿地扬言要霍京生的命。吵骂声，起哄声，乱成了一锅粥。

　　一波未平，一波又起。

李嗣特被停职后，他忿忿不平地说："管天管地，管不了拉屎放屁。放屁也他妈的有罪！"然后骂骂咧咧的没完。正赶上送煤的来了，管后勤的阮贵已经给各路领导送了两车煤，这第三车还让往那边卸。宽儿跟他戗戗，别人也你一言，我一语地叫唤，说学员宿舍这边的煤都快断顿儿了，阮贵不但不听，反而强词夺理。李嗣特二话没说，上去就是一拳，正好打在了阮贵的鼻子上，嘴里还骂脏话："软还他妈的贵，软鸡巴，软蛋！"

血从阮贵的鼻孔里哗地流了下来。李嗣特也有点儿虚了，但嘴里仍没结没完。宽儿迅速打了一盆水，给阮贵洗脸，还替李嗣特赔罪。阮贵没言语，用手堵着鼻子，目光异常凶狠地瞪着李嗣特。

阮贵有一张谄媚的脸，最是令人生厌。此时的忿怒，倒给他添了几分光彩。

宽儿大声斥责李嗣特，才把他给镇住。

李嗣特罪加一等。

事后宽儿说："嗣特真他妈笨蛋，哪儿有往鼻子上打的！"

第二天，大家都在二楼会议室里听训话，只有李嗣特一个人留在宿舍里写检查。

乔书记本不是一个爱絮叨的人，但团里出了一起又一起的事件，他不能不表态。有不少人已经按捺不住了，大概单等乔书记发完言，就要发难了。

一场争战即将爆发。

管灯光的铁柱回宿舍取东西，正碰上阮贵的老婆领着一伙人，手里拿着家伙朝李嗣特的屋里走去。铁柱调头就往回跑，他手扶着会议室的门框，上气不接下气地喊："快，阮贵带人打嗣特……"这时传来李嗣特模糊不清的呼救声，宽儿正巧坐在窗户根儿底下，他站起身，开开窗户，一眨眼上了窗台，"嗖"的一下从二楼飞了出去。众人被惊得目瞪口呆。霍京生和卢英烈稍作迟疑，也相继从窗户上跳了下去。人们回过神儿来，吱哇乱叫着从楼梯跑下去，雨荷也夹在人群当中。

刚一出楼门，就听见李嗣特那独具特色的男低音："救命啊！救命！"

阮贵在院子里放哨，一看见人影，立即向屋里大声报信。那伙人闻讯急速冲出屋子，向前门逃跑，前门已被王大爷上了锁。他们又返过头来朝后门逃窜，后门早被把守，暴徒们被堵了一个正着儿。

宽儿抄起一根钢筋棍，眼睛瞄着一个小子的腿，追过去。雨荷心想这条腿算完了。唱梆子的李巧凤怕宽儿打出人命来，挺着大肚子，一把抱住了他的胳膊，说："你不能这么打呀！"宽儿一看是她，只好扔下棍儿，举起左手掌，照着对方的脖梗子劈了下去，那小子一声没吭就趴下了。雨荷心说，还不如用棍儿打腿呢。这时，霍京生手持一根一米多长的大通条，哇呀呀大叫着就上来了，其他男的也跟着上。有抄砖头的，有拿大木棒子的，混战在了一起。一个小子手拿铁棍朝宽儿奔过来，刚举到半截，让他当胸一拳，打得双脚离地，身子飞出去好几米，"噗"的一声落地，手里握着那根棍子起不来了。阮贵一看他的人倒了两个，急了眼，抄起一块砖头从宽儿背后拍过去。女的都大喊："宽儿小心！"宽儿一哈腰，阮贵扑了个空，身上还挨了不知谁砍的一砖头。其余女的也跟着学，晏梓大喊："别瞎砍，伤着自己人！"宽儿一回身，顺手抓住了阮贵的头，另一只手正好抄到一个冲过来的阮贵同党的脑袋，往一处一撞，只听"砰"的一声，两个人惨叫着，同时倒地。雨荷的心哆嗦了一下，生怕出了人命。文工团院子里惨叫声、怒骂声、各种武器格击时发出的铿锵声，和声成一曲战地交响乐。

宽儿已经打红了眼。雨荷的眼前闪动着的是群智的身影。他怒吼着："谁还上！"

谁都上不了了。阮贵的老婆跪地求饶，几个女的上去连打带骂，雨荷也趁乱给了她一巴掌。

战局已定时有的男的才上，还有假装刚从伙房里抄出菜刀来的。乔书记此时才装模作样厉声喊："住手，全都给我住手！"其实已经住手了，他纯粹是做样子，刚才雨荷还听见他小声说"打，打呀"的呢。

这时，李嗣特摇摇晃晃从屋里出来了，满身满脸都是血。众人又是一阵激愤，把敌方骑来的八辆自行车的轱辘全都给拧成了麻花，大梁也砸成了 V 字形。其中有两辆还是崭新的。

我方未有一人受伤，只有卢英烈的右颧骨上青了一块，肿了。卢英烈是团支部书记，是干部子弟，平时特左，大伙都不待见他，可他这回战得挺勇。

战后群情激昂，有人主张快送李嗣特上医院，宽儿拦住了，对乔书记说："保护现场，先到公安局报案！"

警察来了，经过调查，确定是阮贵聚众到单位里先把人给打伤的。

阮贵一族全线败北。

团里跟过年似的，个个欢天喜地。其实阮贵和铁柱都是对立派的人，结果全团同仇敌忾，一致对外。

到了晚上，那个最先趴下的人还没站起来。有人担心地问："他会不会死呀？"宽儿说："我手上有准儿，我要是使足了劲儿，早把他脑袋给劈下来了。"

宽儿成了英雄，大姑娘小媳妇们都拥过来，叽里呱啦挤眉弄眼儿地称赞他的神勇善战。他因为情绪激动而脸色红润，额头渗出细细的汗珠，冒着热气。他说："打架吧，根本就不能让对方近身，你反应一定得比对手快，根本不容他动手，先给他打回去！"

因为这次打架事件及战场上那些激动人心的场面，全团上下兴奋了好几天，天天都在不厌其烦地咀嚼那些精彩的细节，人人都像过年似的那么高兴，其他的事情全都淡化了。

阮贵从此再也没露面，后来他调回夏县老家去了。

真的要过年了。

因为元旦这一天要演日场和晚场，所以 31 号放假一天。晏梓他们这一派的人聚餐，地点在离她家不远的一个饭馆里。

雨荷临出门的时候，王大爷交给她一封信，是妈妈的信。她打开一看，里面有一张照片，妈妈正蹲在菜地里干活呢，还抬着头冲雨荷笑。雨荷的眼泪唰地掉了下来，忙用手去擦，结果越擦越多。凌燕喃默不做声地跟着她。等车的时候，她才慢慢平静下来。她知道妈妈有菜吃了，再不用整天吃焖干萝卜条了。

她俩找到地方时，人已经基本上到齐了，一股热气扑面而来。雨荷看了看，一共是三桌，她坐在了晏梓那一桌，凌燕喃紧挨着她右边坐了下来。桌上摆满了平时吃不到的佳肴，她却没有胃口，脑子里还在想着妈妈，眼泪又差一点掉下来。她光喝着酒，一点菜没沾。

这酒席有一点像庆功宴，人们还在津津乐道地再次回味着那天打架的壮观场面。

宽儿在另一桌，是中心人物。不知他都说了些什么，那桌的人连连大笑。

他已经喝得面红耳赤了，眼睛里充满了血丝，脸上像抹了红油彩。抽烟的姿势跟群智一模一样，他眼里闪着兴奋的光芒，不时地向雨荷瞟过来，这不禁使她产生了幻觉。

他是喝多了，嘴里叼着烟卷儿，端着酒杯，站起身，朝雨荷走过来。他把雨荷左边的人叫起来说："这女的真能喝，你起来，我跟她喝喝！"那人给他让了座儿，他坐在了雨荷的左边。

"喝就喝！"雨荷说。他听了以后"啊哈"了一声，给她满上了一杯"竹叶青"，杯子不大，是八钱的那种。雨荷二话没说，端起来一饮而尽。他又"哟嚯"一声，说："行啊，来白的吧！"雨荷没理他，想起了借饭票的事，心头一阵恼怒，正要借机发作，晏梓说："悠着点儿！"这话让雨荷起了强烈的逆反心理，端起那杯汾酒，灌进了嘴里。

这时她有点晕，但心里面很痛快的——"我活着，为什么呢！荣也罢，辱也罢，喝吧！"

雨荷跟宽儿推杯换盏，已经酒过多巡了。别人越劝，他俩越喝。

她的脑子还清醒，能感觉到周围人的情绪，便索性把剩下的红、白、绿三种酒兑在了一个大蓝边碗里。这时已经有人开始往外走了，宽儿说："兑一块儿喝可容易醉啊！"她说醉死才好呢！端起碗咕咚咕咚大口地喝起来。没喝几口，他抢了过去，她看见棕色的液体从他的嘴角往下流。她掰开他的手指，夺过来，把剩下的小半碗"鸡尾酒"一口气干了。

一出饭馆的门，雨荷的脚底下就拌蒜了，她的心脏剧烈地跳动，只得把身子靠在电线杆子上，坚持了一会儿，眼前的人和景物直折个儿。宽儿过来搀她，说："行吗？"她撩开了他的手，拉着长声说："行！"说完，她人就出溜了。

底下的事，她全不知道了。

后来宽儿告诉她，是他把她背到晏梓家的。她吐了人家一地，吐完了又哭又说的，他趴着使劲听也没听出所以然来。凌燕喃陪着她一块哭。他说那天她跟平时判若两人。

等雨荷醒过来，已经快晚上十点了。宽儿和凌燕喃一直等着她，其余的人早就走了。

雨荷看到晏梓嗔怪的眼神，心里咯噔一下。晏梓说："栋天的弟弟说，'今儿我可看了一出好戏'。"

这话像锥子一样，扎在雨荷的心上。

早就没有末班车了，他们只能走回团里。

一出门，雨荷打了一个寒战，裹紧了皮大衣，仍然上牙打下牙。身边的两个人让她感到了安全和温暖。除夕之夜，街头不时传来稀稀拉拉、除旧迎新的鞭炮声。

他们谁都不说话，默默地走着。

到了团里，已经十一点多了，王大爷早已睡下，被他们敲起来，开了门。

雨荷喝多了撒酒疯的事，迅速在团里传播开了。人们都用审视的眼神看着她，她知道自己现了大眼，又给别人口实了。

　　情况比她想象得还要糟，对立派的人说晏梓他们这一派的人拉帮结伙，吃吃喝喝，搞不正之风。

　　雨荷惶惶不可终日，看见别人的眼神就心虚，听到有人嘀嘀咕咕就怀疑是在说自己。那种日子真是难过。

　　她拿出群智的"A"字信，贴在胸口，想给自己一点力量，结果更沉重了，因为那是虚的。

　　她把心中的苦闷写信告诉梅杰男，梅杰男回信说："我真的不懂，为什么有些人总是以造谣和搜集新闻为职业呢？专门看别人的笑话，专传阅熟悉者的丑闻，每天到处饶着无聊的舌头，以他人的痛苦作为自己的笑料，或讨好别人的表白。我深深厌恶的人，将永远厌恶下去！心事浩茫，感慨万般，以不'死'为幸。望你站得更高，看得更远，待人永远以诚去其诈，以宽去其隘。对周围的环境要做系统的周密的分析，对人的心理要仔细地研究，不能单凭主观的动机。"

　　雨荷只看到了梅杰男一颗高洁的心，但没能像通常那样奏效，她整日想象着自己那天都演什么"戏"来着。她又产生了回村里去的念头。啊，和合，宁静而可亲的和合！是三十块钱能买得了的吗？但她总得面对现实。

　　这一天是小星辰的生日。雨荷独自一个人来到离剧团不远的一家小饭铺，叫了碗面，找了一个僻静处，坐下了。

　　"一岁的孩子应该会叫妈妈了吧，小星辰，你叫我一声妈妈吧！"雨荷心里这样想着，眼前这碗面无法下咽，脑海里勾勒着孩子一岁时的模样：乌黑的头发，有点卷花儿，红红的小脸，像苹果，挥动着两只小手，向她扑……

"你怎么了？"宽儿端着一碗羊杂割（羊杂碎）汤，在她的对面坐下问。

雨荷的眼泪吧嗒吧嗒往碗里掉，说不出话来。

他就陪她这么坐着，那碗汤都凉了。

"没事。"过了许久她说。

"你到底是怎么回事？那天你喝了酒，又哭又说的。"

"我都说什么了？"她紧张地问。

"听不明白，只听见你说为什么这么苦，还老叫一个人的名字，好像叫'群智'，群智是谁？"

"……"

"说出来会好一些，也许我能帮助你。"

一股暖流温热着雨荷的知觉："他居然能这么问我！只有他一个人明着问，连晏梓和凌燕喃都不正面问我！"

雨荷把和群智的关系，现在他正在监狱里服刑，以及她给他寄烟和一些日用品什么的，语无伦次地向宽儿诉说，只是没说他们有过一个孩子。说完雨荷果然轻松了许多。

宽儿听完，看看表，说：

"还来得及。"

宽儿拉着雨荷到商店里去买烟。到了商店，雨荷要买牡丹烟，宽儿说："我就知道你买不好，怎么能买牡丹呢？他是在监狱里，又不是在人民大会堂！"

说完他管售货员要了两条"金鹿"牌的。烟盒是墨绿色，中间有一头美丽的金色梅花鹿，跳跃起来，栩栩如生。

"这种烟才两毛六一盒，又便宜又禁抽。"说完，他又要了一包烟丝，说这种烟丝很香，劲也挺大，可以和烟卷倒着抽。买完了烟，他又领雨荷到另一个柜台去选了一个小巧的烟斗。

他让雨荷站在门口别动，说一会儿就回来。她不知道什么意思，说完他没影了。

几分钟以后，他骑了辆自行车，手里还攥着一块白布，冲她抖搂了一下，说："上车。"

她坐着二等，跟他到了邮局。

他连针线都带来了，她感激地对他笑笑。他接过她手里的烟，利索地用那块白布包成一个整整齐齐的包裹。她穿上线，缝了起来。缝了没几针，他接过去说："不能这么缝。"他的手指异常粗大，可缝得很快，针脚还特齐。

从此，雨荷有了一个可以说说心里话的朋友。

一有机会，她就把她对群智炽热的爱情，以及对他的思念向宽儿倾诉。宽儿总是不言不语地听着。有一次还陪她到商店里去转悠，找大号的衣服，他跟群智的身材差不多，大号的衣服很难买。

雨荷的心情渐渐轻松了一些。

有一天雨荷在院子里碰到了刘老太，刘老太把她拉到一边说："听说你跟宽儿关系挺好，你们可不能谈恋爱啊，他比你小，你们俩不合适！"雨荷告诉刘老太自己有对象，她跟宽儿只是好朋友。刘老太听后，问她的对象是不是在蹲大狱，她承认了，刘老太"哎"了一声，说："有空到我家来坐。"

团里常常不定期地总结，布置工作。一次快散会的时候，一个叫薛公福的老演员站起来发言，说有的学员违反规定，搞对象，整天相跟着走出走进,还逛大街,进商店。

本来人们正心猿意马,仨一群,俩一伙地耳语,一听这个话题,立马静了下来,眼睛全部放出兴味十足的光芒,支楞起耳朵听着。

宽儿噌地站了起来,问:

"说谁呢你?有种的明说!"

那人胆子真不小,说:

"我就说你跟她呢。"他用手一指雨荷,"是我亲眼看见的。"

雨荷的脸一下通红。

"照你的意思,男的女的在一块儿就非得是搞对象是不是?再说了,即便我们真的搞对象,也是正当的。只不过违反了文工团的规定而已,并没有犯法,更谈不上道德问题。不像有的人,在服装股换裤子的时候,对着某某某做下流动作。这也是我亲眼看见的,怎么着,用不用我把名字给说出来?"宽儿说。

薛公福立刻瘪茄子了。其他人也都变颜变色的,有紧张的,有心怀鬼胎的,有兴灾乐祸的。渐渐的,嗡嗡声再次响起。

宽儿提高了嗓门儿,说:

"对不住了啊,诸位!"然后,他把手里的烟盒"啪"的一声,往桌子上一摔,烟盒爆裂,里面的烟卷儿撒了一桌子。会场里顿时鸦雀无声,全哑巴了。

会后,晏梓高兴地对宽儿说:

"骂得好!他这是冲着我们来的,只不过拿着你们开刀。幸亏你给他们噎回去了,不然接着就该点出麦雨荷男朋友的事,再接着就是阶级斗争,阶级立场什么的,他们早就憋着这么干呢,哼,也不想想自己是什么东西!"

"不要脸的东西呗，找打呢，王八蛋！什么他妈的公福，纯属一个'公毯'。"宽儿说。

在场的人哈哈大笑，自此，薛公福就变成薛公毯了。

雨荷跟宽儿的关系又进了一步。宽儿的父母都是学医的，五十年代分配到西安。他是在北京读到小学毕业后，才到西安去随父母的。1968年他到牧区插队，后来他妈妈通过关系，把他弄到地区文工团来。他唱民歌，但嗓子一般。估计当初团里决定要他，一定是看他太漂亮了，走到哪里都是鹤立鸡群。他的手还特别巧，道具、灯光、装台，样样少不了他。

西安！司徒政的家也在西安！

"毛主席就要完蛋了！"排练场里对立派的一个女演员，慷慨激昂地对台词。说完，她一屁股瘫在地下抖似筛糠，面如死灰捣气儿。在场的人全都吓傻了，瞪大了眼睛不知所措。排练室里立即被令人窒息的恐怖气氛紧紧包围，个个面无人色，似乎只要听见了那句极其恶毒的诅咒伟大领袖毛主席的话，同样罪不容诛。本来那句台词应该是："毛主席说，'法西斯就要完蛋了！'"不知怎的，她鬼使神差说成"毛主席就要完蛋了"这句罪该万死的反动口号。

整个排练场死一般寂静，突然，他们本派的一个男的特神候（语言或举止极度夸张以引起别人注意）地说：

"反革命！"

雨荷不知从哪儿来了一股勇气，问他：

"谁反革命？"

那男人结结巴巴连着说了好几个"她，她"后，才吃力地说：

"她喊反动口号！"

"是吗？她喊什么来着？"雨荷问他。

他不敢重复，说：

"反正大伙都听见了！"

"没有哇，我只听见她说，'毛主席说就要完蛋了'，她只不过落了一句法西斯而已，这不能算是反革命口号吧？"

晏梓马上附和说：

"是呀，我也听见了，她是这么说的，这不能算是反革命口号。"

那男人骑虎难下，说：

"你们包庇他！你们也有问题！"

雨荷急了，说：

"你才有问题呢！我为什么要包庇她？你有证据吗？你录音了是怎么的！"

晏梓讥讽地说：

"是呀，你才有问题呢。要说包庇的话，可轮不上我们，你是不是特别爱听反动口号？"

那男的恼羞成怒，劈着嗓子大叫。

喊声引来了全团的人。

乔书记一言不发，在一旁静观事态的发展。焦团长提出让在场的人表态。平时最不爱说话的凌燕喃说："表什么态呀，我们全没听见反动口号，只听见她漏说了'法西斯'三个字。"

其他人渐渐醒过味儿来，也都纷纷随声附和。

事情只好不了了之。后来那个女演员差点给她们跪下，一个劲儿地作揖。

那男人吃了一个哑巴亏。

事后雨荷问晏梓：

"他们俩是不是有仇？"

晏梓说：

"不，正相反。"

"噢，那我明白了，可悲！"

雨荷认为可悲的是那个喊错口号的女人。关键时刻首当其冲与她划清界限的是与自己"相好"的人。

宽儿当时不在场，他听说后，问雨荷：

"你当时是怎么想的？"

雨荷说：

"她肯定是口误，借她一万个胆儿，她都不敢当众喊那种口号，除非她不想活了。我一看见那男人的嘴脸，气就不打一处来。再说我也是为自己和所有在场的人参胆儿呢！"

"行啊你，长行市啦！"

雨荷笑了说：

"这多亏是排练，这要是正式演出，她在台上这么喊，可就真完蛋了。"

"嘿，你知道吗，你救了那娘们儿一命。"

"不至于吧。"雨荷不好意思地说。

"真的，六七年一个农民，到西安城里去买毛主席像。买的是石膏的那种，他买了两个，喜滋滋地一手抱一个。等看见自行车，他不知道该怎么办了，寻思了半天，就把毛主席像放在地下，把裤腰带解下来，拴住主席像的脖子，一头拴一个，然后挂在自己脖子上，得意洋洋地骑上车就走。刚骑出去没几步，就让人给从车上薅下来了，说他敢用裤腰带勒毛主席的脖子，大逆不道，一通臭打，活活让人给打死在了大街上。你比我强，那次我都没敢管。"竟是宽儿亲眼看见的。

从那件事以后，许多人向雨荷露出了笑脸。

军代表突然回来了。

此人三十多岁，福建人，中等偏高的个儿，很潇洒，身着军装，更是增添了几分魅力。有些女的已经开始跟他犯嗲了："卓军耶，你上哪儿去啦，一走就是好几个月，想死我们啦！"他倒没什么反应。

雨荷对军代表的印象不错。宽儿却对她说："阴人，你看他那双眼睛，眯成一条缝儿，让人永远看不见他的眼神，笑面虎，小心他点儿。"

一天，卓军笑眯眯地对雨荷说："我们到你妈妈干校去了一趟，她的问题已经澄清了，她在日伪时期写的文章基本上属于抗日的。但是她在单位里是十七年的黑笔杆子。"

雨荷出了一身白毛汗，她不明白，自己一个小学员，怎么会让军代表跑那么老远去搞外调，这值当的吗？是不是有什么其他名堂？

跟他一起去的人姓文，是搞政工的，专管学员，是个老好人，这在政工干部里还真不多见。他给学员们开会的时候，秩序还不如他不在的时候好呢。后来雨荷问文政工他们都去哪儿外调了，文政工说去了好几个省，她又问都调查谁了，他说该查的都查了。临了，他还说了一句政工干部不该说的话："卓军顺便还'查了查'他老婆。"

雨荷心里不踏实，逮空儿把这事跟宽儿说了。他思忖了一阵说：

"也许新来的人都要查一下，走个过场。他对你什么态度？"

"看不出来。"

"说话办事多加小心就是了。"

又来了一个新学员，是师大女附中老高三的，叫那小敏。那小敏小时候是儿童广播剧团的小演员，还演过电影。她能歌善舞，又长得落落大方，眼里都是睿智，一看就是大家闺秀。雨荷问那小敏："你是格格吧。"她紧张地背过身去，挡住别人的视线，偷偷地冲雨荷摆了摆手。雨荷歉意地笑笑，小声对她说："她们不懂。"

那小敏比凌燕喃活泼得多，看过不少书。

这样一来，宿舍里三对三，无论从哪方面来说，都压她们一头，雨荷的心情舒畅多了。

十四个学员里面，有九个是知青，要不是因为插队，没一个人会到这小戏班子里来混。知青们自然而然地形成了一股势力，一有机会就往一块儿扎。这些人都从大地方来，见多识广，能说会道，便自成一派。雨荷总算有了归属感。

每个月学员班开一次生活会，一般都在女生宿舍里开，据说男生宿舍太臭，没法待人。女生们坐床上，男生坐在椅子上或自带小马扎。文政工嚷叫了好几声，屋里仍乱乱哄哄的。潘金贵在显摆她身上一件翠绿色的膨体纱线衣，文政工有些恼了，说："别臭美了，你们看麦雨荷多艰苦朴素，从来都穿补丁衣服，人家家里的条件比你们强多了。"学员们愣了一会儿，突然异口同声地起哄说："什么呀！她艰苦朴素？她净买罐头吃，还老下饭馆子，她把钱都给吃了！"文政工说："是吗？"那小敏跟雨荷耳语："你下回也把罐头藏在大缸子里吃，省得让别人看见。"雨荷笑吟吟地点头应着。

这一天那小敏过生日，正赶上是星期天，几个人又借碴儿到饭馆开一顿。李嗣特的伤势也见好，正好一块儿庆祝庆祝。霍京生叫了一瓶竹叶青，宽儿低声对雨荷说：

"这回你要是再喝多了，我可不管背你啊。"

雨荷小声答道：

"废话，上回要不是你灌我，我能醉吗？"

"嘿，要说悄悄话，找地方一边说去，少在这儿瞎嘀咕。"他们几个混嚷着。

"平时一个个都跟铁公鸡似的，今儿个都争着出血，打谁的主意呢？"宽儿说。

"尖儿上的已经让你抢先给掐走了，你还贫什么呀！"霍京生反讥他。

李嗣特听后哈哈大笑，共鸣声又恢复了。那小敏问：

"他们说什么呢？"

"黑话。"凌燕喃说。

大伙都笑了。

卢英烈也加入了这个行列，他是太原知青，上学时就入党了，平时总端着一副少年老成的架子，今儿个他笑得挺开心。他似乎找准了自己的位置，别人也接受了他。

雨荷突然收到一封妈妈打来的电报，说让某日接车。

妈妈这样突然到来，雨荷说不上是喜是忧，近来妈妈在信中的语气很反常。

雨荷怀着复杂的心情到了火车站。车站里的椅子残缺不全，像老太太的牙。墙壁斑驳黢黑。她坐在椅子上，惴惴不安地看着表。

火车进站了，乘客们陆陆续续从列车上下来，雨荷在人群中一眼就找到了妈妈。一年多的工夫，她原先花白的头发，如今变得雪白，没有一根黑发。妈妈的表情很严肃，甚至眉宇间有明显的忧伤和怒怨，跟一年多前在帐篷前送别她时的妈妈截然不同。雨荷一下子想到了自己的"失踪事件"，顿时心虚气短，"妈妈是不是已经知道了我的那件事情？不能吧，怎么会呢？老天爷保佑，千万不能让她知道！这不是要她的命嘛！但愿是因为她不愿意女儿到文艺团体工作才这么恼怒的"。

雨荷接过妈妈手里的提包，忐忑不安地行进在熙来攘往的旅客之中，大包小裹磕绊着她的腿。

到了团里，雨荷先把妈妈安顿在宿舍里的空床上，让她休息休息。一路上够辛苦的。妈妈放下东西，马上就要见领导。雨荷紧张起来，不知道她要干什么，正在着急，那几个男生听说麦雨荷的妈妈来了，便挨着个儿敲门进来了。他们都特热情，陪着雨荷妈妈聊这聊那。李嗣特大谈文学问题，雨荷怕那几个小女孩又甩脸子，不时地往窗外望去，心想，平时最欢实的宽儿，今天怎么不露面了？有他在场，谁都不敢来劲。

后来晏梓来了，雨荷向妈妈介绍了跟晏梓的关系，晏梓的出现，暂时稳住了妈妈。雨荷趁她们说话时，问霍京生宽儿哪儿去了，他说就在宿舍里呢，雨荷问他干什么呢，他坏笑着说，"转磨呢"。

吃完午饭，妈妈睡着了，雨荷才松了一口气。

傍晚的时候，宽儿一个人敲门进来。他叫了一声阿姨，然后拘谨地站在宿舍中央，竟再不说别的了。雨荷赶快告诉妈妈，他是她最好的朋友，尽帮助自己。妈妈反应特冷淡，宽儿便告辞走了。

晚饭后，妈妈说有话要跟雨荷谈，于是雨荷把妈妈带到了会议室。妈妈掏出一封信给她看，严厉地问她这是怎么回事。她一看，是当初肖姒写给她的信，顿时吓得魂飞天外，"哎呀"一声，想拔脚逃离现场，却摔在了椅子上。这封信怎么会到了妈妈手里？

她知道瞒不住了，可又实在难以启齿。

"说啊！"妈妈提高了嗓门。

"妈！"她浑身哆嗦，觉得世界末日也不过如此，哇的一声哭了出来。

"说，好孩子，宝贝女儿，快告诉我，快跟我说，这不是真的，这不会是真的！"妈妈泪流满面，双手拼命摇晃着雨荷的肩膀说。

她知道，妈妈是多么想从她嘴里得到否认的答案啊，这是她有生以来头一次看见妈妈哭，妈妈没有被日本时期的艰难岁月压垮，没有被"文革"中造反派的造谣诬蔑整垮，也没有让干校的艰苦劳作累垮，却被女儿的出轨行为完全摧垮了，妈妈的眼泪冲着鼻涕一齐往下流。她不能再欺骗自己的母亲了，只好结结巴巴躲躲闪闪地把事情的经过说了出来。她准备接受严厉的责骂，可是没有声音，只觉得两只肩膀被松开了。她偷偷看了妈妈一眼，只见妈妈整个人垂了下来，两眼无神，那样子好似天塌地陷了一般。

过了许久，妈妈无限痛惜地说："我没有照顾好你，寒冬腊月的，你跑到大西北去生孩子……"一语未了，一阵呜咽，说不下去了。

雨荷觉得这比打她一顿都难受。

又过了许久，妈妈才慢慢平复了情绪，她让女儿别害怕，把详细情况告诉她。雨荷又重新把自己和群智的事说了一遍，但没敢说来文工团之前去平凉探监之事。

这样的讲述对于这母女俩来说都实在是太艰难了。

"听口气你对那个人还一往情深的是吧？"妈妈的情绪又有些激动，见她不吭声，妈妈来气了，说："这么说，你还想等着他！？"

妈妈一强硬，雨荷反倒鼓起了勇气，欲说服妈妈接受群智，反正这是早晚的事，事到如今也只能这么做了。于是她便情真意切地把群智的优点长处夸大渲染，尽量把他的苦衷描述得感人肺腑。母亲听完简直要疯了：

"不行！我这条命不要了也不能让你跟着一个劳改犯！你死了这条心吧！就算你说的都是真的，你不为自己着想，也该为家里人想想吧？你不顾及父母、爷爷奶奶对你的偏爱，也应该念及哥哥弟弟对你的疼爱吧？你心里清楚，从小他们是怎么对待你的。尤其是弟弟，他为了你，放弃了能留北京的机会，跟着你到农村去受苦，结果你自己倒找了这么个破工作，把他一个人扔在了农村。这还不说，你还要为了自己所谓的幸福，让他们永远背上'劳改释放犯'这门亲戚，你忍心吗？你凭什么把自己的幸福建立在别人的痛苦上？何况这未必是幸福！再说了，那个人如果心里真的有你，就应该痛改前非，怎么能跟你有了那种关系之后，就一走了之，这么不负责任，而且还继续作奸犯科？"母亲越说越激动，句句话戳在雨荷的心上。

话说到这个份儿上，雨荷确实没有什么可说的了，因为妈妈最后说的那句话，她自己也曾反复问过自己，并且没有说服自己。她禁不住黯然神伤——本来她就是在自己骗自己的。她白跑了一趟梅杰男的部队驻地，梅杰男明确回答她，群智"是好人，也是坏人"，她硬要解释成群智是有毛病的好人，肖姗从几百里地以外赶来告诉她这个从未见过面的人，群智和顾兰睡过觉的事实，她也曾为此失去生存的希望，可她愣要理解为群智怕失去她，才对她隐瞒的，自己才是他的最爱。假使她不这么欺骗自己，她只是一具行尸走肉，骗着自己，才能活得稍微舒服一点。

"好，咱们以理服人。你现在回答我上面的问题。"见女儿不说话，妈妈又说，"先回答一个问题也行"。

雨荷沮丧之极，只好实话实说：

"我答不上来。"

"那算什么？"

"不算什么，我跟他有了孩子，我爱他，他也爱我，我刚给他写过信，说我要等他一辈子，他也同意。"雨荷开始胡搅蛮缠了。

妈妈听后更加强硬了，说：

"我这次就没打算白来！你奶奶发现了这封信，寄给了你爸爸。孟叔叔给我来信，说你爸爸不知道出什么事了，接到家里一封信，两个月没说一个字。我赶紧请假去了一趟他那里（河南信阳干校）。他把我带到没人的地方，哇哇大哭，你往我们心上捅刀子啊！你好狠啊！你爸爸说只当没这么个女儿。可你知道他有多爱你，我们俩全都崩溃了！我不能让你毁了我们全家！"

雨荷这才明白事情是怎么败露的，她说完上面那句话其实也后悔了，就说：

"好，为了你们，我牺牲自己，行了吧？我乘人之危，答应等人家一辈子，扭脸就不算数了，出尔反尔涮人家，行了吧？"她绝望地哀叫道。

"你不用拿这种气话来堵我，我真没想到，我一直引以为豪的女儿，竟然是一个这么自私的人！"

"那你还让我怎么着？"

"我让你保证，永远永远和他断绝一切来往！我的女儿品学兼优，才貌双全，怎么能找一个刑事罪犯？天理不容！太阳从西边出来也不行！"

话说到此为止了，因为不管妈妈再说什么，雨荷都不说话了，只是不停地哭。

晚上雨荷躺在床上无声地流泪，整整哭了一夜，想了一夜。

"难道我真的要在群智最危难的时候背信弃义？不，我不是那种人，更舍不得他！没有了他的爱支撑着，我不能活！我们相互是对方的至爱，我们拥有灵与肉的真正结合！他曾经那么温柔多情地爱抚过我，他的那颗受伤的心，更加需要我的抚慰。'我就是拉兹，我连拉兹都不如……'为了这句话，让我为他做什么都行！但是妈妈说得也对，他对我不负责任。有了我，他的一举一动都应该想到会给我造成什么后果。难道真像俗话说的'江山易改，秉性难移'吗？凡是认识他的人都在反对我和他的关系，难道他们都错了吗？这里面只有一个人是真喜欢他，那就是麦地。但他可把弟弟坑苦了，将来如果有了一个劳改释放犯的姐夫，真的会对弟弟的前途造成更加恶劣的影响。还有家里其他人，肯定都会受我的牵连。那就和他断绝关系？可是我真的做不到，做不到啊！"

想到此，雨荷伸手从贴身口袋里掏出了那封 A 字信，手刚刚触到信，她就看见了群智那双令她永生难忘的眼睛。于是她再次下了决心，不离开他。她可以先答应妈妈，暂时不跟他来往，但不等于再不等他。

第二天，妈妈坚持要见领导，雨荷问她为什么，她说是礼节性的拜访。雨荷一想也有道理，就带着她去见乔书记。

乔书记礼貌地接待了她们，可是他脸上像平时一样，没什么笑容。

妈妈先说了几句客套话，然后话锋一转，说：

"乔书记，我的女儿业务条件不是很好，她不适合干这个工作。"

妈妈准是让女儿给气糊涂了。

乔书记说：

"是吗？那你领上她走吧。"

妈妈被这话噎得张口结舌，雨荷在一旁直替她下不来台。过了好一会儿，妈妈才自己找台阶下，说：

"好，我找机会把她调走。"说完，仓促告辞。

乔书记说：

"行。"

妈妈在团里住了十天。这期间，她反反复复叨唠着她的观点，雨荷只好答应她不再和群智来往，她听了疑疑惑惑的，末了妈妈甩给女儿一句绝话："记好，我的政治生命和人命都攥在你的手里！"

临走之前，妈妈非说宽儿对雨荷有意思，说这个人也不行，文化程度太差，另外一点：不许找文艺单位的人。

群智很长时间没来信了，雨荷很奇怪：难道他有第六感觉？她担心他又出了什么事，整天坐立不安的。他是不是干活太卖力气了，想表现突出争取减刑，好早日出狱和自己团聚而累病了？他会不会打篮球时摔伤了？他一向可杀不可辱，有人欺侮他怎么办？他有可能越狱吗？！

雨荷跟热锅上的蚂蚁似的。

排节目时雨荷心猿意马，说错词，唱差段，挨了导演好几次剋，但她无动于衷，仍不停地看表，快到邮差送信件和报纸的时间时，想方设法进传达室去等。王大爷问她："你揍嗦？"她说等信，王大爷脸上马上不自然起来，雨荷来了一股无名火，问他是不是扣过她的信，王大爷一下满脸通红，支支吾吾的，说也不是，不说也不是。雨荷急了，再次追问，他才吞吞吐吐地说有人让他把平凉108号信箱给麦雨荷的信交给领导。雨荷不由得怒火中烧，问是谁让他这么干的，他怎么都不敢说。雨荷看他是个老实人，就出去找乔书记，走到一半，停住了，想了想，觉得这种事不像是乔书记干的，就折了回来，出了大门。这时，见邮差骑着车，已经到了巷口。

雨荷从邮差手中接过一摞信，急急地查找，找到了群智的信。忙打开看，上面写着："一连给你写了三封信，你都不回信，是病了，还是出了什么变故？我很着急……"

群智在受监视的状况下写了这些，可见他有多着急，雨荷对他太重要了。

雨荷立即给群智写回信，饭都没顾上吃就到邮局寄出去了。但她没告诉他妈妈来团里的事，免得给他造成压力。

打那以后，雨荷估计着时间，到巷子里直接从邮递员手里取信。

这样过了些日子。一次雨荷在院子里迎面碰到乔书记，他对雨荷说："你妈跟我有交代，不准你跟监狱里喔（那个）人再来往。大学已经开始招生了，别再把你弟的事情给耽误了。"他一边说，一边走。雨荷顾不得想群智的事，赶紧追过去问大学招生的情况，他说："推荐工作由县里负责。"

她立即动手给普宪和麦地分别写了信。

普宪回信说县里已经成立了招生办公室，负责人虽然跟他不十分亲密，但县里各部门管事的人，左不过就那么几个，他总能设法说上话的。

麦地来信说，他马上就到县里去，打算住在普宪那儿，直到事情办妥了再撤。

栗理突然来了，他刚打太原回来，路过地区特意下车来看看雨荷。他说雨荷到文工团半年了，自己很惦记她的诸多方面。雨荷特别高兴，那天正好是星期天，她就把栗理带到晏梓家去了。

晏梓见了栗理也很高兴。栗理问晏梓："你们家就你们两口人？"晏梓说还有一小口在北京她奶奶家。说完到厨房跟韦栋天商量吃什么。

每人每个月才半斤肉票，买熟肉也要票。雨荷借故去厕所，出门奔了商店。她买了两瓶鱼罐头和一瓶竹叶青。晏梓炒了一盘鸡蛋，一盘辣土豆丝。栗理竟从包里拿出一只烧鸡来，雨荷乐坏了。

当他们举起杯来刚要喝时，雨荷笑了，说：

"还记不记得在我们村里吃的第一顿饭？下午三点才吃上，牛肉还嚼不烂！"不知怎么的，她总也忘不了那个小火眼儿。

一提起这事，三个人一同大笑起来。

雨荷倏然一闪念——绝不能让麦地再过那种生活了！

栗理当着雨荷的面问晏梓，雨荷来文工团半年多了，不知道她各方面的情况怎么样。晏梓笑了，说：

"刚开始的时候够呛，她太清高，好多人对她那股孤芳自赏的劲头看不惯，尤其听说她有一个江洋大盗的男朋友，而且还正在蹲监狱，就更弄不懂了。假如说那是一个政治犯，她这么守着，所有人都会对她肃然起敬的，可那是个刑事犯，这就没法儿解释了。栗理你对她这件事怎么看？"

栗理说：

"我担心的是她总这么等着，到头来是什么结果。"

"结果很难说。监狱里的环境我们根本没办法想象，也许他能改造好，也许在里面学得更坏了，那可是个社会渣滓聚集的地方啊！总之雨荷你不能把自己的终身押在一个没有把握的人身上，我们所有人都替你捏着一把汗。"

"跟梅杰男的说法一样，好像商量过。"雨荷心想。他们的对话使得雨荷很不自在。栗理看出来了，忙问晏梓雨荷现在在单位里怎么样。晏梓说：

"现在好多了，连我们乔书记都夸她，'喔娃是个好女子'。"

这话出自乔书记之口，真真出乎雨荷的意料之外。但她不愿意再谈论自己的事，便问栗理：

"栗理你到太原干吗去了？"

"我觉得校方有认识人更保险一些，就到山西大学去了一趟，我爸爸的老部下……"

雨荷一听就急了，说：

"我们不认识校方的人怎么办？"

"不要紧，刘老太的表姐是太原工学院的一个什么领导，你去找她准行，她挺喜欢你的，说新来的这伙年轻人里，数你最实诚。"晏梓赶紧给她出主意。

晏梓的一席话让雨荷吃了一粒宽心丸儿。她问栗理小菊怎么办，栗理说小菊已经进了长治县四机部下属的一个工厂。

送走了栗理，晏梓带雨荷直奔了刘老太家。

刘老太抱着女儿站在自家门口大声说着什么，晏梓叫了她一声，她回过身来，雨荷看到那孩子的两条腿耷拉在刘老太的膝盖。晏梓说："哟，含含真没羞，都那么大了还让妈妈抱着。"含含不好意思地把手指伸进嘴里笑了。刘老太亲了含含脸蛋一下说："我姑娘不大，就是个儿大，还小呢是不是，还小呢！"说着连连亲她臂弯里的孩子。

刘老太家正在刷房子，屋里乱得没处下脚，她的老伴正指挥着一帮子人干活。团里的几个小伙子都在，宽儿吆三喝四的，俨然一副师傅的样子。

刘老太放下孩子，找了几个板凳，拉着雨荷的手坐在院子里。待晏梓替雨荷说明了来意，刘老太扔下这帮干活的人，抱起含含，带她们到邮局去打长途电话。

对方记下了麦地的名字和地点，满应满许的。雨荷真像吃了一颗定心丸那么踏实。

在艰难的生活道路上，关键时候，总是有人拉他们一把！

从此，雨荷跟刘老太家的关系越来越近。后来要不是雨荷调回了北京，她几乎成了这个家庭的一个成员，原因很简单：刘老太的女儿是抱养的。起初雨荷是观察这对夫妇怎样对待他们的养女，后来看到这两口子对孩子不但视如己出，而且看含含的眼神胜过一般的父母。雨荷的眼睛随着他们一家三口转动，似乎要从中补偿些什么，享受着什么。

麦地在信里不断地向雨荷汇报着他在县里的进展。从情况上分析，似乎没有什么问题，但是雨荷让麦地参军的事给弄怕了，吃不香睡不实的，日日夜夜满脑子都是这件事，心里总有一种不祥的预感。

这种日子比等群智的信更难受，欠什么都别欠情，自己的亲弟弟更是如此。

她时刻企盼着成功的这一天早日到来。

坏消息却终于来了。

栗理在去山西大学报到之前，带来了麦地落选的详细情况。

临近大队一个男生的父亲，与一位山西省本县籍贯的大名人有特殊关系，这位大名人的影响力超过了县长。要是真论实力，那男生无法与麦地抗衡，但名额有限，他们就利用了"窝赃犯"的事，大作文章。终于把麦地挤了下去，取而代之。

雨荷的心沉到了万丈深渊。

待她的情绪稍作稳定之后，所做的第一件事就是动手给群智写信，告诉他，她决定和他断绝关系。

信寄出去以后，她深深地舒了一口气，如释重负。她想："我也算对得起你黎群智了，你莫名其妙地突然闯入我的生活，前后统共三个月，却给我造成了这么大的困苦，这场噩梦该结束了！人生当中有比爱情更重要的东西，那便是责任。我确实不能太自私了，我个人的爱情关系已经严重地殃及了家人。"

几天以后，雨荷又到巷口去等信，没有他的信，只有别人的信。但她还是天天去等，因为收到他的信是她生活中最最重要的事情，没有他的信她将怎么活啊！她开始极度后悔，难道和他断绝了关系，弟弟就能前途有望吗？她这辈子还能再遇到和他一样这么彼此相爱得如此至深的人吗？她觉得自己犯了一个最最严重的错误，于是她又动手给他写信，说明了前因后果，希望他能原谅自己，希望能挽回他们的关系，因为她不能没有他，没有了他她不能活。

但是他没回信，再也没有他的信了，永远没有他的信了。

她的心完全空掉了。

"难道就这么完了？柔情似水，佳期如梦，只当是做了一场梦吗？"

雨荷真的做了一个梦。她梦见她和群智睡在和合村那间屋里的土炕上，但不是她睡里边，他睡外边，而是两个人都头朝外枕在炕沿上。他的手臂紧紧地搂着她，说永远不再分开。她的头使劲往他怀里扎，那胸怀像一大团棉花，柔软而温暖。她的头越扎越深，整个人似腾云驾雾。

醒来，人却躺在宿舍的木板床上。她努力回味着刚才梦境中被他搂在怀里的感受，使劲闭上眼睛，试图再回到梦中，永远永远都不要再醒过来。她摸黑拿出那封 A 字信，双手捂在胸口上。这是那只伤痕累累而又温柔无比的手写的，这里面包含的是一颗滚烫的心！她把信放在嘴唇上亲吻，脑海中又映出那双眼睛，不由得想到此时他正躺在监狱的板床上，怀揣着她那封绝情信。她对他的爱也许是支撑他度过狱中生活的唯一精神支柱，现在她把这根擎天柱给撤了，她自己的天也塌了。

奇怪的是，她反复做着这个完全同样的梦境。每次醒来，几乎都要动手给他写信，告诉他，她永远爱他。

可是她知道，山盟已经不在了，锦书还能托吗？

她成了一个出尔反尔的人，一个背信的人。

雨荷无法接受这个事实，她自我否定。她给梅杰男写信求救，期盼他能再次给自己力量。梅杰男回信说："我不相信任何超出人的本性和基本生存的东西，任何事情本来就不是永恒的。不能否认你懂得很多，但在小说和音乐中是寻找不到真实生活的。生活在阶级社会中，望你今后在交友和办事上，要特别谨慎。你的弱点在于以己之心度他人之腹，在此之上，你易感情用事，或爱表白自己的心灵，而达到希图他人认为你是高尚与清白的。希望你多思，对一切事物都能冷静地观察，理智地分析，未思进，先思退，逐渐成为一个有头脑，爱学习，并把你学到的知识渗入到自己的骨髓之中，成为一个比较成熟且深沉的人。"

梅杰男的话说得如此深刻，意义深远，但没能帮雨荷解决眼下的困扰。

麦雨荷整个垮掉了：她原以为自己是一个为了坚贞的爱情，可以不惜任何代价的人，事实上她先抛弃了孩子，又抛弃了孩子的爸爸。"我不是一个好人！什么是'人的本性'？什么叫'基本生存'？我只不过是一个以往自己最鄙夷的那种俗人罢了！"

她失眠，有一点光亮或声音就无法入睡。宿舍里住了六个人，怎能没有一点动静呢？她整宿在床上翻烙饼。

有一晚那小敏问雨荷："你怎么回事？"雨荷索性坐了起来，示意那小敏一同出去。

院子里比屋里凉快多了，她俩一人找了一块砖头坐下。雨荷把心中的苦闷告诉了那小敏。那小敏听完哭了，说自己的恋人是西北一个部队医院的医生，由于她出身不好，部队领导不同意他们的关系，还强行给她男朋友介绍出身好的女军医。雨荷听了特别气愤，问他们成了没有，那小敏说不知道，只知道他们见过面了。

"把你男朋友的地址告诉我，我给他写信，部队又不是监狱！"雨荷说。

"我怕毁了他的前途。"那小敏辛酸地说。

蚊子围着她们俩嗡嗡嗡嗡不停地飞舞，她们噼噼叭叭不断地拍打，唉声叹气地坐了半宿才回屋去。

雨荷夜里睡不好，白天精神委靡不振，排节目的时候心不在焉，演出时瞎对付。若没有她的节目时，就蹲在侧幕条儿后面发愣，像一个活死人。

有一天雨荷又蹲在那儿，宽儿把她拽起来说："起来，我最见不得你这副样子。"

近来他们没怎么接触。给群智寄烟已经成为他们的例行公事，雨荷没法跟宽儿张嘴，说自己在恋人最危难的时候抛弃了他。宽儿是个讲义气的人，怎么能够容忍这种背信弃义的行为呢！她觉得他之所以跟自己交往，是欣赏她对爱情的坚贞不渝，她是在向他不停地述说对心爱之人的一片痴情中度过那段日子的。现在不能自圆其说了。

卸妆的时候，宽儿趁乱对雨荷说：

"11 点在车棚等我。"

雨荷摸黑到了车棚，看见有烟头在闪亮，知道宽儿已经到了。

"说吧，又怎么了！"宽儿说。

雨荷说了实话，没想到宽儿却说：

"吹得好，太好了，早该吹了！当初我看你执迷不悟，不好打击你就是了，我一直想跟你说，他既然这么爱你，怎么刚离开你，转脸就去作案？他难道不为你着想吗？我要是有这么好的一个姑娘等着我，我就什么都能忍。还有那封信，你一天到晚当宝贝似的，要是我进了监狱，我就叫人家别等我，省得害人家一辈子！自己扛着，那才叫个爷们儿呢！"

雨荷赶忙替群智解释说：

"他必须让我等他，我们有一个孩子！"

宽儿一下子不说话了，雨荷看见烟头一明一暗地紧闪，后悔冒失说出了自己的隐私。过一会，他抽完烟，扔在地下踩灭了，问：

"孩子呢？"

"找不着了！"说完，她哇地一声哭了。

他大巴掌上来就把她的嘴给捂住了，她差点没背过气去。

这时一个人影向厕所走去，宽儿一摁雨荷的头，两人一块儿蹲下了。

第二天晚上，他们又到车棚去会面。雨荷把生小星辰的始末，以及到平凉去探监，都讲给了宽儿。他听了以后叹了口气说：

"唉，痴情女子啊！"

雨荷无声地流着眼泪说：

"我就是痴情，虽然我给他写了绝情信，但我还是要等他，我不能在他最需要我的时候抛弃他！我要等他出狱后向他讲清楚孩子的事，我，我把孩子给卖了！"

宽儿听了以后无可奈何地说：

"你呀，让我说你什么好呢！什么卖不卖的，你一个大姑娘，怎么养孩子呀？你想没想过，孩子要是跟了你，会永远在被歧视中长大，得在'野种'的辱骂声中活着。哼，什么他最需要你的时候，你在最需要他的时候他在哪儿！这帮高干子弟，看见你们这些小姑娘长得不错，玩玩而已，别傻了你！我的女朋友就是让一高干子弟给饿了！"他咬牙切齿地说。他停住了，好像在舔自己的伤口，好半天才又说，"我跟你说，'门当户对'绝对有道理。你想想，他们家能被总理请去吃饭，你跟人家差哪儿去啦！将来即便真的进了他们家的门儿，也够你受的，尤其像你这么软弱，那个罪，哼，恐怕还在后头呢！"

这一点，雨荷自己不是没考虑过。她早就下过决心不找高干子弟，否则当初无论如何也不会在司徒政与小白脸之间选择了小白脸。但她认为群智不一样，他从小就被推入了另册，内心当中有着极脆弱的一面，没有那种咄咄逼人的毛病，他跟她绝对不是玩玩，起码当时对她是真心的。

一阵凉风吹过来，在夏夜里，让人感到格外舒服。雨荷说：

"我的事先不说了，目前我最大的愿望是我弟弟能有一个好的出路，别的都是次要的，否则我日夜难安！"

"想起来也真是够气人的，说爱你，又把你们给咬出来，什么玩艺儿呀！这不是害人吗!? 还有，我早就想问你了，他进了监狱，凭什么让你给他寄东西，他们家的人是干吗吃的？"

"不知道，也许不认他了。"

"行，真有两下子！六亲不认是吧！这就是他们这帮高干才能干得出来的!"

雨荷不想让他再说下去。这时,远处传来隐隐约约的雷声,风力加大,刮来一股土腥味儿。她说:

"回去吧,要下雨了。"

跟宽儿的车棚之约,还是被人发现了。刘老太从宿舍里把雨荷叫出去谈话,说和几个人商量过了,由她代表先跟雨荷谈谈。

雨荷很不高兴,说:

"我们真的没有什么,只是很谈得来,不信你们去问宽儿!"雨荷还是把事情推到宽儿那儿去了,因为他比自己能说会道得多。

刘老太说:

"他那个火爆子脾气,算了吧。其实按说你的年龄也不小了,早该搞对象了,只不过宽儿太小,实在是不合适。"

那小敏也问雨荷是不是跟宽儿好上了,雨荷说绝对没有的事,之所以跟他关系密切,是因为他很多地方像群智。那小敏问什么地方像,雨荷说:"身姿、一天到晚逗人笑、打架时的神态,还有好多地方呢,我也说不清。"那小敏听后意味深长地微微一笑。

自从雨荷知道凌燕喃在外头有了对象,就跟她疏远了,因为有人告诉雨荷,说当初凌燕喃到团里来是有条件的。

管音响效果的季安,也就是雨荷考试时给她伴奏的那个人,三十多岁了,还没有对象。季安人很老实,大伙都替他着急。凌燕喃来考试的时候,有不少人觉得她跟季安挺合适,就出面找她谈话,她一听,心知肚明,默认。所以进团手续办得特痛快。她比雨荷后考的试，却先来团里，而且没托任何关系。

季安对凌燕喃的态度总是殷勤中夹带着唯唯诺诺，而凌燕喃却是一副客客气气，若即若离的架势。雨荷不好问，觉得他们俩并不合适。

季安个子不高，瘦瘦的，小眼睛，还挺黑。其实他挺有才的，团里那么多品种的文艺形式，全由他一个人应付，从来没出过差错。

雨荷偶然发现季安那里有几张唱片，一张贝多芬的命运交响曲，两张全套卡门。她欣喜若狂，如获至宝。她难以置信，这个年月，在这小地方，居然能保存这等宝物！可见季安不是等闲之辈，顿时对他刮目相看。

雨荷常到效果股去听那几张唱片，有一次还叫上了那小敏和李嗣特。宽儿听说后，也跟了进来，李嗣特语气里带着蔑视说：

"你瞎跟着起什么哄！"

宽儿一听就急了，瞪起眼睛，脸涨得通红，骂道：

"你他妈才起哄呢！找打呢吧你！"

李嗣特自知失言，赶快低声下气地道歉，雨荷也直埋怨他。宽儿甩手出去了，临出门时，使劲瞪了雨荷一眼。

季安说：

"你们就闹吧，早晚让人发现，连这几张残存的唱片也保不住了。"

那天他们不欢而散。雨荷特后悔，为什么没一开始就叫上宽儿。

季安知道凌燕喃有了对象以后，情绪一落千丈，经常一个人去弹那架走了调儿的破钢琴。他反复弹着梦幻曲，雨荷每当听到那琴声，心里就有一种说不出的怅惘：爱情对于每个人来说，几乎都是梦想。

为此，她常常迁怒于凌燕喃——你既然不爱季安，为什么要涮人家！

雨荷错了，她应该问问凌燕喃，当时的实际情况是怎么回事，以及凌燕喃本人到底是怎么想的，这样做才够意思。当初她自己不是也希望别人明着问她吗，而不是凭他们任意去想象。

人啊，总是被别人欺负以后，又有意无意地欺负别人。

梅杰男的这一封信，比起平时厚厚的信封来，实在是太薄了，像是一个空信封，而且是从兰州寄来的。雨荷拆开信封一看，里面只有一页纸，她很纳闷，忙打开读。他说："亲爱的雨荷，"雨荷的心一抖，"我已经复原回家了，分配了工作。现在是凌晨两点钟，我在灯下给你写信。我原本看不起女人，是你改变了我对女人的看法。我在没有征求你意见的情况下，在写着你名字的地方吻了你！我爱你，你的情感是那么的热烈而丰富，你才识卓异，我爱你坚强的意志，还爱你优雅的丰采，你那张温柔而贤淑，哀而无怨的脸时时刻刻闪现在我的眼前，使我挥之不去，你凄婉的眼神拨动了我那静止已久的心弦……"雨荷受宠若惊，梅杰男的赞誉让她为之汗颜。她热泪盈眶，他那双唇叼着烟卷，两手高高举起小女孩儿的身影，立刻浮现在她的眼前。她必须承认，那一刻她对他闪现过一刹那异样的感觉，但觉荒唐至极，旋即被罪恶感压制了下去。她怎能同时爱两个人？他在她的心目中从始至终至高无上，他是她的灯塔，是她的精神偶像，是永远不可求的。"朋友妻不可欺"更是一个不可逾越的障碍，她跟他根本无法面对这个现实。还有他妈妈特意到肖妠家审视她时的那双眼睛，令她不寒而栗。

宽儿在排练室那一端观察雨荷好一会儿了，人走得差不多了，她还坐在那里发愣。他走过去，也没征求她的意见，伸手抽起她掌中的信就看，然后不屑地说："哼，朋友妻不可欺，什么人哪！"雨荷没说话，心里很不高兴：你有什么资格这么说？

雨荷更失眠了，实在不知道这封信该怎么回答。如果告诉梅杰男那个不可逾越的障碍吧，等于直接说他这个人不够朋友，这在雨荷看来是做人的底线；假如说她的另外一个顾虑吧，就是在批评他的妈妈。这两点她都做不到。还有，他不是在给她的第一封信里就称她是烈女的化身吗！这岂不是自相矛盾？她要是对他一点没感觉，那倒简单了，只消诚恳地告诉他就行了。不过这句话也够难开口的，她不忍，也不配伤害这么优秀的一个人。问题是她爱他，但是这种感情不仅仅是一般意义上的男女之爱，而具有崇敬之爱，是信任，是依赖，是相通，是相知，是柏拉图式的理想爱情。

她突然想写信问问他，她若跟了他，能不能帮她找回孩子，带着她们母女一起过。她相信，这个人，世界上也只有这个人可以做到这一点！

雨荷坐了起来，摸到笔和纸，打着手电写了起来。刚写了一个抬头，那小敏说："你折腾什么呢，我好容易刚睡着就让你给弄醒了！"她赶紧关上手电，躺下了。

雨荷在黑暗中瞪大了眼睛苦思冥想，想象梅杰男跟她找回了孩子，他把小星辰高高举过头顶，小星辰咯咯地笑，她也幸福地笑。突然她看见了他母亲的那双眼睛，她颤抖了一下，方才醒悟，这是不可能的！永远都不可能！

梅杰男比麦雨荷大半岁，1946年12月生人，按说就年龄与相互长期思想交流后达至彼此了解而言，比起黎群智来说，要适合得多，人品也可靠得多。这一点雨荷自己清清楚楚，但她不能前脚断绝了和黎群智的关系，后脚就跟了他的好朋友，况且是在他身陷囹圄之时，否则她麦雨荷成什么人啦！

梅麦二人大有乘人之危之嫌。

怎么办？

那小敏接到了男朋友的信，说他跟女军医确立了关系，让她另谋佳偶。那小敏哭得昏天黑地，不吃不喝。雨荷知道劝也没用，就走出走进盯着她。

那几个男的知道了以后，就找借口凑一块儿吃吃喝喝，说说笑笑，想转移那小敏的注意力。

"你们知道什么叫'撞克'吗？"霍京生神神秘秘地说。在场的人都说不知道，他更来神儿了，"我们刚到村儿里没多久，有个女子在地里干着半截活想撒尿，就找了个没人的地方蹲下了。等她尿完了一站起来，你们猜怎么着，说话的嗓门儿全变了，变成一老头儿的声音了"。

"胡说八道！"众人说。

"嘿，这可是我亲眼所见，亲耳所闻的！"霍京生急赤白脸地说。

"让他说。"李嗣特说。

"那老头儿的声音指名道姓地骂，骂贫协主席，骂大队领导，扬言要报复谁谁。我们村儿有几个原来的老兵儿，嚯，这下可有事干了，说是阶级斗争新动向。村里有的老人一听，说这嗓音是临村的一个'漏网地主'的声音，刚刚上吊死了。老兵儿们不信，非说这女子是装的，她家跟'漏网地主'肯定有关联。他们就一个劲儿地查，查了一个溜够，结果这女子家是三代贫农，跟那个上吊的人一点儿边儿都不沾。那女子不停地闹腾，骂的话忒吓人，我都不敢学。她不但嗓门儿变了，动作、身姿全变成一老头儿的样儿了。老兵儿们也傻了，老乡们说死鬼的冤魂撞到这女子身上了，说这在农村一点儿都不新鲜。"

"后来怎么着了?"那小敏听入了神，问。

"后来不知道从哪儿请来了一个'法官'，在村子里一通折腾，跟电影里跳大神儿的差不多，我们可开了眼了。折腾完了，喷了那女子一头狗血，女子才变回了自己，可人好像得了一场大病，从此没了精气神儿。"

大伙跟听说书的一样，觉着特离奇。

"我们县那十个集体跳崖的女生的冤魂，就欠一块撞到糟蹋她们的人身上去，整死他们!"凌燕喃狠狠地说。

雨荷一下想了起来，是听说有过这么一件事，却原来发生在她们那儿!便不再怪她为了给自己找份工作而伤害了季安。知识青年被逼到这份儿上，又能怎么着? 总得有条活路吧!

"妈的这帮畜生，怎么没犯到我手里啊! 我把他们丫挺的肺管子全从腔子里给拽出来! 连肺!"宽儿咬着牙根儿说，青筋在他的太阳穴处一蹦一蹦的。

大伙的情绪一下沉了下来。

"告诉你们，可真有鬼啊。"宽儿有意改用调侃的腔调儿说。

"胡说!"女生们反驳。

"反正'撞克'的事没法解释。"霍京生说。

"真的，真的。我们刚到牧区那会儿，骑着马到分给我们的蒙古包儿去。那包儿特破，几个小子把马拴好就进去了。里面什么都没有，刚下过雨，地上湿叽叽的。这德性，怎么住啊！我掏出手电，找见了煤油灯，划了根洋火，点着了。灯刚一着大，就'扑'的一下灭了，特像是人给吹灭的。我骂了一句，以为是谁故意捣乱。我又划了根火柴点着了，又'扑'的一下灭了。我急了，问是谁干的，他们都发誓说不是他们。那会儿我们刚离开家，心情都特坏，我说谁要再敢捣乱，我就揍死谁。他们一边发誓，一边往后退，让再点一回看看。我查了查，灯和灯捻都没毛病，油也满着，就又点了一次。这回着的时间长一些，火苗也大一点儿，但是吹灭得更干脆，吓得我们撒腿就往外跑，骑上马就奔队部了。队部的人说有一个反动牧主刚在那个包儿里自杀了。"

雨荷听了以后，对宽儿说：

"你也有害怕的时候啊！"

"那当然了，还有更吓人的呢，那回我差点儿没把命给丢了。"宽儿抽了一口烟，弹了弹烟灰，喝了一口酒。

"说啊，别卖关子啦！"那小敏催他，他伸手管她要听书钱，那小敏打了他手心一巴掌。他笑了，说：

"有一回我骑着马去放牧，突然间一只野兔子从我马前边横蹿过去，马受了惊，猛一下飞奔起来，一下把我从马背上给掀地下去了。我一只脚别在了马镫子上，人被那匹惊马拖着跑，我赶快把脚从鞋里褪出来，可是我脚后跟儿太大，"说着，他脱了鞋袜，举起脚，把脚后跟亮出来给大家看，确实硕大。一股臭味儿冒出来，女生们直捂鼻子。"看，这么大，怎么也褪不出来。风就在我耳朵边儿那个呼呼地响啊，我就觉着身上越来越薄，后背已经擦着地了，脖子也抬酸了。

我想，完了完了，再有一会儿，非得把我给拖烂了不可！草原上有好些人就这么给拖死的呢，放牧的时候，经常能看见人的胳膊腿儿的骨头。那回我是真害怕了，我还不到二十岁呢，媳妇还没娶过呢就完啦！"他又抽了口烟，故意停下了。

众人齐声催：

"说！"

"这时候我忽然看见一根木桩子，我反应特快，一把抱住了木桩子，使出了混身的劲儿，马停了。操，我自己救了自己一命！"

雨荷听傻了，问：

"你跟马较劲，你比马劲儿都大？你就吹吧，反正我们谁也没去过牧区。"

大家全笑了。

"来劲是不是，小心我把你小胳膊小腿儿撅巴撅巴码一堆儿放那儿，你信不信？"

"你舍得吗！"李嗣特说。

宽儿说：

"你皮又痒痒了是不是？"

连那小敏都笑了。

宽儿受到了鼓励似的，又说："还有一回也特悬。我到队部去办事，回来的时候看见一只鸿雁从一棵枯树洞里飞出来，我心想，这树洞肯定是个窝，里面准有鸿雁蛋。"他用手比划着，"这么大，可香了。我下了马，把马拴好，爬上那棵枯树，趴在洞口往里瞧，有一团白乎乎的东西，伸手就够。没想到那洞还挺深，'欻'的一下，我就出溜进去了，身子一下给卡在洞里动弹不了了，脚丫子朝了天，任我怎么挣扎都没用，使不上劲啊。我就觉着脸越来越涨，眼珠子直往外努，都快掉出来了。心慌，憋气，头晕，不一会，我就迷糊了。就在快要憋死的时候，迷迷糊糊听见有马蹄声，我使尽最后一点劲儿，玩儿命摇动两只脚丫子，接着，就觉着有人往上揪我。我体重198斤，那人拽不动啊，我不知道是不是在做梦，因为在草原上经常十天半个月见不到一个人影。等那人费劲巴拉地把我揪上来，半天我才清醒过来。原来是一个牧民骑马路过，他看见一匹马拴在树上，旁边没人，他就找，找了一圈，找着了我的两只脚丫子。哎呀，他可是救了我一命啊，他要再晚来一会儿，我准玩儿完！"

"怪不得你眼睛那么大呢，都是那会儿憋的。"那小敏说。

说得满屋子的人哈哈大笑，宽儿笑得特开心。

还没有给梅杰男写回信呢，雨荷从来没这么拖拉过。他难道不知道她是他朋友的女人吗？当然知道，他是怎么考虑的？应该问问他。但她觉得这个疑问的本身就是对他的大不敬。

雨荷写了信，又给揉了，揉完了再写，她再也不能像以前那样畅所欲言了，因为他俩之间已然不是原先单纯的朋友关系了，她首先得回答他她爱不爱他，他正望眼欲穿地等待着回音呢。可这话怎么说呢！？

梅杰男是一个难得的好男人，这种男人是可以托付终生的。麦雨荷如果真的和他在一起，将会有享用不尽的精神食粮，这食粮这样昂贵，是人间仙果，她消受得了吗？她还有这个福分吗？她首次对自己的命运产生了怀疑——她已经失去了贞操。

梅杰男在雨荷的心目中总是飘飘渺渺的，真实不起来。她从来没这么不自信过，这个骄傲的公主，不愿意，却又极其渴望面对比她高的男人。

宿舍的门上不是撞锁，门外有个明锁，里边有插关儿，晚上睡觉时，把插关儿插上就行了。近来潘金贵老回来得特晚，她不回来插上门，雨荷就睡不着。连着几次，雨荷熬得难受，就跟潘金贵说让她早一点回来。谁知潘金贵挺横，说："管得着吗！"雨荷气得够呛，刚要跟她争辩，那小敏用一块糖堵住了雨荷的嘴，把雨荷拉出去说：

"你可千万别惹她，八成她跟卓军搞上了。"

"啊！你怎么知道的？"

"有人看见她半夜三更从卓军屋里出来。"

"好家伙，卓军都能当她爸爸了！"

"这下她可火起来了，你看见什么都得装不知道。"

潘金贵回来得越来越晚了。临出门前，她把被窝铺好，半夜回来的时候，她先把门轻轻抬起来再拉开，她只拉开一条缝儿，大小刚刚够钻进来的。她身子从空隙中一闪，人就进来了，双手再抬着门，悄悄把门关上，再一点儿一点儿插上插销。一切停当了之后，她要站上片刻，定定神，然后再踮着脚尖儿，跟贼似的，摸到自己的床前，弯下腰，撩开被子，脱鞋上床，窸窸窣窣地脱掉衣服，钻进被窝。

雨荷每晚就这么干等着，跟苏文茂说的相声《扔靴子》似的。她只能忍着，一动不敢动，装睡。团里人对这事议论得越厉害，她越害怕，怕卓军认为是她传出去的。军代表要是整起人来，还不得往死里整？再说他亲自去搞过外调，连妈妈的干校都去过了，近在咫尺，她的情况……

宽儿回西安探亲去了，雨荷好像没了主心骨，要是有他在，可以给她出出主意，壮壮胆。

雨荷在脑海里挨着个儿地现出这三个男人的影子。

她虽然给群智写了绝情信，但心中从来没有间断过对他的思念，他们毕竟有过刻骨铭心的爱，有过爱情的实际结果。他对她那万般的体贴与爱抚，是她梦寐以求的那种男人对女人的温情，他们的关系中还有不少的悲壮色彩，令她的心无比陶醉。然而这些，全都由于她对情感的不坚定，或者说由于对群智人品的不坚信，而成为无可挽回的历史了。她只能把这段珍贵的爱情深深地埋藏起来，封存。

梅杰男是一个理想化的人物，有相当大的虚幻性，她跟他面对面地待了三天，仍然感觉不到他的真实性。用文字的方式与之沟通，甚合她意，使他们之间深层次而又全方位地相互理解，相知而默契，给她的影响太深刻，太强烈了。她相信这个表面冷若冰霜的人，有着一颗火一般的心，一旦发生了感情，他会像火山爆发一样炽热。她太重视他们之间的关系了，倘若他们之间由于她某种不妥善的处理而影响了关系，那将非常非常遗憾，那种损失是用语言和笔墨都无法形容的，这也正是她至今还没有明确回答他她是否爱他的原因。她有时觉得其实根本不用回答，他们相互间无数次书信往来中的只言片语，早就各自流露出互相爱慕之意了，雨荷是由他不久前突然间给她寄来一张二寸照片之事而基本证实了她若隐若现的感觉的，因而在给他的信中含糊其辞地说："何必将不可求之事求之！"这句话是告诫她自己的，也许正是这句话引来了他直截了当的表白。不用回信了，他们对美与丑，爱与憎，取与舍的价值观的探讨，已然相当透彻了，远远超出了一般的友谊，这种关系是亘古不变的。然而"朋友妻不可欺"是他们这两个人永远都不可能逾越的障碍！

至于宽儿，则是真实而又具体的人，最能给她以安全感，他在她最最需要有人慰藉之时，不期然地出现。他是那么鲜亮而明快，虽然他的学识及精神境界根本无法与梅杰男相提并论，但他与黎群智没有任何瓜葛，这一点减少了她的许多心理负担。他为她的挺身而出引发了她不可抑制的遐想。

一般来说，人的一生当中，各个时期都有许许多多的路口，该选择哪一条路，似乎冥冥之中早有定数。你走了这条路，是一番状况，假使你进了另一个路口走下去，又完全是另外一派截然不同的结果。

人活在世界上就像登上了一辆破旧的汽车，而驾驶这辆破车的司机不懂驾车技术，没有执照，不知道前面的路况，坐在上面的人焉有不被撞得粉身碎骨之理！人生还很像乘坐一条破船，没有航标，没有舵手，给养不足，岂能不葬身于惊涛骇浪之中！

世界上大多数人都"随着业障漂流"，又有几个人能够懂得选择并把握住自己的命运！

宽儿来信了，说了一些他家里的情形，又嘱咐雨荷说话办事多加考虑。他说她什么地方都好，就是太容易轻信别人。

雨荷也给他回了信，这半个月当中，他们通了不止一封信。

一天晚上没有演出，雨荷趴在地下用火钩子够一只掉在床底下的鞋。她和那小敏的床拼在一起，挺宽的，特不好够。她使劲伸长了胳膊也够不着。那小敏说：

"你撅着屁股干吗呢？"

雨荷脑袋钻在床底下，费劲地说：

"鞋，钩子，够。"

屋子里的人没来由地大笑，她急了，说：

"本来就看不见，你们一起哄就更够不着了。"

她们还是笑，那小敏说：

"你还真是学外语的，连说中国话都用倒装句。"

雨荷气得扔了钩子不够了，抽出脑袋站起来，猛然看见宽儿站在她身边无声地笑。他眼睛里闪着喜爱和愉悦的光芒。她有点不好意思，问："你怎么回来了？"

宽儿给她们带来了一罐羊油炒雪里蕻，一罐腌茄子。雨荷拿起勺子吃了一口茄子，真好吃，问他是怎么做的，他说不知道，是他妈做的。他又让她尝尝雪里蕻，她说怕羊油炒得太膻。他让她尝一小口，她一尝，果然没膻味，微辣，很香。别人也都抄起了勺子，他让她们明天就着饭吃。她们说："真偏心。"

第二天，宽儿交给雨荷一封他爸爸写给他的信。

探亲其间，他曾到湟中去看他弟弟几天，他爸爸把雨荷给他的信拆开看了，看完才寄给他，并附了一封信。那上面写道："现寄上你同事的一封信，我怕单位里有什么急事，就拆开看了。也不知道这是一位什么人，是男是女。但从信上看，这位同志无论从思想水平及文化修养上，都比你高出一大截，字也写得很好，希望你向人家好好学习。你身边能有这样的同事，使我感到很安慰。"

宽儿眼睛里闪着激动的光芒，雨荷说："过奖了！"

台上正在激烈地表演，没节目的人都在侧幕条后面候场。黑影里，雨荷看见刘老太坐在一长条凳子上，她身边的几个小子忽然间劈里扑噜地给她跪下了，吓了雨荷一跳，不知发生了什么事情，赶快过去看。宽儿对雨荷说："快跪下，认干妈，明天有爆炒腰花儿吃！"雨荷没跟着他们起哄，但第二天吃爆炒腰花时也跟着去了。

那家饭馆的座位是镀铬的折叠椅子，不像其他几家的破条凳。墙上挂着一副镶着镜框的对联："竹无俗韵，兰有余香"，字体儒雅而隽秀，不知出自何人之手，与桌子上铺着的俗艳而刺眼的塑料桌布风马牛不相及。厅堂里弥漫着浓烈的油烟子，刘老太坐在上座，那几个小子嘻皮笑脸地轮流叫干妈，刘老太乐得合不拢嘴。他们让雨荷也叫，说不叫没她的腰花儿吃。雨荷怎么也叫不出口，只是傻笑。

腰花儿上来了，雨荷夹了一口放在嘴里，腰臊剔得很干净，味道不错。酒也来了，没人劝，她自斟自饮起来。几口酒下肚，热乎乎的，很舒服。她开始体会到父亲整日借酒浇愁的感受，觉得这液体真是不错的东西，谁发明的！

柱子上挂着的有线喇叭里，传唱着苍凉的眉户戏："哭哎了声哎哎咳咳咳杀人的皇天，恨只恨哎哎咳咳咳主禄的判官，你为何把他衣呀，衣呀，衣也衣禄儿断嗯哎……"与人们的欢声笑语混为一体，猛烈地撞击着雨荷的鼓膜。"晋南人唱戏为什么总是声嘶力竭？声声撕扯人心！"雨荷开始视物重影，她挨着个儿看了看他们，个个在她眼前晃晃荡荡，她心里明白，真正的干儿，只有宽儿和她自己。

刘老太的女儿抱回来时出生才三天，眼下已经养到六岁了。雨荷几乎每个休息日都到他们家去，她的眼球随着他们两口子对孩子的一举一动而转动，她在他们家似乎可以得到心理安慰，能弥补一部分失女的缺憾。

　　这一天雨荷正帮着刘老太做饭，小含含哭着回来说有人骂她是野种，说她不是她妈亲生的。刘老太闻听此言，突然满脸杀气，停住手里的活计，问含含是谁说的。含含学说是前院的聂姨，刘老太扔了手里的家什，疾步出了屋子，跑到前院，抄起一块砖头，二话不说，照着那家的玻璃窗砸了过去。哗啦啦，玻璃粉碎，四处飞溅。她抄第二块砖头的时候，雨荷伸手拦她，她把雨荷一把推翻在地。她一边砸，一边破口大骂："王八蛋，缺德，不得好死……"那家的玻璃被她砸得精光。含含吓得哇哇大哭，鼻涕眼泪一块儿往下流，刘老太的爱人老秦赶紧抱起了孩子，心疼地又哄又给她擦眼泪。院子里站满了看热闹的人，都异口同声地痛骂姓聂的缺德，刘老太更来劲了，大砖头扔进屋里无数，直至筋疲力尽方才罢手，那聂姓女人龟缩在屋里，始终没敢出来。

　　雨荷坐在地上，一身土，她看着刘老太不断挥舞着的胳膊，跟一头母狮子般凶狠，不禁想到了那个长着一双粗大手掌的女人，"她也会像刘老太这样护着我的女儿！"雨荷触景生情，嘤嘤啜泣。

　　刘老太被一帮人架回了屋里，雨荷也拍拍身上的土，跟了进来。"他妈的，这个孽（聂）障，没人性的东西，咋就这么毒呢？"周围的人七言八语一个劲儿地谴责聂姓女人的歹毒。

　　含含仍在不停地哇哇大哭，刘老太的眼泪也下来了，接过孩子，跟她脸贴脸说："我姑娘是妈亲生的，比亲生的还亲啊！"

　　雨荷知道，她这辈子永远也别想再见到自己的亲生骨肉了，不禁热泪潸潸。

一想起孩子，雨荷的心就隐隐作痛，经常爱一个人待着。

星期六晚上，她一个人坐在电影院的后排看电影。场内稀稀拉拉的没几个人。那是一部名叫《比兰德拉公主访问中国》的纪录片。这部二十分钟的片子，她已经看过多遍，都快背下来了。

"都说咱俩好，也是的啊，这不又一块儿看电影来了嘛！"宽儿突然在雨荷背后说。

雨荷的身子一下坐直了。

待了一会儿，她又听见他说："你别动，等我一会，千万别走开。"

她僵在那里不敢动，半天才转过头去看，他已经不见了。她不明白他什么意思，刚想要起身走掉，他回来了。身上披了件衣服，手里还拿着一件。昏暗中，她觉得像是他常穿的那件黑色开衫毛衣。他把毛衣披在了雨荷的身上，拉着她就往外走，说："跟我走。"

雨荷猜不透他要干吗。那件毛衣太大，垂到她的膝盖处，跟裙子似的。她稀里糊涂地被他牵着走，几乎是一溜小跑。到了一座桥底下，他停住了，站了一会儿，对她说："干脆跟我吧你，只有我才能让你永远不再受苦！"

说完，他不由分说，一把将雨荷揽在了怀里，她的身子立刻淹没在了他山一样的身躯里。

一阵温暖和安全感，迅速弥漫了雨荷的全身心。

这对于雨荷来说，既猝不及防，却又在意料之中。

假使雨荷不到文工团来，没有遇到宽儿，她会怎样？她肯定会跟群智说暂时不跟他来往并非不再爱他了，断绝关系是在妈妈的重压之下不得以而为之的缓兵之计，她会让他放心，她永远等着他。

　　但是不可否认，而且必须承认，无论是妈妈毫无半点商量余地的态度，甚至扬言以命相逼；还是墨兰、肖姒以及肖姗的极力反对；无论是群智向她隐瞒了与顾兰的性关系及他对顾兰的态度；还是由于他的出卖而屡次三番地误了弟弟的前途，致使弟弟至今仍在村里日出而作，日落而归，都不完全是构成雨荷最终离开群智的根本原因。

　　寒露已过，晚风习习，雨荷依偎在宽儿的怀里，热乎乎的。她的身子被他抱得很紧，几乎都要镶嵌进他的肉里，这多像当初群智在炕上装睡，突然翻起身来用手臂死死箍住她！然而又不太像，群智用力过猛，差点憋死她。宽儿的臂膀像水手辛巴达一样粗壮，但很有分寸，他的胸肌宽厚，像火炉子一样，乎乎地冒着热气，热气中发散着诱人的淡淡的似是而非的男人味，使得雨荷意乱神迷。

　　宽儿低下头来吻雨荷的嘴唇，而后用舌尖儿探她的舌头，找到后使劲地嘬，发出醉人的吱吱声。雨荷周身瘫软地倚在宽儿的身上，感觉自己像一个在苦海中苦苦挣扎，马上就要被溺死的人，突然一双有力的大手将她捞起一样。她因他的爱而获救，因他的爱而获得新生！

　　他们就这么拥着，亲吻着，这是早晚得发生的，她早知道他爱她，其实她也爱他，或者说是依靠更为确切。只是她不敢，因为她已经失去了贞操，非常自卑，而他是一张白纸，假如他不主动向她表达出来，她是永远也不可能向他表白的。

　　她像一只漂泊不定的小船，经历了惊涛骇浪之后，终于漂到了这个安全的避风港。她累极了，闭上眼睛，在他温热的怀抱里似睡非睡，他那只又厚又大的手，抚摸着她的头，她的脸。柔情入骨……

　　雨荷最终选择了宽儿。

　　梅杰男曾经在信里说过："对于人的认识要像恩格斯所说的，

'当然不是看他的声明，而是看他的行动，不是看他自称如何如何，而是看他做些什么和实际是怎样一个人'。"

宽儿是怎样一个人呢？

十个多月的相处，使得雨荷对他的人品基本肯定。不光是她一个人肯定，她看到几乎全团的男女老少都很喜欢他，甚至包括对立派的人。他身上有一股正气，魅力四射，年纪不大，威信却很高。雨荷觉得他是柔肠侠骨的男子汉。人们都说他的内心很纯正，雨荷认为他有一颗金子般的心。

当然他也有缺点，他不踏实，书也读得少，但他的求知欲和向上之心很强，这一点就够了。另一个问题是他花钱大手大脚，雨荷最不喜欢他总跟别人借钱。可是谁没缺点呢？

雨荷始终不敢把跟宽儿相好的事告诉梅杰男，没法跟他开口，她实在难以启齿。不久前他向她写了一封表达爱情的信，难道告诉他她又爱上了另一个人？一个高大威猛，男性气息十足的人？还有，他在给她的第一封信里就称她是烈女的化身，烈女是什么，烈女是"刚正有节操的女子，拼死保全贞节的女子"，对于这样的称赞她实在羞愧难当，她配此殊荣吗?!

一个星期六的下午，雨荷搭便车到村里去看弟弟。麦地已经离开了和合村，到牛舌有知青的地方去了。他只是换了个地方，其他一切都照旧，没什么改变。"都是我的罪过！"雨荷想。她没对弟弟说什么，只是帮他料理了一下生活上的事。她一边干，一边想起小时候读过一本童话故事，叫《七色花》，说的是一个小姑娘得到了一朵七个颜色的花，掰下一个花瓣儿能满足一个心愿。那时候的她有两个心愿：一个是成为交响乐团中的一员，另一个是找到一个相亲相爱的人，跟他常相厮守。此时她想，假使真能得到这么一朵花，她只有一个心愿，那就是弟弟能有一个好的前途。

星期天下午雨荷回到团里，看见她所有的鞋都被刷洗得干干净净，连棉鞋都刷了，晾了两窗台。她很不好意思，向宽儿道谢的时候，他神情冷淡，她以为是他觉得自己邋遢，没想到他绷着脸说："你还留着他的东西，你心里还在想着他。"说完，他从她箱子里拿出几样东西来：有群智的几张照片，一本军事笔记，一双做了半截的鞋，一条军用皮带和一个海蓝色的钱夹子，钱夹子的透明夹层里，夹着一张恩格斯的彩照。

看见这些东西，雨荷一阵揪心，心里想："他人在监狱里，而且已经被我放弃了，还有什么不能容的呢？"她没说话，坐在那里想了半天应该怎么做。她问自己，是不是还想着群智，她必须承认，那般的柔情蜜意在心中不可能断然彻底消失。但那已经有些像梦中的事了，眼前的这个人却是真实而具体的。她想起了《红楼梦》中的"好了歌"——君生日日说恩情，君死又随人去了。君还没死呢，她就已随人去了！她苦笑着，还没等她想明白该不该再留着这些信物，宽儿又说话了："写的什么东西，字也不怎么样，那么窄小，看来这个人并不是像你形容得那么有才，我以为是什么了不起的人呢，看来也就那么回事。"

雨荷听他这么一说，就站起身，拿起那些东西出去了。她想："黎群智这一页横竖已经翻过去了，再留着这些东西有什么意思！"

雨荷把它们全都扔进了食堂的锅炉里，手都没有抖一抖。这些念想儿，随着熊熊的烈火，一点点化为了灰烬，她看见火焰中群智的那双眼睛和哀怨的脸。她站在火炉旁心潮起伏，她烧了他们炽热的爱，烧了自己的初恋。她觉得用这样决绝的手段来向宽儿证明自己的"忠诚"，是多么可悲、卑微甚至很猥琐。难道东西烧毁了，思想就能跟着一起化为乌有了吗！可是不这么做又能怎么办？这对宽儿也许是公平的，对群智却是残忍的，对她自己也是极其残酷的，但是是必须的。宽儿的心理是正常的，她却为此非常气恼，气恼什么，她自己也说不清楚。梅杰男也会有他这样的心理吗？不知道。她突然庆幸没跟梅杰男发生这样的纠葛，为此她长长地吁了一口气。

雨荷回到屋里，宽儿坐在她的床上默默地抽烟。她告诉他，她把那些东西都烧了，除了那条皮带，是群智当初送给麦地的，下次她去村里时，还给弟弟便是。

这是他们相好之后闹的第一次别扭。真快！她的心里沉甸甸的，他也失去了往日的欢跃。

李嗣特在得知雨荷跟宽儿真的谈恋爱之后，曾找雨荷谈过一次话，他说："错误，绝对是一个错误！不是因为年龄，而是因为差距，各方面的差距。他的文化修养比你差得太多，根本不在一个层次上。"

霍京生也私下里跟别人说："麦雨荷是长在树上最高的一只果子，再好也不能去摘，只能看着，这不是个儿高就能够得着的。麦雨荷是生活在虚幻中的人物，她是一个把梦境编织成现实的人。宽儿却非常实际。"

雨荷听到这些个议论很不以为然，心想："京生是什么人呐，两岁就没妈了，他爸爸是个小业主，号称吃的盐比别人吃的米都多。有其父必有其子，别看他平时咋咋呼呼的，都是虚张声势，长了毛儿他比猴儿还精。可爱情又不是打算盘！"

李嗣特还向雨荷极力推荐团里的编辑查宝三，说查宝三是大学生，又是学文学的，比较适合她。雨荷觉得特可笑，想起一出是一出的李嗣特，竟然当起媒人来了。

"也许他们两个人说得有一定道理，"雨荷想，"肩膀宽不一定心胸也宽"。

雨荷从来没跟群智闹过别扭，她听不懂他谈论的哲学和军事，他拿出书来给她看，她看不懂，他就耐心地给她讲解。他比宽儿念的书还少，只是小学毕业，可他从来都是那么自信和好学。

雨荷突然想："我这一步是不是又走错了？"

"不，没有错！"她给自己打气。跟群智在一起有走钢丝的感觉，跟宽儿像走在大路上，踏实。

他们两天没说话。

潘金贵因为与卓军的关系，真的火起来了。本来只是个跑龙套的小学员，结果变成了《草原英雄小姐妹》的主角，愣把业务尖子史淑慧给戗了。史淑慧是个比较沉静的人，知识分子家庭出身，有点清高。对于卓军如此过分的举措，她只轻蔑地一笑，说："我犯不上跟她争，她不配。"

卓军的做法太过露骨，犯了众怒，但大伙敢怒不敢言。史淑慧的丈夫是拉小提琴的，叫常啸，有股二杆子劲儿。国庆节演出时，他在后台当着几乎全团人的面，对潘金贵学着京剧《沙家浜》里刁德一的唱段：

军代表就在文工团

这棵大树啊好乘凉

你与他呀常来往

想必是温柔体贴

更周详……

人们听了特解气，出着怪声儿起哄。有人跟常啸说你小心点儿，常啸说我怕甚，我老子是老红军，我本人既不偷鸡，也不摸狗，我怕甚！他是晋中人，说话的口音跟晋南人很不一样。末了他大声说了一句："狗仗人势！"

潘金贵狠狠地瞪着大伙，好像在说："你们等着！"

霍京生不知为了何故，又跟曾被他扣了一脑袋浆糊的冯启明骂了起来，都要上台了，战况仍不休止。一幕演完了，大幕刚一拉上，一人拿着一块景片，俩人一错身，互相对着脸骂："我操你妈！""我日你先人！"

后台也打起来了，唱二人台的周凤兰跟丈夫武明大打出手，又哭又喊又扔东西。对此，人们似乎早已习以为常，没有一个人劝。周凤兰抄起圆镜子朝丈夫砍过去，武明一闪身，没砍着，镜子撞在柱子上，"哗啦"一声，摔得粉碎。周凤兰又抄道具枪，这时有人大声喊了一句："'二人台'，该上场了。"周凤兰的妆全乱了，脸成了大花猫，她扔下手里的道具枪，用水哗哗两下，洗了个脸，又拿起油彩欻欻欻几下，重新化好了妆。拿起手帕，扭着腰就上台了。雨荷扒开幕条儿看，只见周凤兰眉飞色舞地跟丈夫武明在台上又唱又扭又调情，嗓音嘹亮而高亢。

这就是国庆节的文艺晚会，雨荷的心里像堵了一团棉花一样难受。

演出完了收摊儿的时候，宽儿冲雨荷使了个眼色，又朝安全门那儿努了努嘴，雨荷会意。她先进了厕所，等人都走光了，她疾步进了安全门外的跨院儿里。宽儿已在那里等候，他扔了烟，一把抱住雨荷，说："我在乎你才吃醋，我想让你心里只有我一个人。"说完，他用舌头找雨荷的舌头，用力地咂吮，雨荷的心被他嘬得酥软。"在你箱子里，我看到了几张你以前的相片，心里有说不出的滋味，当时我眼泪都出来了。让我们重新开始生活，过去的就让它过去吧，让一切都见鬼去吧！什么都不会影响我们之间的感情，我坚信不疑，在我们今后的日子里，彼此会经住考验的，互相会更融洽，更坚定不移。"他滔滔不绝地说着，雨荷的心里一下子松快了。

这就叫忘乎所以，电影院的工作人员把大玻璃门悄悄上了锁，他俩尽顾了亲热，竟没有发现。

他们被锁在了跨院儿里。

待发现时，已经没法出去了。雨荷慌了，宽儿用眼睛扫了一下周围的环境，他找了几块砖，摞在一起，让雨荷蹬上去，大手先把她送上了墙头儿，跟着，他先后退了几步，然后纵身一跃，也上了墙，再轻轻一跳，两脚着地了。他回过身来，双手接着雨荷，把她放在了地上。

神不知鬼不觉的，他俩绕道儿先后回到了院子里。

一夜无语。

雨荷以为跨院之事蒙混过关了，谁知第二天一上班，文政工便通知全体到会议室开会。

三位领导正襟危坐，气氛肃杀。雨荷心中一阵忐忑不安，有一种大难临头的预感，不由得朝宽儿望去。他那里镇定自若地弹着烟灰，朝她一闭眼，点了一下头，意思是说"有我呢"。但她并未因此而放下心来。

卓军亲自主持会议。他似笑非笑地说："麦雨荷，你这个女流氓，站起来。"

卓军的声音实际上并不太大。但在雨荷听起来像一记炸雷，瞬间将她击成了粉粉碎片。那一刹，她整个儿人仿佛从现实中游离出去了，任凭周围如何哗然，全没了知觉。

待到卓军又一声更加响亮的号令时，她才回过神来，哆哆嗦嗦地站起身来颤声说："我不是流氓。"她突然想到了校长丁书香被司徒政逼迫交代问题时，人格丧失殆尽的惨状。卓军冷笑了一声，道："你不是流氓谁是流氓？"雨荷心里说："当然是你了！身为军代表，自己有妻室，还搞十几岁的小姑娘，你才是真正的流氓！"

会议室里突然间静了下来，几十双眼睛齐刷刷射向雨荷，人们非常惊异，薛公毲、潘金贵之流幸灾乐祸，刘老太、晏梓、那小敏及大部分知青都万分焦急，季安、常啸夫妇、老飞等似有同情之意。宽儿掐灭了烟，拉开了架势，如临大敌。

雨荷吓得体似筛糠，恨不得钻进地缝里。

所有人都在静候事态的发展。

"我们花钱租场地，是团里排练节目用的，不是供你们乱搞男女关系的！还有，你跟那个叫黎群智的犯人是怎么回事？他是个坏分子，是无产阶级的专政对象，是阶级敌人！你是什么阶级立场？你跟他……"

话说到这儿，被宽儿大声截住：

"拥抱和亲吻不能算乱搞男女关系！谁乱搞了谁知道！她跟黎群智早就断绝关系了，现在麦雨荷是我的未婚妻，我的学员期已满，她也只剩下一个月了，我们俩都到了法定的结婚年龄……"

卓军不容宽儿说下去：

"住口！谁让你说话了？你的问题另行处理。麦雨荷你自己说你都干过什么，说！"

雨荷像遭了雷劈一般："难道真的逼我当众说出自己有个私生女吗？"她感到自己在一点一点被剥光，赤身裸体在光天化日之下示众。谁也救不了她，宽儿力气再大也无济于事，这不是武力所能解决的，反而连他也一起拖下水。

麦雨荷像一个等待宣判死刑的囚徒，一只待宰的羔羊。卓军的话语如同霍霍的磨刀声，她被巨大的羞耻和濒死的恐惧压垮了。

卓军仍步步为营，丝毫没有放过她的意思。他突然又转向了宽儿："你不是能打吗？你过去抽这个勾引你的破鞋，抽她！"宽儿霍地站了起来，带着一股阴风，啪的一声，掀翻了身后的椅子。他二目圆睁，满脸杀气，攥紧了拳头，朝着卓军就过去了。雨荷魂飞魄散，虚汗冒了出来，身子轻飘飘的，眼前一黑，什么都不知道了。

待雨荷醒来时，已然躺在宿舍的床上了。晏梓、刘老太、那小敏、凌燕喃甚至许卫红等，都焦急地围拢在她的床前，唯独没有宽儿。她用眼睛焦急万状地寻找他，怕他真的打了军代表，那可就捅了大娄子了，那可真是她害了他！刘老太说他没事，但暂时不要见面了。雨荷的眼泪哗哗往下流，只要他没事就好！她浑身上下没有一点力气。史淑慧和常啸进来了，这两口子你一言我一语地劝说："女子你甭怕，他这是以攻为守哩。他自己干下违法的事，拿着别人开刀，他心虚着哩。你没看见他那副色厉内荏的怂样，这种人早晚没个好下场！"

其他人也都随声附和，晏梓和刘老太安慰她说："在大伙儿眼里你永远是个好女子。"

潘金贵回屋来了，扬眉吐气地摔摔打打。那小敏递给雨荷一个小纸条儿，上面写着"忍着点"三个字。

是夜，雨荷辗转反侧："他们是怎么发现我和宽儿在跨院里的？是不是有人跟踪我们？也许有人通过玻璃门看到了我们亲吻，这太丢人了！卓军为什么要这么整我？莫不是因为潘金贵半夜归宿，我向她提过抗议？他们定然认为是我发现并传出他俩的苟且之事，或是因为潘金贵曾紧追过宽儿，她势必会报复。我成了他们的眼中钉，肉中刺。钉子和刺都扎人，可我从来都是被扎。"雨荷后悔又后怕，后悔不该惹这种小人，后怕是为宽儿，"如果我的丑闻公之于众，不要说我自己无颜以对，就是宽儿也无法再和我继续下去，我不能让他为我承受这么沉重的压力 这么做不公平"。

雨荷想起白天卓军一反常态的狰狞面目，仍不寒而栗，幸亏她及时不省人事，否则后果不堪设想！宽儿要是真把卓军给打了，一定会下大狱，她就是个扫帚星！她将再一次一无所有，她能一无所有吗？不能！他在她溺水之时不失时机地出现，她牢牢地抓着他那粗壮的手臂，像抓住水中一块巨大的可以救生的浮木，他给她的是一条生路啊！

第二天一上班，刘老太就到宿舍来看她，还拿来一筒麦乳精。晏梓紧跟着也进了门，手里提着几个鸡蛋。这些东西在那个年代是那么珍贵，雨荷感动得不知说什么好，眼泪又流了下来。她们劝她一定要多吃些东西，说无论发生什么，身体要紧。

快到中午的时候，刘老太又来了，小声跟雨荷说："刚才宽儿偷偷跟我说，'老太太，您就等着抱孙子吧'！"说完，她开心地笑个没完。这句话使雨荷感到就像在她冻得瑟瑟发抖时，宽儿给她穿上了一件厚厚的大棉袄。

"昨天他当众说我是他的未婚妻，还说我们俩都到了法定的结婚年龄，今天又让刘老太准备抱孙子，他那里已经准备好了承担我的一切！在我最艰难的时候，他的关怀与真情价值连城！我要永远永远对得起他！"

雨荷坐起来穿好衣服，下地梳洗，然后吃东西。刘老太放心地出去了。

文政工通知雨荷，说组织上决定，给她一个延期三个月转正的处分，并即刻写出一份深刻的书面检查。她赶紧问文政工领导上对宽儿如何处理，文政工说宽儿属于无辜，是受她勾引，与她的性质不同，写份检查就行了。

打雨荷懂事起，就不断地听奶奶说"万恶淫为首，百事孝当先"，妈妈也常以自己的正派而骄傲。她们那种对于男女作风有问题的鄙夷态度，从小就给她留下了极其深刻的影响。小时候她跟着伙伴们去游泳都不行。上中学时，有好些男生多看她几眼，她都特生气。现如今被人当众称为女流氓，还跟男人亲吻时，让人当电影一样观看，也不知道这是什么报应！

雨荷不敢走出宿舍的门，饭都是那小敏或凌燕喃替她打回来的，上厕所忍到午休或晚上才敢去。团里有些人唯恐天下不乱，他们善于将别人的隐私当作茶余饭后的笑料，她感觉他们看她的眼光像钉子一样尖利。

晏梓告诉她说对此不必太介意，说过不了几天，团里准会发生另一件叫他们更感兴趣的事。

那小敏捎来了宽儿的一封密信，他这么写道：

"我无限荣幸的是遇上你这样一个姑娘，给我精神上巨大的力量，使我对生活有了更高的而且更深的认识。你在我的心目中视如珍宝，如女神。你一定要注意身体，多吃点东西，别哭了，外界的压力只能使我们的感情更加牢不可破。我没什么可说的，只有用我的爱，我忠诚的爱情，在我们今后的共同生活中，向你，我最亲爱的，我一生中的伴侣，热情地，默默地报答你对我的爱！"

患难之中见真情，雨荷觉得宽儿那双巨大而强有力的手，撑起了她头顶上这片快要塌下来的天空，她的腰不由自主地直了起来。他的点点滴滴占据了她的全身心。

雨荷给宽儿写完回信才写的检查。那小敏成了他们的信使。她在信中这样写道：

"我本来不太会说，但是还能写一点，但是现在我连写都不会了。我只告诉你，没有你我活不下去，你救了我，你记住，我这条命是你的，只要你不嫌弃，我就跟你活成一条命！"

刘老太让雨荷星期天到她家去一趟，说有事和她商量。

她家粉刷了以后，四壁生辉。老秦把女儿含含抱在膝盖上，坐在木把手的自制简易沙发上，给孩子捏小泥人，捏的是"三个和尚没水吃"，一边捏一边讲故事。含含聚精会神地听着，看着。

屋里已经生起了炉火，炉子上坐着一口大锅，锅里的水冒着热气，刘老太在拆洗一副羊下水，说一会儿吃羊杂割（杂碎）汤。雨荷问她给女儿起这个名字是不是含在嘴里怕化了的意思，刘老太两只手沾满了血污，咧开嘴笑了，说是。

这是一个家，一个温暖而幸福的家，是雨荷在异乡最感安慰的地方。宽儿说要跟她成立这样一个家。她又幻想着把女儿找回来，想象他把孩子也像老秦这样，抱在怀里疼爱。

但她心里明白，这是妄想，宽儿不是梅杰男。

羊汤煮上了，高压锅发出"刺刺刺"的声音以后，刘老太盖上火盖儿，看看妥当了，把雨荷带到里屋，说：

"我和晏梓找宽儿进行了一次严肃的谈话。我们都认为你们俩并不合适。你比他大三岁，现在都还年轻，看不出来，以后岁数大了就显了，女的比男的老得快。"

"他怎么说？"雨荷急忙问。

"他脑瓜儿正发热，说什么'女大三，抱金砖'，还说特别欣赏你身上特有的文化修养和高雅气质。但是我们都怕他今后会起变化，因为他没什么专长，只能在文艺界里混，长得又那么漂亮，文艺界的情况你也知道，以后免不了出问题。你就不同了，你文化底子厚实，不可能永远在这儿窝着。两个人的距离会逐渐拉大，你俩都是好孩子，我们不希望看到你们将来不欢而散。"

"还没聚就说开散了，真败兴！我怎么跟谁好都有人反对？我的脑子是不是真有问题？"雨荷想。

雨荷的情绪开始低落，可又觉得刘老太说的不是没有一点道理。

"你的意思是不是让我跟他吹了？"

"哎，也不是。按说宽儿真是个好孩子，他把你的经历全都跟我们说了，哎呀，听得我们那个心疼呀！我们跟他说，照这样雨荷今后更不能再受半点伤害了。他说正是因为这一点，他才决定张开他的臂膀，永远保护着你，永远不让你再受半点伤害。"

雨荷听了以后，心中有一些不快：他不应该向别人泄露她的隐私。

吃午饭了，泥人还没捏好。刘老太让吃完饭再捏，含含不干，说捏完再吃。刘老太说：

"不行，今儿有客人，不能让客人等你们。待会儿饭菜都凉了还得热。"

含含哇的一声哭了。刘老太赶紧抱过来哄：

"哎哟，我闺女不哭，"一边说，一边给孩子擦眼泪，"我闺女是个懂道理的好孩子，跟街上的坏孩子不一样"。

老秦说：

"等会儿吃完饭爸带你到街上买颜料，咱们给小和尚上色，就更好看了。不哭啊，不哭。"

含含停止了哭泣，眼泪没干，听说要给小和尚上色，咧开嘴笑了。

饭后，那父女俩又恢复了原状。雨荷跟刘老太收拾碗筷桌椅，边干边聊。刘老太建议她转正以后想办法调到别的单位去，这样更便于今后的发展，也可以及早离开这个是非之地。

雨荷跟宽儿暂时不便单独见面，就把刘老太的意思写信告诉了宽儿，信仍由那小敏传递，那小敏管雨荷要跑腿钱，雨荷说没问题，请她出去吃一顿。

那小敏眉开眼笑的，有些反常。雨荷问她有什么喜事，她说她男朋友来信了。雨荷问她是哪个男朋友，她说当然是原来的那个军医，然后拿出那封信来给雨荷看。

信上说他跟那个女军医实在没法处，那人左得要命，动不动就毛泽东思想，阶级斗争什么的。他说宁愿一辈子打光棍，也不找这种女人，所以吹了。他问那小敏现在有没有男朋友，还愿不愿意跟他通信。

雨荷从心里为那小敏高兴，催她赶快给人家回信。她羞怯地说，早写完寄出去了。

宽儿托那小敏捎来信说："你能有机会从事自己理想的工作，太好了。恳切地并且急切地希望你抓紧一切有利因素加速进行。据我了解，不转正是可以调动的。你必须明白，这是于生活的关键时刻，一分钟的等待或忍耐都将使前途黯淡无光，使理想成为泡影。为了我们美好的未来努力吧，我亲爱的！"

宽儿太性急了，世上哪里会有这么容易的事。

编导查宝三的外号叫"三爷"。除了他的名字中有个三字之外，地、富、反、坏、右当中他行老三。"文革"初期，三爷因与其兄密谈对运动的看法时，被"隔墙有耳"告发了，加之反动军阀的出身，兄弟俩双双被打成了现行反革命。

三爷是团里唯一的大学生，但三十多了，因政治问题，至今没搞上对象。团里人根据他的情况给他总结出了一个"好几个三十多"：

三十多岁；三十多块钱工资；三十多斤粮票；挨了三十多回斗；写了三十多份检查材料。雨荷头一次听到这个说法是出自老飞之口。老飞是对立派老演员中对她最友好的一个人。

雨荷当时被逗得乐出了声。看到她笑了，老飞一拍脑门儿，说："对了，对喽，还落了一个三十多呢！就是吧，他看上了一个人，托人跟那个人说了三十多回，那人都没同意。"雨荷一听老飞说这话，扭头儿就走开了。她知道老飞指的是她，当着好些人的面，她只能马上走开。当初李嗣特向她举荐三爷时，她就特怕是三爷托李嗣特来说的，为此，她一直有意躲着三爷。这个老飞，为了逗她开心，竟然当众点破了这一层。她不知道该感谢他还是恼他。

老飞追上雨荷时，周围正好没人，便问她：

"听宽儿说你要调走？"

"哪儿的事儿呀，八字还没一撇呢，瞎说什么呀！"

"甭管有没有这一撇，我跟宽儿说，'千万别让她走，人家现在就比你强，将来出息了，身价可就更高了，那时候还有你小子什么事呀'。他那么能谝的人，听了我这话，愣是一句话都没说出来。"

"你跟他瞎说什么呀！"雨荷不安地说。

"我这是实话，也是好话，你真的不能走。"

雨荷心想："怪不得他近来脸上没表情呢。原来是听了老飞的话以后，多想了些。谁让你跟人家乱吹牛的！"

一般来说，几个当地的小女子每星期六下午就都回家了，可是那天潘金贵没走。雨荷心里老大的不高兴，在一个屋里都腻了六天了，还不让人消停消停松口气！

星期天一大早，雨荷就约那小敏躲出去逛街。后来听凌燕喃说她们出去不久，她也走了。她自然是去会男朋友，雨荷跟那小敏是没目的瞎逛。逛烦了就在摊儿上吃了两块油糕，一人还吃了一碗羊肉泡馍。那种油糕特棒，是黄米面的，里面还包了一点粗糙的红豆馅，用油一炸，特香。泡馍却一般，没有城里的好吃。

吃完了雨荷付钱，跟那小敏说：

"算我请你了啊。"

"没门儿，这点破东西就打发我啦，我给你们俩立多大功劳呢！"

"那你要吃什么？"

"回北京，吃你们的喜酒！"

雨荷推了她一下，两个姑娘嘻嘻哈哈地笑着。那小敏说：

"回去吧。"

"回去干吗？烦人！"雨荷收了笑容说。

她们又瞎蹓了一会儿，那小敏说：

"我怎么觉得潘金贵这些日子有点不对劲儿啊。"

"是啊，好像没有以前那么牛了。别是出事了吧！"

"出事才好呢，看谁是流氓！"

"哼，那可就热闹了，他们俩人一块儿完蛋！"

"对！什么军代表，什么玩艺儿呀，就知道搞女人！听说蒲剧团他还搞了一个呢。"

"是不是那个大腮帮子？我看见星期天她净去卓军那屋，他倒不拾闲儿哈！"

"唉，潘金贵今天留下，是不是憋着跟大腮帮子干一架呀？"

正巧她俩走到了蒲剧团门口，禁不住伸着脖子往里瞧，见地上戳了块小黑板，上面用各色粉笔花花绿绿地写着今天有日场《洪湖赤卫队》。她们交换了一下意见，决定探探大腮帮子的动向，便买了票，进了剧场。已经开演一会儿了，俩人拣后排坐了下来，不然耳朵受不了。

剧场里乱乱哄哄，大人喊，孩子叫，地下满是果皮纸屑。

大腮帮子演韩英，用头套一遮，成瓜子脸了，还真不难看。那小敏跟雨荷小声说："卓军准是在她戴头套时看上的她。"

当大腮帮子唱道："娘啊，儿死后……"她们实在受不了了，都没商量，同时站起身出来了。

麦雨荷跟那小敏回到团里时已经中午十一点多了，在街上吃了不少的东西，中午饭可以免了。

院子里静悄悄的，好像没有人。远远看见卓军的门上上着一把大黑锁，格外醒目。她们互相看了一眼，感到很纳闷，不由得朝自家宿舍望去。门关着，外面没上锁，莫非这一对狗男女在女生宿舍里？不会吧！

俩人站在屋外不敢贸然进去，正在进退两难、挤眉弄眼打手势之时，忽听里面有呻吟声。那小敏以为有人病痛，欲推门而入，雨荷多了个心眼儿，一把拉住她，举头向上面的窗户看去，见窗帘没拉上，觉得不太合情理。她心里稍微放松了一些，但仍不放心，在院子里找了一把破凳子，登上去，趴在玻璃上往里看。

血！到处是血！她吓得一声大叫，差点儿从凳子上摔下来。

她俩连滚带爬地冲进屋里，只见潘金贵躺在床上，面如死灰，已经奄奄一息了。雨荷看见桌上的药瓶子，大概明白是怎么回事，猜出是她自行打胎，造成大出血，立即命令吓得目瞪口呆的那小敏，火速到医院去叫急救。那小敏应声而去。

潘金贵虚弱地对雨荷说："救我。"脸上濒死的表情代替了往昔的不可一世。雨荷握住了她的手，那只手像冰一样凉。雨荷心里一阵悲哀，告诉潘金贵："有我呢！"

床上，被子上，她身上，全是血，殷红殷红的血！

潘金贵快不行了，已然休克，那小敏还没搬来救星。雨荷慌了，扯开嗓子大喊："来人呐，救命啊……"

宽儿因为胃疼，正躺在屋里忍着，听见喊声，从床上弹起来，箭一般射向雨荷她们屋。他闯进来，看见那个场面，说："送医院。"说完，赶紧出去找平板车。

王大爷也闻声赶来，宽儿抬着潘金贵的上身，雨荷跟王大爷一人抬一条腿，血从她的下身仍汩汩地往外流，哩哩啦啦一地。

医院里空荡荡的，那小敏还在苦苦哀求值班大夫。

宽儿用手号号潘金贵的脉，又翻开她的眼皮，说："不行了。"

潘金贵死了。

雨荷的眼前始终是血，大片大片鲜红的血，腥味扑鼻。手里总好像还握着那只冰凉的手没放开。那一声微弱的"救我"和她母亲凄惨的哭叫声，不停地在雨荷耳边回响。

晚上不用再给潘金贵等门了，但雨荷反而彻夜不能眠。

雨荷躺在床上瞪大了眼睛盯着门，希望潘金贵能再轻轻地抬起门，一闪身，进来。

"假使我那天不出去，或是听从那小敏的意见早点回来，也许她不至于死！我已经发现她不对劲，而且意识到可能出事了，为什么不

向她伸出援助之手，反而要看她的笑话！我自己出事时是多么希望有
人帮我一把！她只有十八岁！"

罪魁祸首是卓军。他们几个从医院回来时，卓军正在往女生宿舍
里探头探脑，宽儿一个箭步冲上去，薅住了他的脖领子，刚要打，又
甩开了，说："脏了我的手！贱货！有地方制你，比我的拳头厉害！"

人们对于发生了如此重大的事件，并没有像想象中的那么兴趣盎
然，很少有人议论此事，就连常啸和史淑慧都闭口不谈。人们最关心
的是卓军的下场，都在拭目以待。

一天半夜，雨荷听见卓军被带走了。后来听说他被军事法庭审
判。这大快人心的消息一经证实，人们激动得欢呼雀跃。

卓军在时，乔书记大权旁落，现在又恢复了正常。雨荷与宽儿的
处境也宽松多了，可他们并没有像以往那样，逮住机会就亲热，感觉
好像这样的自由是用一条生命换来的一样。

女生宿舍和道具股对换。女孩子们都默默地搬着铺盖行李等小件
物品，男生们帮着搬动大件的重东西，也都沉默不语。地上滚动着潘
金贵的自制卷发器、发卡和小辫绳，宽儿弯腰捡起来，把在手中，表
情肃穆，潘金贵毕竟是爱过他的女子。对于爱他而他不爱的女子他都
能够如此有情有义，那么对于他爱又爱他的雨荷还能错得了吗？

宿舍刚搬完，屋里乱七八糟的，女子们各自收拾着零七八碎的东
西。雨荷弄出一堆脏东西准备洗，就到服装股去借大盆和搓板。没想
到三爷坐在那里正跟做服装的窦师傅谈着什么。雨荷低着头，抄起大
盆，没顾上找搓板，就急急忙忙往外走。三爷说："别走哇，坐下聊
聊。"雨荷不好意思拒绝，就坐下了。

刚坐定，宽儿手里端着一碗面条，一边往嘴里吃，一边用屁股拱

开门进来了。他眼珠儿叽里咕噜地一阵乱转，然后扭头出去了。雨荷心想，"要坏。"站起身，追了出去，大盆也没顾上拿。她先到他宿舍里找，又到食堂去寻，后来估计他能去的地方都找遍了，也没找着。

雨荷懊丧地回到宿舍，坐在床上发呆。那小敏问她怎么了，她的眼泪涌出了眶子，"是呀，我怎么了他就这么对待我！难道我连跟喜欢我的男人说一句话都不行吗？他为什么就可以跟喜欢他的女孩子们有说有笑的，还尽帮她们干这干那的。是不是他压根儿就认为我是一个不忠的女人？这可是隐患，这颗定时炸弹早晚会爆炸！也许他的心胸就这么狭窄，所以才会无端地生嫌隙。真是一个不讲道理的人！"

雨荷停止了对宽儿的寻找，"我又没做什么亏心事！不管是因为哪个原因，和他的关系都应该划一个问号"！

傍晚，雨荷和那小敏在院子里碰到了宽儿，他居然装作没看见雨荷，只跟她身边的那小敏打了个招呼，就快步走开了。

"这算什么，简直是岂有此理！"雨荷在心中愤懑地叫喊。

那小敏的男朋友来了。他们部队换了个首长，这位长官比较讲人情，说那小敏的父亲不属于敌我矛盾，就放了他们一马。他趁部队领导还没变卦，赶紧开了结婚证明，请假奔了文工团。

那小敏要结婚了，她是剧团知青当中第一个成家的。看见这一对劫后余生的鸳鸯如此幸福，雨荷从胸底深层里舒出了一口气。

他们回北京举行婚礼之前，全体知青为他们举办了一次非正式的仪式。

很久没这么热闹了，自潘金贵死了以后，大家都好像不太正常。

雨荷跟宽儿有一个月没说话了。她不知道别人是怎么想的，也许以为他们不过是一般的闹闹别扭，这在恋爱当中的男女也是常有的事。可她自己知道是怎么回事。他们这么长时间不说话，不光因为他怪她跟三爷聊天一件事，还因为她发现了一件让她无法忍受的事实。

一个星期六的下午，雨荷看见宽儿骑车出去了，就走进他宿舍里，想把一种专治胃痛的药"胃活"，放在他床上。听李嗣特说近来他常胃疼，夜里疼得更厉害。她觉得自己没做错什么，不愿意主动先跟他说话，就想趁他不在时把药放下。那天他们屋里正好没人，她放下药正准备离开时，看见他被垛上有一封写了半截的信。出于本能，雨荷拿起来看，抬头写着"亲爱的妮妮"。看来是写给他前女朋友的，信中说他一直深深地爱着她这个妙龄女郎。

雨荷的血直往上涌，心被深深刺痛了。他到底是什么人？她实在弄不懂，他可真是个台下的好演员！这显然是在欺骗！

为了怕宽儿误会，雨荷早已跟梅杰男中断了通信，更绝口不敢提黎群智和孩子，还在他的要求下，忍痛烧毁了多年来梅杰男给她的来信。烧的时候她真心疼，那凝聚着梅杰男的心血，也是她的精神食粮！他倒好，公然脚踏两只船。

席间，大家都在祝贺新人，雨荷神不守舍地强撑着。宽儿知不知道她已经看了他写给前女友的信？她不准备去质问他，爱不是强求来的。只看他如何表演下去。

那小敏将要有一个家了，虽然他们暂时两地分居。看得出来，那男人素质很高，一脸的忠诚可靠，给人一种安全感。雨荷抬眼朝宽儿望去，觉得他的眼睛后面似乎还有一双眼睛，她不禁感到一阵茫然。

晏梓及刘老太都发现了他们之间出了问题，对于她们的关切，雨荷若无其事地搪塞。她还能说什么呢，当初人家不是没劝过自己，该说的话说了，不该说的话也说了。她突然想起房墨兰把她揪到厨房里训斥的情景，还有肖姒及肖姗的劝诫，恍如梦境一般。

卓军被捕之后，没人再整他们了，他们自己在整自己。

又要过年了。

这回晏梓他们没再张罗聚餐。

元旦下午，雨荷的头突然剧烈地疼痛起来，像是谁在给她念紧箍咒，疼得越来越厉害，直在床上打滚。屋里的人害怕了，凌燕喃要去叫宽儿，被雨荷制止了。那小敏给她吃了两片止痛片，吃下去没多久，胃里一阵翻腾，中午吃的饭全喷了出来，吐了一地。幸好屋里有一堆炉灰，她们把污物给搓出去了。

吐完后，头不太疼了，雨荷像一摊泥一样，浑身一点力气也没有。晚上的演出肯定不能参加了，幸好有她没她都一样。

天黑得真早，刚过五点钟，屋里就暗了下来。别人都到后台化妆去了，准备一会儿的新年晚会。雨荷一个人躺在屋里，身上阵阵发冷，觉得自己要发烧。很久没有发烧了，她突然想起群智临走的前一天，她的那次高烧。那已经是两年半以前的事情了。其实才两年半，怎么恍如隔世一般！那时的土炕已然变成了如今的木板床，心上的人也换了。宽儿还是她的心上人吗？不，他是一个大众的情人。几乎所有女孩子都青睐于他，甚至半老徐娘们看他时，眼睛都会不由自主地放出异样的光芒，他迷倒了一大片。这样的人可靠吗？他真的不如那小敏的男朋友让人觉得放心，虽然那男人个子不高。但个子高，素质就高吗？

有些东西看着是好，可你若得到了，未必是福！

门被轻轻推开了，雨荷赶快闭上了眼睛。

怎么没有一点动静？雨荷忍不住偷偷睁开一条缝儿，昏暗中，只见宽儿披着一件棉大衣，像座塔一样，伫立在房屋中央。她赶紧重又闭上了眼睛，装睡。过了一会儿，他缓缓走过来，伏下身子，把她抱在了怀里。大衣掉落在地上，他光着膀子，只穿一件粗布坎肩，裸露的肌肉突起而滚动，上面涂满了肉红色的粉彩，头上顶着一盏矿灯，脸上抹着煤黑子特有的黑色油彩，使得那双眸子分外光亮。

他把雨荷越抱越紧，默默地亲吻她的嘴，她的脸，她的眼泪……

"我该上场了，晚上再来。"他小声说。

雨荷心里明白，她不能没有他。她有过那么沉重的历史，他都替她扛着，这种扛是需要作出极大的、甚至是惨烈的牺牲的，她应该宽容一些。他的心理素质不像他的体魄那么剽悍，所有男人都一样，她有责任用柔情溶解他的苦涩。她已经失去了，或者说伤害了两个男人，绝不能再有任何过失了。

发烧使雨荷昏沉漂浮，她独自躺在床上，享受着刚才宽儿热烈的亲吻与拥抱，她是那么地渴望爱抚与关怀，把梅杰男语重心长的告诫和深沉炽热的爱抛到了九霄云外。

后来宽儿向雨荷解释说，那封信她只看了一半，后面他准备告诉他的前女友，由于她的不忠而失去了这份爱，现在他找到了一个比她强得多的女孩子。他向雨荷发誓说："相信我对你的忠诚，否则天地不容。"

这个毒誓，雨荷确信无疑。

　　宽儿病了，胃部疼痛加重，吃不下东西，饿了更疼。他日渐消瘦，脸色也不好。他先还扛着，疼紧了就吃几片胃舒平对付，胃部揣个暖水袋，衣服外面系根皮带兜着，免得掉落下来。别人问他几个月啦，他说："这里边要真怀的是孩子就齐了，我除了不会生孩子，什么都会。"后来疼得太厉害了才去医院检查，结果是十二指肠球部溃疡。雨荷非常着急，不知怎样照顾他。食堂的饭菜太糙，要是有个家就好了，随时能给他做可口的饭菜，可眼下他们还不具备成家的条件，就连他们的关系她还在瞒着家里呢。

　　这一关，雨荷实在不知道怎么过。对于宽儿，妈妈早已表过态了，但这一关总得过。她硬着头皮给妈妈写了一封信，焦急不安地等待着妈妈的回信。其实她了解自己的妈妈，定然是百分之百不同意。这不能怪妈妈，自己曾经有过那么严重的过失，对于一个母亲来说，是毁灭性的打击。她不能再伤妈妈的心了，母亲有充分的理由替女儿把关。那么她该怎么办呢？

　　此时妈妈已从干校调回原单位了。

　　一个星期天的晚上，雨荷跟宽儿从刘老太家出来，他又把她带到了那座大桥的下面。天气已经大冷了，他穿着她第一次看见他时，那件旧呢子外套，他把她裹在怀里说："咱们结婚吧！"他的态度是认真的。雨荷的心一颤——这个善良英俊的男人要娶她为妻，他知道她的全部不光彩的经历，但他还是要娶她，说明他是真的爱她，她是他的至爱。

　　她趴在他的胸口上，用手抚摸着他的腹部。这身体是多么温热！她抬起头来，伸手捋着他那像贴上去的浓眉，又揪揪他向前翘着的下巴，他用长长的睫毛在她脸上一睁一闭，像小扇子一样，来回扇动着，痒痒的。她笑了，说不敢嫁给他，他是那么纯洁，而自己……她不能让他作出这样的牺牲。他说："谈不上什么牺牲，我们双方都应当为对方有所牺牲，这才是真正的爱。我认为在我心目中，其他的都'死掉'了，剩下的只是强烈的、新生的爱！"雨荷将头深深地埋进他的怀里，想永远在这里面被保护着。

他的胃又疼起来，紧皱着眉头，说不出话来。她说这儿太冷，回去吧。他摇摇手，没动，待一会儿就蹲下了。

雨荷飞奔回团里去叫人，霍京生和卢英烈赶来把宽儿送到了医院。

医生看了原来的检查结果，说不能医，马上送省医院，否则一穿孔就完了。

宽儿说："我要回家。"

宽儿回家治病去了。

跟宽儿的分别并未像与群智分别时那样难舍难分。为什么？也许是因为群智走时的前途凶多吉少？也许是宽儿曾经无缘无故地跟她闹别扭？这两个人当中，雨荷爱谁更深一些？

妈妈的回信来了，随信还寄了一张陌生男子的整身照片。妈妈说这个人在外交部工作，28岁，让她考虑。还说这个人也住在和平里，他不但看见过雨荷，而且早就看上了她。妈妈说了解过了，小伙子各方面的条件都不错，他父亲是作协的。

此人长得不难看，但是雨荷对这类衣冠楚楚，西服革履的人，莫名其妙地反感。

妈妈信里只字未提有关宽儿一事的意见，那意思是说，根本不予考虑。

这个结果不出雨荷所料，怎么办？她思来想去，决心想尽一切办法要让家人接受宽儿，她要告诉妈妈，宽儿接受她的过去，这种品质和胸襟，比起学历和地位来，要宝贵而重要得多。

宽儿来信了，说他的溃疡病已经相当严重，医院说要是不开刀的话，随时都有穿孔的危险。雨荷从小受中医思想的影响，写了一封很长的信，主张他保守治疗。还说她二叔是有名的中医，保证能治好他的病。信寄出后，她觉得自己有点冒失，人家家里是西医，怎么会同意她的意见呢？没想到宽儿来信说，他父母也主张不到万不得已不动手术，同意中医保守疗法。

宽儿还说他把他们的关系告诉了家里，他爸爸听说儿子搞的对象就是曾经跟他通过信的人，非常高兴，说大个一两岁不算什么。雨荷看完信，心里直犯嘀咕："他怎么不说实话，我比他大三岁多呢，这样欺瞒，早晚露馅。年龄已经成为顾虑，那么我的过去呢？"她把自己的想法写信向他表述。他回信说："我希望你把过去的一切都忘掉，过去的就让他过去吧，从现在起重新生活。多想想今后你就会少受折磨，就会有更多的乐趣。过去的那段生活里，我同样被痛苦所压抑着，现在我和你一同站起来了，可以说是挣扎起来了吧。我被你所受的痛苦伤害所感动，知道我在你生活中所起的作用，当然我不敢说拯救了你，但使你有了希望，这希望能否成为现实就要看我们的共同心愿，但更重要的是我。我也曾设想过，如果怎样怎样，我应该怎样，当然这包括很多方面的问题。你提出我是否勉强，这一问题我仔细地思虑过，没有。我也设想过，如果勉强，那后果就将更坏，那不但毁了我，而且更为严重的是使你失去生存的勇气，所以事情是严重的，决不能勉强……"宽儿的信使雨荷心里踏实多了，但他所谓的"如果怎样怎样，我应该怎样"的含义，雨荷明白他所暗示的是，如果有朝一日群智出狱后来找她，他应该怎样对待。

如何使宽儿真正放心，并信任自己呢？只有用自己无声的行动！

经过刘老太的努力，地区卫生局很快接受了雨荷。只是团里和文化局不放，尤其是团里，乔书记说麦雨荷人实在，尽穿补丁衣服，这在文艺团体里特别难得，还说她文化基础好，文工团就缺乏这样的人。文化局则说当初招她上来的时候，占用了一个农村指标，来了才一年多，说走就走，这山望着那山高，坚决不放。事情僵在那里不好办了。谁都了解乔书记的脾气，只能过一段再慢慢跟他晓之以理，动之以情。

妈妈又来信催雨荷回北京"相亲"，说她到文工团一年多了，也该有探亲假了。并再次强调那个人无论从学历，从年龄都与她很相配。雨荷苦笑着，想不到现如今自己也落得待价而沽的地步了。她给宽儿写了封信，告诉他，自己已经请好了探亲假，将于某某日回北京，让他去北京与自己汇合。

宽儿先雨荷一天到达北京，住在了北京站附近他姥姥家。他把雨荷从北京站接到他姥姥家，先商量了一下对策，再去见她的家人。一路上宽儿嘱咐雨荷，对他姥姥一定要称呼"您"，绝不能"你，你"地跟她老人家说话。

一进院门，街坊们就纷纷出来假装干别的事，眼睛却向她睨视。

宽儿的姥姥是个白胖而富态的老太太，一笑，眼睛眯成弯弯的一条缝儿，没牙的嘴巴一瘪一瘪的，下巴向前翘起，很是和蔼可亲。吃午饭的时候，姥姥告诉雨荷，宽儿是一匹脱了缰的野马，让她把缰绳勒得紧紧的。雨荷说自己手无缚鸡之力，怎能勒得动他？姥姥诙谐地说："姑娘，四两拨千斤。"后来姥姥又讲了许多宽儿小时候的事：

"淘啊，没边！他用绷弓子把一座刚盖好的楼房玻璃，挨着个儿全给崩碎了。人家找上门来让赔，一百多块呐！我写信给他妈，没说的，寄钱来吧！这一出刚了，他又把人家才脱好的土坯子，用脚全给踩成了烂泥。人家堵着门那个骂呀，没法子，我又赔给人二十多块，他妈给那点生活费还不够赔款的呢！"

雨荷听了哈哈笑，说：

"你怎么那么闹啊？"

宽儿说：

"您就抖搂我那点光荣历史吧。"

"光赔钱还算小事，有一回他把一个同学的肚子给咬下一块肉来，吓死人啦！"

"啊？"雨荷惊叫了一声。

"那小子踢我妹妹肚子，我上去就给了他肚子一口！"

"人肉好吃吗？"雨荷觉得不可思议，真够野的，逗他说。

"来劲是不是？小心你的小细胳膊小细腿儿。"

"我实在是弄不了了，送西安他妈那儿去，"姥姥说，"他不走，坐在前门火车站的台阶上犯傻，央告他老舅，说保证以后不闹了。他老舅最有法儿治他，把水壶里装满了水，让他一手提一把，抬平了，不许落下来。哈哈哈……"姥姥笑得特可爱。

"姥姥您可真够狠的，非撵我走，我宁肯睡您床底下，也不愿意上他们那儿去！"

"我狠？那回狗那事没把我给吓死！"话说到这儿，祖孙俩一块儿大笑，"他小时候那个能吃，我炸松肉，炸多少他吃多少，供不上他吃的。每天半夜还得把他打起来喝釅茶，不然消化不了，积着。有回半夜，他喝完茶上厕所，睡得糊里糊涂，不知道哪儿来的一条大狗，在院子里啃他白天啃剩下的羊骨头，吓得他一声惨叫：'姥姥！'我正在屋里给他做棉袄，不知道出了什么事，两腿一软，"窟嗵"一下就跪地下了，嘴里也没命地跟着他喊'姥姥'，我一边往外爬，一边喊姥姥，等我爬出去，看是一条狗，用大棒子把狗给打跑了，我们俩在院子里抱头大哭！"姥姥不知是哭的，还是笑的，流出了眼泪。

吃完饭，姥姥让雨荷上里屋歇着，她在外边拾掇碗筷。宽儿跟了进来，关上门，一把抱住她说："想死我了！"两人亲热了一会儿，宽儿出去帮姥姥收拾，雨荷听见他问姥姥这姑娘怎么样。姥姥小声说：

"挺好的姑娘，就是太瘦。我看她像个有苦道不出的人，你可不许欺负人家。"

"哎，哪儿能啊。"

"好好待她。"

"一定，您放心吧。"

"不行，你跪下，给我发个誓！"

宽儿真跪下发誓了。雨荷感动得鼻子直发酸。

下午，他俩乘 104 无轨，不想在街上碰上了安泰。雨荷心里有点惊慌，宏仕离和合只七八里路，她的丑闻一定传扬过去了，安泰会怎么想她？自打与群智交往以来，她就再也没敢去过宏仕，没想到竟在北京碰到了她。

安泰告诉雨荷，她和依慧慧一个困退，一个病退，都回北京了。杨小然从小学校调到了县教委。黎群利也随她父母回了北京，但不晓得为何，跟房宇轩吹了。司徒政不知走的什么门路，从东北上大学了。房墨兰则嫁进了侯门。只有何在真没消息，听说去了香港。

她们站在北京站广场上聊了一会，宽儿在不远处抽烟等着她。雨荷由于心中有鬼，也不敢给安泰介绍宽儿，只谈了这些，便匆匆告辞了。谈到何在真，不由得想起她陪自己去隆福寺医院的事，倒真是想见见她。

上了无轨，宽儿问她：

"我到了你们家，最坏的情况是什么？"

雨荷想了想，说：

"顶多都不理你。"

"那我不怕，凭我三寸不烂之舌，说呗！"

雨荷听后笑了，说：

"动武你也行啊，我们全家加起来也不是你一个人的个儿。"

"去你的吧。"

他嘴里这么说，却神情黯然。雨荷安慰他说：

"没关系，到最后这事还得依着我，不信你走着瞧！"

宽儿似乎没听见，愁眉紧锁。

公共汽车上很挤，正赶上晚上下班高峰，一路上他俩没再说什么。

下了无轨，走不了多远就到家了。

已经快两年没回家了，雨荷激动得恨不能跑进家门。宽儿拎着提包跟在她后面,她回过头去催他快点,他带着迟疑,跟着她上楼。

给雨荷开门的是二哥,见到她,扭头向屋里大声喊:"'关闸盒'回来了。"

两年没见她了,家人正在喜出望外的当儿,看见了她身后的宽儿,笑容从他们脸上骤然消失。所有人都把脸扭过去看妈妈。爸爸从鼻子里"哼"了一声,转身进他屋了。爷爷奶奶低头不语,大哥假装进了厕所,二哥冲她做鬼脸,只有未来的大嫂热情地招呼他们。宽儿站在门口进退两难,雨荷把他拉进了屋里。

雨荷看到了妈妈吃惊而愤怒的脸,她事先早已料到了这种反应,便把宽儿拽进小屋,跟他说:"无论我找谁,他们都会这样,在他们心里,希望我永远是长不大的小姑娘。"宽儿伫立着,手足无措。

尴尬的气氛让他纵然长着六寸不烂之舌,也无济于事。

正在这难堪之际,有人敲门。是管夫人来了,雨荷抢先一步,把管夫人拉到厨房里,小声对她说:"快,替我男朋友美言几句!"

管夫人是妈妈的老同学,是某医院的院长。抗战时期西南联大的教授,说得一口流利的德语,还写一手好字,妈妈说她是女中豪杰。

管夫人坐定后,故意饶有兴趣地说:"哎哟,哪里来的这么精神的小伙子啊!"雨荷趁机把宽儿拉过来向众人介绍。妈妈碍着客人的面子无法发作,只得敷衍。管夫人不错眼珠地看着宽儿,嘴里不停地赞叹,说宽儿长了中叔皇的身材,赵丹的脸,比赵丹还英武。雨荷看见妈妈的表情开始起了一点变化,一直紧绷着的心松了一些。

也不知道管夫人都跟他们说什么来着,妈妈居然留宽儿在家吃晚饭。

宽儿并没有施展他的三寸不烂之舌,而是一直闷头干活,晚饭基本上是他帮着做的。

送走了客人们，妈妈跟雨荷有了一番严肃的谈话。中心意思是反对她找比她小的男人，担心将来她会受欺负。并说宽儿长得太漂亮，书又念得少，很容易流于"金玉其外，败絮其中"。

雨荷知道妈妈说得很有道理，告诉她宽儿是个好小伙子，他将在北京治病，这期间她可以对他进行考验，不得到她的批准，不会跟他结婚。

奶奶一下子就见老了，她的眼睛几乎完全失明，走路扶着家具，早就不能独自出门了。可她的枕边、床头摆满了书籍，她看书的时候把眼镜摘了，书都快贴在脸上了。她听见孙女过来了，忙放下书摸眼镜，两只手瞎摸。雨荷赶紧拿起来，替她戴上了。她坐在奶奶的身边，说：

"奶奶，我到底还是当了戏子。"

奶奶一笑，说：

"秦琼卖马，关公走麦城，谁都有倒霉运的时候，我还一心想超过宋庆龄呢，行吗？也就是个子跟她差不多高吧，哈哈！你行啊，你年轻，有的是机会，咱们超宋美龄……"

"奶奶你怎么把我跟宋美龄比呀！"雨荷吃惊地打断了奶奶。

"宋美龄怎么了？她的英语可棒了，在美国用英语讲演，募捐抗日，她能写文章，会画画，还懂音乐。你个子比她还高，你得照着她那样学，知道吗？"

"你这都是从哪儿知道的？"雨荷惊异地问。

"我是从那个年代过来的，怎么不知道？"奶奶放低了声音贴着雨荷的耳朵说，"我还偷听敌台来着。"说着指指枕旁的半导体。

雨荷被逗得哈哈笑，说：

"让人知道了，把你逮起来。"

"我半夜三更听，声音特小。"奶奶压低了嗓音说。

奶奶始终没对孙女说起看了肖姒的信一事，只是后来紧握着孙女的手，笑着叹了一口气，无神的眼睛里流出了泪水，笑容却依旧。雨荷给她擦眼泪，她说不用擦，是迎风流泪。雨荷说屋里没风，自己的泪水却也下来了。

第二天，雨荷去问管夫人都说什么来着，使得爸妈一下子改变了态度。管夫人说："太容易了，我只是让他们回忆一下自己，当初你外婆是怎么反对他俩的婚姻的。那时候你外婆闹得可出圈儿了，后来不是也白折腾了吗！说得他们俩哑口无言。"雨荷赞不绝口，说："高，实在是高！也就是您能这么说他们！"不过管夫人也有与妈妈同样的担心与顾虑，让雨荷别看走了眼。雨荷也挺会说话，说："还是您替我看看吧。"

管夫人的丈夫在"文革"初被整致死。

管夫人的丈夫是作家，"文革"一开始就被贴了很多大字报，管夫人是当权派，也正在挨批斗。他们没有孩子，每天晚上回到家里，两个人互相通报各自被整的情况。有一天晚上，他说有人写大字报，说他跟某女士有不正当关系。管夫人对此嗤之以鼻，因为他们夫妻非常恩爱。连着几天他情绪都异常低落，管夫人劝他，说没有的事为什么要往心里去。他说被人公开指责这种事太丢人。有一天早上，他掏出一包管夫人最爱喝的"碧螺春"放在茶几上，什么话都没说，两个人像往常一样分手，各自奔赴被斗现场。那日上午十点半钟，管夫人被通知到昆明湖畔的知春亭去认尸，他吊死在了那里。管夫人当场昏死过去。造反派对她非但没有丝毫的同情，反而说她与叛党分子划不清界限，给她剃了阴阳头，让她跪搓板，扫厕所，最后逼她去看停尸房。她趁人不备，溜出去，也到知春亭去自缢，被人发现，未遂。

管夫人老早以前就跟妈妈要过雨荷当女儿，妈妈说那三个男孩子随便她挑，女儿只有一个，不给。管夫人说："你那三个秃小子我一个都看不上。"

实际上，管夫人一直待雨荷就像亲生女儿一样。

宽儿在管夫人家里比在雨荷家自如多了，一进门，就把滴滴答答的水龙头里的皮钱儿给换了，还把晾台上晾衣服的弯弯的细铁丝换成了粗的，用铆钉固牢在两头墙上，绷得特直。

管夫人的沙发"破四旧"时被抄走了，客厅里空荡荡的，很别扭，来了人没地方坐，不方便。她说转了许多家具店都没卖沙发的，只好用椅子凑合。宽儿说前门外劝业场有个旧货场，也许那儿有，就跟雨荷先去探了一次。还真看上了一对，便跑去告诉管夫人，星期天陪着她买了回来。只是那花线呢布面有些旧，宽儿用剪子沿着原来的缝线给拆开了，把背面较新处换到前面来，背面用别的布代替。工程浩大，因为布料前后的尺寸不一样，还不想让人看出接缝儿来，这让宽儿费尽了心思。

沙发面换成功了，跟新的一样。他俩带着妈妈去看，管夫人说："不管你认不认这个女婿，反正这个儿子我是认定了。"妈妈说："他这是用的迂回战术。"

妈妈总算对宽儿露出了笑脸！但爸爸仍然不理他，根本就不跟他在一个屋子里待着。实际上他这是在恼女儿，迁怒人家。可是作为父亲,难道他就没有责任吗?

他当然知道,养不教,父之过。

雨荷把宽儿带到二叔那儿去看病。二叔像是"望诊"似的,盯着他看了片刻,说:"这病好治,用蜂房,蛇蜕,血余炭,再配其他几味一般的草药就行,只是这蛇蜕乃南方之物,不大好找。你有办法找到吗?等找来我再给你开方子。"说完,随便问了他一些貌似无关紧要的问题。

许多年以后,二叔说:"我看见他的第一眼,就知道这是一个'飞黄腾达日,妻离子散时'的人,而且是他自我感觉的飞黄腾达。"

二姐麦文嫣正好从丰镇回北京了,她把雨荷叫到另一间屋里说:"这就是你找的对象?徒有其表!他挣三十多块钱你就肯跟他?我要是有你那条件,非找个有大能耐的不可。就我这样的,还非大学生不嫁呢!"雨荷本来挺看重二姐,因为她功课特好。此刻听了这话,对她大失所望,说:"这又不是做买卖,讲价呐!"

蛇蜕被宽儿找来了,是他三姨从桂林寄来的。这东西很轻,打开包裹一大堆。

半个月很快就过去了,雨荷的假期已满,又要回山西去了。

宽儿送雨荷去北京站。他们下了104无轨,雨荷举目观望这座十大建筑物之一,心潮起伏——何时才能永远不再光顾这个倒霉的地方!一切厄运都是从踏上这里开始的。

火车启动了,雨荷眼巴巴地看着宽儿的身影在站台上一点一点缩小,直至完全消失。阵阵离愁袭上心头,她要尽快跟宽儿建立一个温馨的家。

回到团里，雨荷每天盼望着宽儿的来信，生怕她不在，他一个人面对她的家人越发尴尬。不过她心里清楚，他们不再坚决反对了，她深信宽儿取悦未来岳父母的能力。只是太难为他，太委屈他了！她只有用更加真挚的爱来回报他。

宽儿在信中热烈的话语使雨荷深深陶醉："我现在觉得身上还有你的味道，而且我经常闻你的头靠在我肩膀的地方，虽然衣服已经洗过了，但我还是愿意每天这样做，觉得是一种安慰，而且发疯似的想着永远把你抱在我的怀里！亲爱的，我真是笔下无才，要不然我会诗一般地把我所想的写给你……我不是吻的问题，而是想把你吃了，只有这样，好像心里才踏实！"

雨荷被他的话语感动得融化了，尽情地享受着他的爱意，心想："谁说他笔下无才？他用笔墨把对我的爱叙述得如此感人！有一个人能这么爱我，还图什么呢？什么外交部不外交部，大学生不大学生的，给我个总统我都不要，我只要我的宽儿！"

雨荷给宽儿的回信更是热烈有加，大难不死之余尚能得此至爱，真是三生有幸！她要做得好上加好，对得起他对自己的一片真心。雨荷思念宽儿之情与日俱增，真想飞到他的身边去。

新一年的大学招生工作即将开始。听说这次招生与以往有所不同，一切由校方说了算。刘老太带雨荷去了趟省城她表姐家。

刘老太的表姐戴一副金丝眼镜，很有风度。姐俩见了面，情绪激动，说的全是运动中挨批斗和派性的事。后来刘老太说明了来意，表姐说："三个公章不如一个老乡，怎么着我也比一个老乡强，有事说吧。"说完，她给一个叫齐保力的人打电话，派他去专门办理麦地的入学手续，命令他务必把这个叫麦地的人给招上来。她放下电话说："这个人是保我的，你们就放心吧。

从表姐家出来，刘老太高兴地说这下麦地上大学的事万无一失了，因为据她所知，只要她表姐答应的事，没有办不成的。

"这年头儿哪儿还有什么万无一失的事，煮熟了的鸭子还能飞了呢！什么时候弟弟接到了录取通知书，报了到，才算真的成了。"雨荷心里这样嘀咕，不好说出来。

几天之后，齐保力从太原到团里来找雨荷了解一下情况，然后再到麦地所在的县去。

齐保力三十来岁，胖脸，圆眼，厚嘴唇。初一见面，觉得忠厚老实，雨荷怕他办事能力欠佳，谁知当她问及硬来会不会给刘老太的表姐惹麻烦时，齐保力口气特强硬，说："操，又不是考生本人犯的事，再说麦地年年先进，文化成绩也没啥问题，这回谁要敢再来劲，我让他们丫的全上不成。"

雨荷头一次觉得脏话这么解气。她要请他出去吃饭，他说等事情办成了再说。

一个多月以后，齐保力回来了，一副得胜回朝的样子，说："你们就等着贺电吧！"他喝了两口白酒之后，话更多了，不但脸通红，连白眼球和厚嘴唇都血红。谈话之间知道他是"文革"前从北京考到太原的，毕业后留校任教。刘老太的表姐是他保的"死党"。他让雨荷放心，说麦地在学校里有他照顾，一切都不用她操心。雨荷暗笑——但愿吧。

雨荷把这些进展写信告诉家里和宽儿。

宽儿和雨荷家的关系日渐融洽，病情也大有好转。

这一天，雨荷同时收到了他两封信。他说因为太想她，所以刚寄出一封信，忍不住又拿起笔来："晚上梦见了你，好像是在十九世纪，环境和服装都是很古老的，并且是在外国。当时我们一起搞秘密工作，有一部分文件需要转移，但转移当中被发现了。经过很长很长一段时间的战斗，你不见了，我到处找你。这时有人来领路撤退，当经过一间大大的房间门口时，我看见你躺在一张床上，身上盖着一块白色的毯子，毯子上边长了无数棵小苗，脸上很安静，无一点儿血色，我当时止不住的泪水夺眶而出，手扶着门框，嘴里不住地说来晚了，来晚了。这时我醒了，醒来时嘴里还念叨着，脸上还有泪水。我一看表，是三点钟，从那时起，我一直没睡，心里说不出的滋味，又难受，又愉快，难受的是做的梦很不幸，愉快的是梦里又见到了你。我很想你，尤其梦见你以后，我发疯似的想你，有时觉得没有你，一分钟都待不下去似的。办好麦地的事立即回来吧！我现在病情大有好转，要不然等吃完这几副药，再让二叔给看看，抓了药回山西去吃。二叔对我比以前更亲近了一些，你爸爸也略有笑脸，这使我很愉快。尤其你妈妈对我很好，可以说是特别喜欢我，虽然对我还有些遗憾，诚然我也是存在着一些缺陷的，为了你我要努力，一定做到在她眼里成为她最满意的，并且从内心感到我配你，希望我能有所作为吧！有时我想你还不是那么坚信我及我们的神圣的爱情，处处那么小心谨慎，好像我随时都会跑掉了似的。也许我的所为使你误会，或是我对你爱得还不够深，希望你指出，我这个人有时心细得很，但有时粗得让人伤心，不过你相信我对你的忠诚，否则天是不容的。我们应该做一些必要的准备了，该买的就要买一买了，完全由你选择。我看明年春节期间最好，请假回家作一次旅行结婚，那些庸俗的一套都不要，除了请请晏梓刘老太他们，别的一概不作，搬到一起就算结婚了，让我们从结婚起给人们感觉都是默默的，但我们自己却狂喜地度过我们的蜜月。之后就要开始搞我们的事业，你同意吗？我和你的心情相同，有时甚至想到了婚后的情景，幸福得坐立不安！经常来信，哪怕几个字，你寄信又很方便，最好照张照片，一定要微笑，到东方红照相馆，快些寄来！"

这两封信使得雨荷看后也"幸福得坐立不安"，她看了不知道有多少遍，反复咀嚼他字里行间对自己的真情。她感到他对自己的感情中，爱情多于了同情，他们之间终于相对平等了：他爱的是她这个人。

全体人员正在舞台上紧张地彩排，准备参加省里的调演。王大爷举着一封电报，吃力地登上舞台，把电报递到雨荷手里。雨荷的心一下提到了嗓子眼儿，自己不敢打开。"里边写的是什么？万一又未被录取怎么办！但愿是贺电！"这薄薄的一纸电文，在她的手里重似千万斤，如同判决书一般至关重大。她再也承受不住弟弟又一次名落孙山的打击了。她的脸煞白，电报在她手里被捏得皱了起来，最后她交给那小敏，说："打开，念。"那小敏念道："我被录取"四个字。当时雨荷手里拿着一杆道具梭镖，她"嗷"的一声，一蹦，蹦起老高，然后跪下，用手里的梭镖猛敲台板。

彩排被雨荷打断了，众人为之瞠目。她跪在台上，抬起头来，大声地告诉大家："我弟弟上大学啦！你们知道吗？我弟弟上大学啦！啊哈哈哈！"说完她趴在台上放声痛哭，那一刻她才真正体会到什么叫解放。

众人无不为之动容，有不少人也跟着流了泪，嘴里喊："唉嘿，台板，小心敲漏了台板，范进中举啦！"

宽儿回来了，带回了两满提包东西和二十副草药，没顾上跟雨荷亲热，就急急忙忙搭乘长途汽车，去帮麦地托运行李和办各种手续，他说这是临离开北京时，答应雨荷妈妈的。两天以后他回来了，说一切已办妥，太原那边有齐保力接应，该不会有什么问题。

雨荷的眼睛跟着宽儿的人转，好几个月没见面了，他白了，还胖了一点。他长得真是漂亮，一点毛病都挑不出来。雨荷欣赏着宽儿，她心里没有丝毫刘老太和妈妈们的担心，他永远是她的，他对她忠诚不二，他对天发过毒誓。毒誓是不能随便发的，不然真会遭报应的。这个誓其实没有必要发，她对群智也发过誓，说要永远等他，还千辛万苦地去探监，不是也自食其言了吗？无论以多么站得住脚的借口，总之群智是在监狱里被她抛弃了。不知道他现在在狱中怎样了，他一定恨死了她，恨她是小事，他以后的人生道路该怎么走！她的心突然不安起来——"我会不会毁了他的一生！"她的思路被一阵哄笑声打断，宽儿不知说了什么，把他们逗得大笑。

好不容易盼到了没人的机会，雨荷急不可待地蹿上去，双手吊住宽儿的脖子，两脚离了地。他用手抱住她的腰，亲吻着，但他并不像信中的那般热烈，而且有点儿阴阳怪气。她问他怎么啦，是不是在她家里闹了什么不愉快，他说不是，是累了。他把她放下，说要回去休息。她尾随他到他们宿舍，从提包里拿了包草药，到伙房去熬，等他醒来时喝。

雨荷想，调演期间正好还能借机会到省城去看看麦地。

团里多年才赶上这么一次调演，大伙都很重视。宽儿回团后就投入到紧张的工作中，虽然没有他的节目，但可以干的活多着呢。他的病情大大好转，胃基本上不疼了，只是吃饭没有以前那么狼虎。他仍然是怪怪的，雨荷也不去理他，因为她已经从晏梓嘴里知道是怎么回事了。

宽儿到村里时，麦地对他不很热情，还说自己能行，意思好像是说他来得多余。雨荷有些明白弟弟的心理，她从来没明确地告诉过麦地她与群智已经断绝了关系，又跟了宽儿，她不好意思跟弟弟张这个嘴。

后来宽儿要求去看看雨荷曾经住过的地方，麦地说没什么好看的，但在他的坚持下，麦地还是带他去了。宽儿一进村，乡亲们就奔走相告，说"雨荷的喔人回来了"。他当时的感受可想而知，但雨荷没有办法，只有加倍小心地对待他。

雨荷收到妈妈的信中夹着一封给宽儿的信，说她的女儿是一个"既幼稚又懂事，既爱说话又不爱说话，既柔弱又坚强的女孩子"，托付他照顾她女儿的一生。雨荷看后哭了，她知道妈妈信背后的深远寓意：假如她压根没跟群智发生过什么，至今仍是处女身，妈妈也许不会对女儿今后的婚姻如此不放心。但女儿已经失去了贞操，身价大跌，作为母亲，会终生不得安宁，时时刻刻提心吊胆。怎样才能让妈妈放下心来呢？只有宽儿能做到这一点，雨荷把信拿给宽儿看，这封信也令宽儿十分感动。他给雨荷妈妈回信这样说："从您的来信中，我看到了一颗真正充满母爱的心。在您还不很了解我的情况下，很难取得您对我的相信，我对我跟雨荷的事是经过很久的思考后才决定的，我想用我的真诚及对雨荷爱的这颗红心，一定能使您安心。”

服装和道具全都装进了深灰色的大铁箱子，摆了一地，准备运往演出地——太原。打前站的同志两天前就走了。

雨荷在火车站遇到了地区招待所的那两个女服务员，与她们说了一阵，有人叫雨荷快上车，她便告别了她们，随队登上了火车。

车厢里人声鼎沸，演员们凑到一处高声说笑，快把车顶给吵掀了。雨荷在座位上，时不时地看一眼坐在斜对面靠窗口的宽儿。

一个外号叫瘦干儿狼的专演反派的老演员，从旁的地方走过来，把坐在宽儿对面的人轰起来说：

“起来，我跟这小子掰掰腕子，我就不信了！”

“别现眼了你，八个你也掰不过他一个。”被叫的人边不情愿地站起来，边讥讽地说。

“不一定，我跟一高人练了内力，不信就比试比试。”

宽儿欣然应战，并把胳膊架在了窗户下的小桌子上。人们稀里呼噜地围拢过来看热闹，远处的人登上了座位椅，生怕错过了这次取乐的好机会。两人刚要开始较量，老飞说：

“慢着，咱们打赌，看谁赢，赌一盒牡丹烟，我赌瘦干儿狼赢。”

多数人都赌宽儿赢。老飞问雨荷：

“嘿，丫头，你赌谁？”

“当然是宽儿。”雨荷一直认为瘦干儿狼在瞎吹，她看见那两条架在一处的胳膊，宽儿的臂膀足有瘦干儿狼的两三个那么粗。

雨荷的回答引来了一阵哦哦哦的起哄声。

比试开始。没想到不一会儿，双方出现相持不下的局面，宽儿脸红脖子粗，五官挪位。瘦干狼却面不改色，气平运稳。雨荷坐直了，紧盯着那两只扭在一起的手，不由得在底下攥起了拳头。僵持了一会儿，宽儿的手臂被摁倒，人们发出一阵嘘叹声。雨荷冲口嚷了一声："不算！"

车厢里爆发出爆破般的笑声，连乔书记都笑了。

"为什么不算？"大伙问她。

"不算就是不算！"雨荷自知犯傻了，红着脸耍赖说。

宽儿的双眼射出极其疼爱的目光，看着雨荷开心地笑。

"傻丫头，你可太好蒙了，刚才他们俩在车底下捏鼓好了的……"老飞说。

瘦干儿狼赶紧否认。老飞接着说：

"去你的吧，我亲眼看见你塞给宽儿一盒金鹿！"

人们尖叫着，又跺脚又拍椅子背儿，列车员不得不出来维持秩序，半天才恢复了正常秩序。

雨荷知道宽儿的别扭劲儿过去了，别提多高兴了。他俩眉目传情，霍京生说："嘿嘿，干吗呐！"雨荷赶紧掩饰，说她想起了一件特别可笑的事情，于是就把在地区招待所里出的洋相，一五一十地讲了起来。讲的时候，她自己不停地大笑，讲完了谁都没听太懂。大伙故意互相看看，然后问宽儿：

"她怎么了？她说什么呢？"

宽儿说：

"不知道，我也没听明白。"

"哈哈哈哈……"周围的人全都笑了。

"讨厌！"雨荷笑骂他们。

"其实吧，她这事挺可笑的，我再给你们翻译一遍吧。"晏梓说。

类似这样的翻译，晏梓已经充当过好几回了。

列车轰隆隆地拉着这群暂且快乐的人们，向北行驶。

趁演出前的空当，刘老太带着雨荷和宽儿去拜谢她的表姐，路上刘老太高兴地说："怎么样，我说什么来着！"

齐保力也不含糊，兑现了他许下的诺言。

麦地见到恩人刘老太，只会憨笑着叫一声阿姨。在校园里他见了熟人就介绍雨荷说："这是我姐姐。"每个人都投来惊异的目光。一个戴眼镜的男生，愣头愣脑地说："是你亲姐姐吗？"麦地说："当然。""你姐跟玉雕的似的，可你怎么像泥拽的！"说完了，傻里傻气地等着麦地的回答。麦地不但不恼，反而开心地笑。

一切都这么称心如意。刘老太问他们计划什么时候结婚。宽儿说：

"我爸妈还没见过她呢，丑媳妇怎么也得见见公婆吧。"

"你才丑呢！"

"我怎么丑了？"

"那我怎么丑了？"

宽儿没回答，装瘸子，一拐一拐地走，跟真瘸子一模一样，逗得雨荷和刘老太在大街上大笑不止。

调演结束后，团里放假一周，宽儿借机带雨荷到西安他家去了一趟。

宽儿的父母及两个弟弟一个妹妹也都很壮硕，但五官和体态均不如宽儿。他家里人对雨荷的热情让她不知如何应对。早上起来，她下床穿好衣服，回头一看，被子已经叠好了。她出了屋子，一盆洗脸水冒着热气，牙缸子上架着挤好牙膏的牙刷。洗漱完了，早点已经盛好，等着她去享用。正餐时，他们轮番往她碗里夹菜，弄得她没法儿下筷子，塞得她半夜里起来吐。宽儿直跟他们嚷嚷，一边给她捶背，一边埋怨她傻，人家给什么就吃什么。

宽儿爸爸对雨荷说："希望你影响我儿子，跟你一起多看些书。"雨荷点点头。

临走时，宽儿母亲对他们说："回去就领结婚证吧，雨荷不小了。"

在回来的路上，雨荷对宽儿说：

"都说儿媳妇跟婆婆不和，我不信，你们家的人那么好，尤其是你妈妈，我以后一定能跟他们搞好关系！"

"你知道什么，他们那都是装的。"宽儿抽着烟，目光散乱，说。

"装？为什么要装？"雨荷大惑不解。

"你根本就不是他们的对手。"

"对手！什么意思？"雨荷骇然失色。

"你不懂。"他没正面回答。抽完烟，他不搭界地说："这帮人里顶数我厚道。"说完，他转移了话题，跟雨荷商量结婚的细节。

雨荷突然接到一封电报：祖母病危。她哇地一声哭了出来，宽儿快步跑过来，看完电报，跑着去替雨荷请假。

火车上，雨荷不停地流泪，顾不得周围人的好奇，心里拼命叫着："奶奶你千万别死，等我！"

　　进了门，见奶奶仰卧床上，脸色苍白。雨荷一头扑过去，跪在了奶奶的床前。奶奶的脸上露出了欣慰的表情，声音微弱地说："你回来了，我也就剩下三五天了。"雨荷故意听错了，说："三五年？不少了，五年以后你八十四，阎王爷不叫，你也该自己活动活动了。"奶奶嘴角微微一动，想笑，没笑出来。

　　次日，麦地也从学校赶回来了。

　　妈妈说一个多月以前奶奶摔了一跤，估计是有骨折，当时疼得她紧咬牙根，汗珠子噼噼啪啪往下掉，嘴里就是不吭一声。要送她去医院，她坚决不去，说一辈子没进过医院，谁都说不动。开头还吃二叔的药，后来药也拒绝吃，说吃了也白搭，她的母亲和婆婆都是这么摔了一跤以后，没多久就死了。

　　子夜，奶奶突然说起了南萌话，声音和气息都很正常，就像是跟谁在聊天。爷爷坐在奶奶床上仔细听，听了一阵，他说奶奶在跟自己的母亲谈天。雨荷觉得确实像是有两个人的语气，惊骇不已。

　　第二天亥时，奶奶突然六神不安，四肢无助地扭动。雨荷问她要干吗，她说不出话来，问她是不是要拉尿，她似乎点了一下头。雨荷让她别动，就拉在床上，会给她换洗。她指了指床头的马桶，雨荷只得叫来哥哥弟弟，把她挪到马桶上。她的身子像没了骨头一样往下滑，尿完几个人赶紧把她放回到床上。雨荷告诉奶奶说再过一个钟头就是冬至了，冬至这一天的阴气最重，好人都要难受，何况病人，让她稳住了，熬过这一天就好了。奶奶安静了一些。挨了一个多时辰，脸色变得灰白，声音很难听，喘起了粗气，只出不进。

　　雨荷感到死神在一步步逼近，她目睹着一个人临死前的挣扎与无助，竟希望这个痛苦的过程快一点结束。

子时刚过，奶奶气住脉停，右眼角流出一行辞行泪。

雨荷打来了一大盆热水，给奶奶洗脸，擦身。奶奶的身上仍然很温热柔软，虽然皮松肉弛，但依然白细。雨荷又换了一盆水，把她身体的各个部位都擦洗得干干净净。爷爷从箱子里找出一个包袱来，里面包着奶奶的寿衣，说这是十几年前她自己让荣妈（麦家以前的老妈子）给做的。雨荷从爷爷手里接过来，在哥哥弟弟的协助下，给奶奶穿上了。

一身藏青的丝绸棉袄裤，一双千层底的黑平绒骆驼鞍棉鞋，一顶黑丝绒的老妪夹帽，帽沿上镶嵌着一块鹌鹑蛋般大小碧绿的翠玉。奶奶的脸太白，嘴唇也白。雨荷从柜子里翻出老梳妆匣子，打开一看，里面有口红和胭脂，已然干透了。她拿起硬梆梆的粉扑儿，用手揉一揉，蘸着粉，往奶奶脸上轻轻地涂抹，淡粉的，很好看。口红原是朱红色的，因为放得太久，已然变深，很令人满意。打扮好了，爷爷给奶奶戴上金丝眼镜，雨荷发现奶奶竟然那么文静而高贵。

雨荷靠在奶奶脚下的床帮子上，守着。

"笑，笑，一天到晚无缘无故笑，早晚有一天乐极生悲……"这是奶奶跟她说得最多的一句话。雨荷起身附在奶奶耳边小声说："奶奶，你真神，我被你言中啦。"

"女孩子住在一起，最容易搞是非，你不许掺杂进去。你要学会静坐长思己过，闲谈莫论人非，你要懂得成人之美，代人之劳，上敬下和。"这是奶奶在送雨荷住校的途中跟她说的话，也是奶奶对她唯一的一次言教。雨荷记了一辈子。

奶奶不太爱说话，可是特别爱开玩笑。她对雨荷寄予厚望，甚至希望孙女有朝一日"母仪天下"。她知道了孙女有私生子,却没开口问!

出殡那天,荣妈从通县赶来了,她把每个孙子辈的黑箍上钉了一朵小红布花儿,说太太年逾古稀,是喜丧。雨荷把小红花给揪了下来。

荣妈哭得跟打雷似的。

回到文工团,雨荷傻傻的,不说话。

宽儿拿着结婚证举到雨荷眼前,雨荷浑身一震。这是雨荷回家奔丧时,他一个人去领的。季安经人介绍,新交了个女朋友,比他小好几岁,正好是管发放结婚证的,宽儿不费吹灰之力就把证儿领到手了。

结婚证是一张38乘17厘米的洋红色的对折硬卡,封面的中上端是黄色的"结婚证"三个大字,封里是淡黄色的,左侧有毛主席语录"世界是你们的,也是我们的……"的红色字体,右侧盖有"巨轮公社革命委员会"的公章。

雨荷把证贴在胸口上,钻进宽儿的怀里,哭了。宽儿赶紧用双唇堵住了她的嘴。

赵院长突然给雨荷来了封信,说他们学院开始招生了,不日,他将责成某某到地区去办理雨荷的入学事宜。希望她作好各方面的准备。

雨荷非常激动,想起了学校、课堂和老师。然而老飞的话突然在她耳边响起,她犹豫了。她把信给宽儿看,征求他的意见,宽儿说这是她自己的事,让她自己拿主意。她拿出了结婚证,是那么舍不得离开她的宽儿。她给赵院长写了一封回信……

雨荷就这么轻率地回绝了赵院长。

麦雨荷其实拒绝的是自己的前途。她为什么要这么做？是因为她认为个人的前途比不上宽儿重要。

赵院长没回信。二叔从此再也没给雨荷写过信。

七

半年以后，雨荷跟宽儿举行了婚礼。

文化局给了他们一间筒子楼宿舍，在二楼，还向阳。

宽儿把两张单人床拼到了一起，雨荷跟后勤借了一张三屉桌，一个书架子。做了一红一绿两床线绨新被。刘老太送了一对枕套，晏梓送了两条枕巾和一座毛主席石膏像。团里凑份子，给他们买了一个半导体收音机和一蓝一红两个塑料水桶。二哥从铁路上托运来了一张折叠方桌和四把椅子。

这就是他们的家！雨荷觉得像座宫殿一样。

婚礼那天，团里人几乎站满了整个楼道，吵得比宽儿跟瘦干狼掰腕子时还凶。文化局的人这回算是领教了什么叫"文艺工作者"。

晚上，人们散去以后，宽儿关上了房门，帮雨荷脱掉衣服，两手托起她，她突然想起了蛮牛把素女抱上马的情景，感动得两眼噙满了泪水，禁不住把头扎进了丈夫的怀里。宽儿把她轻轻放在床的里侧，这不禁使她想起群智说"你睡里面，我在外边护着你"的话，激动得泪水流了下来，心想："你才是我在这世界上最亲最亲的人！"

宽儿上来了，雨荷双臂勒着他的后背，配合着他动。她终于能够在自己家里跟丈夫合法地干这事了！那种自由轻松的心理谁人能体会！幸福得眼泪又流了出来。宽儿动得正欢，看见她的泪水，一下子掀下身来，拧着眉毛，瞪着眼睛说："干什么你？"雨荷大惊失色，说："我，我高兴！"宽儿啪的一下关了台灯。先前雨荷对他哀婉泣诉她与黎群智的种种肝肠寸断的柔情蜜意，是那样的动人心弦，此时妻子和那个姓黎的做爱的画面活灵活现地在他头脑中顺理成章地推动着镜头，像蝎子的毒刺一样，蜇得他火辣辣生疼。

刺啦一声，他划了根火柴，点着了烟卷儿，烟头明一阵，暗一阵，雨荷的心惴栗不安。"他怎么啦？我哪点做错了？他一定是联想起了我跟群智在一起的情形，这可怎么好啊！"雨荷吓得缩成了一团。

三天婚假很是难得，他俩向单位又请了三天事假，凑了一个星期回北京了。

雨荷觉得应该去西安婆家补办婚礼，曾提议去西安。宽儿却说："算了吧，方向盘，听诊器，我爹妈在当地特有影响，长子的婚礼准搞得不亦乐乎，万一传出你以前的事，将来让他们的脸往哪儿搁啊！还是回北京吧。"句句话似重锤，砸在雨荷的心上，她想问他是不是跟自己结婚后悔了，但还是打消了问的念头，后悔又能怎样！也许这是难以避免的，虽然他曾经说过对于他跟她的事是经过慎重考虑的，且决不勉强，但事到临头，难免会有心理障碍。

"是不是所有男人都会有这种心理反应？梅杰男会有吗？"也许梅杰男不是一般的男人。她给梅杰男写了一封信，告诉他她结婚了。

这封信拖欠太久了！

宽儿的父母对于他们不回西安办婚礼极为不满。宽儿写信说招架不住众多各方各面的友人，怕家里花钱太多。他父亲来信说他们要是回去办，收的礼金会远远超过花销的。随后给他们寄来了五百块钱巨款，这笔钱差不多全让宽儿还账了。

临走前晏梓跟雨荷说："告诉宽儿，别让他在团里轻嘴薄舌地胡说八道，他跟那帮小子们说你在新婚之夜疼得不行，不让干，他揽着你干了两次。"雨荷痛心地说："麻烦你让韦栋天跟他说说吧。"雨荷为宽儿感到万分痛惜，她隐隐约约觉得，也许不应该跟他结婚。

回到北京，雨荷在奶奶的灵前哭得比奶奶刚去世时还要伤心。"奶奶，你怎么不再多活半年啊！看着我结婚！宽儿是个好人，他心地善良，可他，他，我，我是一失足成千古恨啊！要是黄花闺女时的我嫁给他，该多好啊！再比他小几岁，哪怕跟他一样大呢！呜呜呜……"她的眼泪扑簌簌止不住地往下掉。

妈妈根本不知道女儿的心理活动，以为只是因为想奶奶而伤心。她在忙着给女儿女婿一人织一件毛衣，宽儿是深蓝色的，雨荷是淡粉色的。还给他们买了两床缎子被面，一床豆青的，一条粉红的，上面绣着淡雅而和谐的碎花。爸爸亲自下厨做了一桌宴席，把他几十年的老友都请来了。酒席宴间，大家都想起了给雨荷办满月时的情景，感慨光阴似箭，说公主出嫁了，他们也都老了。

管夫人则请他们到莫斯科餐厅吃了一顿西餐。

宽儿的姥姥再次让宽儿跪下发誓，永远对雨荷好。他发完誓说："您怎么跟她姥姥似的！"姥姥说："傻小子，我这是为了你好呀！"

姥姥背着宽儿告诫雨荷，千万别放他调到他父母身边去，要调往北京调。雨荷问为什么，她不回答，只让雨荷记住了她的话。雨荷心中纳闷，姥姥为什么三番五次让他发誓？只是鉴于对外孙子秉性的了解？为什么不让他调到父母身边去？难道他们有什么与众不同之处吗？

几天的假期很快就过去了，临启程的头一天晚上，宽儿突然关上房门，坐在沙发上，面带愧疚地对雨荷妈妈说：

"妈，事到如今，我得跟您说实话了。"

妈妈正在笨手笨脚地赶着收边，听此言，停住了手里的毛活儿，瞪大了眼睛，洗耳恭听。

"我吧，我没跟您说实话，我实际上是二十九岁，还，还离过一回婚，我，我骗您来着。"

宽一脸的恳切，一点不像是开玩笑，弄得雨荷刹那间竟信以为真，心头一喜。妈妈立刻咧开嘴，惊喜地笑了，说：

"噢，那好啊，正好！你怎么不早说哇？"

雨荷转瞬间明白了他是在瞎逗呢，说：

"别信他的，他瞎说呢。"

妈妈不死心，还追问：

"是不是真的！是不是真的？"

妈妈满脸的期盼，雨荷的心刀绞一般——是自己的过错使得母亲跟着她一起自卑，这种自卑将永远伴随着她们！永远！只有她嫁给一个二婚的人，她们自卑的心理才会减轻一些。然而这只不过是一个玩笑，虽然是善意的，但是太残酷了！

宽儿看见妈妈这等模样，也于心不忍了。妈妈仍不甘心，还一个劲儿地追问到底是不是真的。

雨荷哀切地说：

"你就当他是真的吧！"

妈妈大失所望，垂下头，手里紧着编织。宽儿觉得这个善意的玩笑开得事与愿违，又无计可施，只好打岔，妈妈却始终没再抬头。雨荷无地自容，深深体验到她把妈妈坑害到了何等严重的地步。

第二天一早，他们又登上了未知的征程。

雨荷收到了梅杰男的回信，一封只有十个大字的信："菊花何太苦，遭此两重阳。"雨荷不解其意，但她大致明白其中的含义。她心中一阵酸楚：梅杰男没见过宽儿，她在信里也没告诉他自己嫁给了一个什么样的人，他怎么就能断定她以后还会"太苦"呢？难道他有超自然的洞察力？噢，他这是不是在说雨荷只有跟了他才会真正的永远不再受苦了？这话宽儿把她拉到大桥底下也这么跟她说过啊！可是她没有别的选择了，她只有寄希望于宽儿对天所发的毒誓。

雨荷很想像过去那样提起笔给梅杰男写回信，但她能再说什么呢！

雨荷很快就怀孕了。宽儿嘴里说着不喜欢小孩儿，却每天都趴在雨荷的肚子上跟儿子说话，连块手绢都不让她洗，听见什么地方卖水果，抄起包包就跑去买，还每天往妻子嘴里塞钙片，隔三差五就用六斤粮票换一副羊下水，三下五除二地收拾好，煮熟了，放好作料，端给妻子吃。说要把她们母子喂成猪。雨荷咯咯地笑，享受着丈夫的关爱，觉得自己这会儿生活在天堂里。

团里那帮知青经常一起到家里来吃吃喝喝。这是宽儿最高兴的事了，把饭桌一拉开，摆上几样下酒的菜，他就眉飞色舞地满嘴跑火车。屋里的说笑声，一上楼梯就能听见。

对门文化局的打字员常力著指着雨荷门口成堆的酒瓶子和罐头盒说："不过啦，开酒馆呐！"

常力著是天津知青，跟雨荷一样，也是老高三的。她男朋友李贵礼跟她是同班同学，在临猗当小学老师。放暑假了，李贵礼跟一楼的男单身们挤着住。他到雨荷屋里串门，跟宽儿说：

"你们家缺衣柜。"

"是呀，这儿的样子太寒碜，我宁肯每天搬来搬去的（白天衣物堆床上，晚上摞在椅子上），也不愿意看着这儿的怯家具闹心，从北京买吧，又怕运到这儿成了一堆木头！"宽儿说。

"自己做。"李贵礼说。

"上哪儿弄木料去啊！"

"后花园有。"

俩人假装瞎蹓跶，到后花园探路，扬眉毛努嘴儿看好了货，准备夜间下手。

半夜里，李贵礼放哨，宽儿踮着脚尖，飞快地往家扛。楼里静极了，雨荷坐在床上竖起耳朵听，紧张得心通通跳，生怕被人当贼逮着，他们每扛回一轮儿来，她就说行了行了。宽儿说行个屁，这点儿也就够做个马桶的。

木料塞进了床底下，宽儿用通条捅到了尽里头，放下床单，一点看不出来。他跟李贵礼说过些日子再动手，免得引起别人怀疑。

快一个月了，还没听见有人说后花园丢了木料，李贵礼说："干吧，不然开了学，我该走了。"

季安托人给买了几块纤维板，宽儿从道具股借来了工具，在李贵礼的指导下，刺嚓刺嚓地开工了。

为了赶在李贵礼走之前完工，宽儿抓紧一切时间干。他耳朵上夹着铅笔，左脚踩着长条凳上的木料，嘴里一边贫，手里一边锯着，一不小心，锯在了手指头上，血滋了一墙。雨荷心疼得"哎哟"了一声，慌忙从床上爬下来，挺着肚子找药，怎么都找不着，急得眼泪都要掉下来了。常力著赶忙从屋里拿来了一瓶红药水，逗笑说：

"哟嗨，看把你心疼的！"

"她心疼？我妈要是看见了，那才叫真心疼呢！"宽儿开了一句玩笑，说。

"你……那你跟你妈过去！"雨荷受了伤害，口不择言。

"废话！"宽儿夺过红药水瓶子，撩开雨荷的手，自己上药。

雨荷的手臂磕在了床帮子上，生疼。常力著急了，说：

"你噶骂（你干嘛）！"

李贵礼忙拉着小常出去了。雨荷气哭了，宽儿恼怒地说：

"哭什么哭，就知道哭，讨厌！"说完，甩手出去了。

以前他看见她哭，会温柔地安慰她，双手捧着她的脸，亲她的眼泪。现在他给了她这么温馨幸福的生活，为什么还哭？

其实她此时的哭跟彼时的哭性质完全不同，她怀孩子了，在向丈夫撒娇。

那天晚上，宽儿住在了团里，这是他婚后第一次夜不归宿。雨荷心神不宁地等了大半夜，非常伤心，不知道他为什么发这么大火。

腹内的婴儿动了一下，她一阵百感交集，宽儿若是躺在自己身边，定会用那蒲扇般大的手掌，轻柔地抚摸她的肚子。

刘老太让省里来的一个什么组织的人给押走了，押走的原因不明，但肯定是跟省里对立派又重新掌握了大权有关。雨荷两口子为此非常担忧，把前一天的冲突放在了一边。李贵礼开学走了，没做完的衣柜和木料、工具躺了一地，宽儿没心收拾，带着雨荷到晏梓家去打听详情。

晏梓说刘老太的表姐是省里这一派的代表人物，刘老太很可能是受了她的牵连，但这也不会长久，因为山西省的两派之争向来跟翻烙饼似的。

尽管晏梓如此说，他们的心里仍然很沉重。

麦地来信说刘老太的表姐因与"周郑反革命集团"有关联而被逮捕。雨荷写信问他"周郑反革命集团"是什么名堂，刘老太是被什么人抓走的。麦地也说不清，只说那个组织的头目一个姓周，一个姓郑，反对中央"文革"，这两个人都与刘老太的表姐是一派的，关系密切。刘老太的下落不明。

是啊，一个初来乍到的外地学生，怎能整得明白当地的权力之争！

十几天以后，刘老太被押解回原单位审查。

刘老太被关在二楼一间屋里，吃喝拉撒睡都有人看着。雨荷不管那一套，推开门要进刘老太禁闭室。刘老太坐在对着门口的小板凳上，身边站着那个曾经喊"毛主席就要完蛋了"的人。刘老太看见雨荷，下意识地站起来，惊喜地朝雨荷走过去，走了一半，猛然想起了自己的处境，抬起右手，示意雨荷不要过来，背过身去，用那只抬起的手擦眼泪。雨荷没有听从她的指挥，走到了她的面前。刘老太不看雨荷，闪身躲开了。

　　会议室成了经常批斗刘老太的场地，对立派的人争先恐后地表演着立场。本派里的个别人，竟也目光短浅地急着划清界限。宽儿跟雨荷始终不发言，也没人敢点他们。一天上午开完批判会，刘老太被带出会议室时，从坐在门口的宽儿身边一过，塞给他一个纸团，上面写着"床头柜"三个字。

　　雨荷跟宽儿到了刘老太家，含含正哭着要妈妈，嗓子都哭哑了，老秦用尽了所有办法哄，不管用。雨荷想："小星辰若见到了我，一定不会认，只会像含含这样找她的'妈妈'。"雨荷心里一阵绞痛，对含含说："我看见你妈妈了，她在执行一件秘密的任务，她最能干了，别人谁都完不成这个任务，只有她行。你快画一张画，把你想跟她说的话画在里面，我让人转交给她，你也是一个小英雄。"

　　含含擦干了眼泪，拿出画笔画了起来。画好了，交给雨荷，用牙咬住彩笔。画上画着爸爸妈妈一人牵着她的一只小手，走在路上，旁边有一棵树和花草，天上有一个大太阳，光芒四射。雨荷搂起含含，夸赞她画得棒极了。

　　宽儿把那纸团交给老秦，两人动手翻床头柜，翻出好几封表姐的来信。他俩分头草草看了看，老秦捏着这沓儿信，扔进了火炉里，厨房里立时烟雾弥漫，眯眼呛鼻。

　　第二天一上班，宽儿在楼道里喊："刘老太电话。"刘老太应声从屋里走出来，后面没人监视，宽儿把话筒放在一旁，用手指敲了敲电话机，挑了几下左眉，走开了。刘老太拿起听筒，假装跟里面说话，哼哼啊啊的，像真的一样。等值班的人懒洋洋地从屋里出来，刘老太早已把含含的画攥在了手里。

时间一长，看管刘老太的人也皮了，由于没有确凿的证据和实际内容，这事显得很苍白，只是象征性地定期开批判会。

秋天，李贵礼的学生娃们回家秋收，他借机回来住几天。

衣柜还没装上门，里面已然放了许多衣物，宽儿现捯腾出来，完成了最后一道工序。

宽儿炒了几个菜，支开方桌，留李贵礼在屋里喝酒。李贵礼让宽儿去买些腻子、地板黄和清漆之类，把衣柜油上。几口酒下肚，李贵礼的话多了起来，说等他攒够了钱，屋里一定整得要比这屋美。说完他又叹气，每月二十九块五的工资，偶尔还得寄给家里一些，猴年马月才能把媳妇娶到手哇！媳妇是真不错，从来都没嫌过他。

临猗县是以一个历史上有名的大财主"猗顿"而得名，猗顿与陶朱齐名，素有"陶朱猗顿之富"的美称。猗顿是春秋时期的鲁国人，以经营盐业和畜牧起家，短短的十年便成为远近闻名的豪富，临是临晋县，后来两县合并，取名临猗，至今，所有上年纪的人都管临猗叫"猗氏"。

雨荷听完李贵礼操着一口地道的天津话，有些醉意的议论，便与他卖弄起了晋中的几户大儒商及他们的发家史，说他们既有西北人的豪气又有南方人的精明。她自然是从梅杰男的来信中得来的，还没等她诌完，宽儿用筷子敲着碗边不耐烦地说：

"行啦，行啦，就你知道得多!"

"儿子是自己的好，媳妇更是自己的好哇! 你看小常多苗实，满脸的福相! 不瞒你说，我是照着相书找的媳妇。"李贵礼没完全喝多，前言不搭后语地打着圆场。

"你有相书? 在哪儿呢?"宽儿问。

"在天津呢。"

"你们家怎么敢藏这东西?"雨荷问。

"唉，我们家工人，怕嘛?"

"你给我媳妇看看相，看她有福没福。"宽儿说。

"你媳妇不用看相，百里挑一，不但长得俊，人家暖，从来不会眉来眼去那一套。你呀，有福!"

"她有我俊吗?"宽儿说完站起身来，对着墙上的镜子，用手指捋着头发，"这小伙子，多帅，没挑儿，上哪儿找去! 可惜在这破地方窝着，每月挣他妈的三十四块五，真他妈冤，早晚我得蹦出去!"

"你暖，每月比我还多五块呢，别不知足。不是我说你，你们两口子，没一个会过的，我要是你们暖，早攒下不少钱了。蹦嘛蹦? 你蹦出去了，你媳妇给搁到这儿啦，你舍得吗?"

"她要有了机会，比我走得远。"

"嘛玩艺儿?"

雨荷看看表，对宽儿说:

"你今晚上不演出啦?

宽儿"哟"了一声，叼着烟，披上蓝制服，匆匆走了。

"这小子，他妈的!"李贵礼的语气里充满了对宽儿的喜爱。

团里允许刘老太每个星期回一趟家，宽儿说他们这是慢慢给自己找台阶下。

国庆节秋高气爽，团里排了几个新节目。后台里，众演员们正围坐在大型长方桌子旁，一个个对着镜子往脸上涂涂抹抹，嘴里叽哩喳啦地说说笑笑。因为雨荷怀孕，没她什么节目。有人给她让了一个位子，她坐了下来，笑嘻嘻地看着大伙化妆，这情景使她感到那么熟悉而亲切。瘦干儿狼坐在她的对面，说：

"嘿，又水灵，又滋润嘿！"

"身边躺一头大公牛，天天给她津着，能不滋润嘛！"薛公毯说。

雨荷的脸腾地红了，收起了笑容，难堪得左顾右盼。屋里一下静了下来，幸好宽儿换服装去了。

"你他妈的瞎说嗦，也不看看是跟谁，雨荷是让你满嘴胡吣的人吗！"

"痒痒啦，找宽儿抽你呢吧！"

人们七嘴八舌地呲儿着薛公毯。薛老实了，自知失言，假装瞪大眼睛画眼线。

突然"啪"的一声，吓了大伙儿一跳。老飞把镜子摔在桌子上，镜子裂了。接着，他把头套和好容易粘好的花白胡子，噼里叭啦地揪下来拍在桌子上，嘴里大声骂着不堪入耳的脏话。周围的人由着他这么闹腾，没人理睬。

雨荷不知怎么回事，忙问她旁边的人，他这是跟谁。

"跟他自己。"他们说。

焦团长到北京出差，临走前问老飞想带点什么，老飞说："点心。"焦团长回来后，交给他一个大书包和一张单子，说："跟季安分去吧。"老飞抱着点心，从食堂借了杆秤，找到季安说：

"嘿，分分吧，老焦给咱俩带回来的点心。"

季安有点诧异，呆板地看着他，没言语。老飞举着秤问：

"你要多少？"

季安不说话。

"你一半儿，我一半儿？"老飞提议。

"不行。"季安终于说话了。

"你一多半儿，我一少半儿？"

"不行。"

"那我多一半儿，你少一半儿？"

"那更不行了。"

"这么说你想全都要喽？"

季安本以为这一包东西都是他的，老飞手里的书包还是他的呢。他在当地有不少亲戚，打算给各家分一分的，他不知道这里边还有老飞一份。他本想说"是"，但又觉得这么着不太合适，所以话一出来，变成"也不行"了。

"我操你妈！"老飞急了，"这也不行，那也不行，我操你妈行不行？"

老飞抱着那包点心，踹开焦团长的门，照着老焦的脑袋丢了过去，骂：

"我操你姥姥，我让你丫挑动群众斗群众！"他跟这伙北京知青学会了京骂，骂得还挺溜。

包儿散了，撒了一地的核桃酥，牛舌饼和鸡蛋糕。焦团长赶紧趴地下捡，用嘴吹，用手掸，不停地骂老飞混蛋。季安追过来，哭了，说：

"你赔，你赔！"

"赔你妈的蛋！"老飞没想到包儿会散，嘴里虽然这么骂着，心里其实比谁都心疼。

"他妈没蛋他有俩毽蛋蛋。"追过来看热闹的人起哄说，引来一阵哄笑。

老飞抓起老焦桌上的东西朝众人身上掷去，老焦急得一边往回捞，一边更加激烈地骂他混蛋，王八蛋，说那是刚发下来的红头文件，还没传达呢。文件从屋里飞到了门口，老焦追抓出去，嘴里气极败坏地撵着看热闹的人们：

"滚！滚毬蛋！"

开演了，老飞迅速戴上头套，粘好胡子，上台了。他在台上玩儿命地"撒狗血"。

演出快结束时，雨荷溜到楼里去看刘老太，已经没人看管了，只是不允许回家。

刘老太问雨荷几个月了，她说五个月了。刘老太又问她生了孩子怎么带，她说到时候再说。刘老太又问宽儿对她好不好，她说好极了。刘老太像母亲一样，宽慰地笑了。

雨荷的婆母寄来了一个大包裹，里面有薄厚不一的小被子，小褥子，小枕头和小衣服。

宽儿给小枕头穿上小衣服，用小被子包起来，捆上，放在床上。他一边脱掉上衣，一边捏着嗓子说："噢，别哭了，妈来了！"他抱起那个小枕头，放在自己的乳头上说："儿子，吃吧，小乖乖！"把雨荷逗得笑岔了气，捂着肚子哎哟哎哟地叫。

雨荷的肚子日渐凸显，有时她竟习惯性地往回缩紧腹部，不多时，才意识到自己的荒谬，便故意挺起腰杆，堂而皇之地走出走进。

雨荷被梦惊醒，她梦见在和合村，从远处山林里走出一只猛虎，乡亲们吓得纷纷往家里逃，雨荷也拼命往家跑，进了屋赶紧把门插上，还顶了一根大杠子。那只老虎径直朝她家走过来，伸出爪子，破门而入。她吓醒了。

真奇怪，这样的梦境又有过两次，谁会解梦？

雨荷在预产期前一个月就回北京了。

宽儿托人费劲叭啦地只买到一张中铺。他送雨荷到了车厢里，冲那位悠然自得地躺在下铺的人一抱拳说："这位爷，把您的下铺让给我媳妇行吗？我给您两块钱。"那人二话没说，接过钱，抬腿登上了中铺。宽儿安顿好了媳妇，嘴里叨叨唠唠地嘱咐着雨荷，下车了。火车都开出去老远了，他才回去。

临产前两天，雨荷正在里屋歪靠着焦急地等待着丈夫，忽听宽儿骂骂咧咧就进来了："数你他妈的一路上闹得欢，你等着，我第一个把你脑袋给揪下来熬汤喂我老婆。"雨荷扭着笨重的身子过去，见他蹲在阳台门口，两只手紧忙活。他身子把阳台门口堵满了，雨荷看不见是什么东西，只听见咯咯咕咕的叫声，才知道是几只大母鸡。她把两手搭在宽儿的肩膀上，他顾不上理她，抓了这只，拽那只，鸡们在阳台上一个劲儿地瞎扑腾，他用两只脚各踩住三只鸡的爪子，好不容易才治服了它们，一个个被他用绳子捆上爪子，拴在了铁栏杆上。他站起来，手里提溜着一只直挣气儿的母鸡说：

“赶紧宰了吧，要玩儿完，已经死了两只了，这是第三只，真可惜。”

雨荷到阳台上一数，算上他手里的，整十只，笑着说：

“天呐，这么远，你怎么带回来的!”

“都是晏梓和刘老太她们帮着到村里买的，特便宜，一块钱一只，全是母的。这一路上可把我给折腾惨了，列车员非说我是投机倒把的，要没收，我说是给我老婆坐月子用的，还给了他两盒烟，才算了事。”

雨荷赶紧到厕所酘了把热毛巾，踮起脚，擦他满头的大汗，他赶忙说：

“小心，别碰了我儿子!”

“你准知道是儿子？臭美!”雨荷娇嗔地说。

看着满阳台的鸡，雨荷联想到四年多以前坐月子，一只鸡都没吃上，只吃了几个肖姒弄来的冻鸡蛋。丈夫坐了十几个钟头的火车，水都顾不上喝一口，就到厨房去宰鸡，退毛，她心头暖暖的。她走到丈夫身后，把脸贴在了他宽厚的后背上，像靠在一堵热烘烘的墙上。宽儿两手鸡毛，看看没人，扭过头来，亲亲她，轻声说：“撒娇哪!”雨荷点点头，脸使劲在他的后背来回蹭。

第二天下午两点多钟，雨荷的肚子疼了一下，她知道，阵痛开始了。二十分钟后，又疼了一次，这一定是了。她告诉宽儿，让他作准备，但先别告诉妈妈。晚饭后，一刻钟疼一次。十点多，十分钟疼一次。宽儿攥着她的手，摸着她的肚子，说：“儿呀，手下留情，别把我媳妇整太厉害了!”十二点时，雨荷跟宽儿说：“叫车吧。”妈妈听见动静，过来了。

　　宽儿砸开了公用电话的门，叫来了救护车。他们先去接管夫人，然后一同进了医院。管夫人去办入院手续，雨荷他们坐在走廊的长椅上等。她的肚子已经疼得不行了，但她竭力忍着，怕妈妈心疼。宽儿紧紧地搂抱着她，时不时地亲亲她的脑门儿，不停地给她擦汗，眼里闪着极为疼爱的目光。

　　因为是午夜，医院里空无一人，走廊里只亮着稀稀拉拉几盏昏黄的灯，雨荷被丈夫和母亲一左一右保驾，感觉无比的安全与温暖，不由得想到上次临产，在人生地不熟的异地他乡，身边没有一个亲人的呵护，不禁握紧了丈夫的手。

　　管夫人举着两张纸远远地走来了，宽儿赶紧掏出五六块巧克力，塞进了妻子的嘴里，然后架着她，送到了产房门口。雨荷回过头来，依依不舍地看着丈夫，希望他也能跟进来，宽儿拍拍她的头，说："别怕，我在门口守着你。"

　　这间产房有上回那间产房的好几倍那么大，设备也高级得多，里面有两张产床。一个中年妇女正在产程中，没命地大喊大叫。

　　管夫人协助护士把雨荷架上产床，医生戴着胶皮手套，伸进去摸了几下，转过头来对管夫人说："才开两指，还得再等等，您先坐外头跟她家人聊去吧，一有情况我就去叫您。"

　　疼，生拉硬扯地疼，一阵紧似一阵。雨荷抓住产床上的把手，紧咬着牙关，使劲忍着。旁边那个产妇喊叫得更凶了，一个老护士不耐烦了："都第二胎了，喊什么喊，那么大岁数了，也不知道忍着点！瞧人家小姑娘，头胎都不吭声。"说完，她转向雨荷，和颜悦色地拍着雨荷的肚子说："嚯，肚子真黑，脸真白，薄皮大馅，分量小不了，准是个小子。"

雨荷也能喊，但是她不喊。在兰州那次她喊给谁听？喊死也没人理。这次她不喊是因为她在享受，在感谢这种难以忍受的疼痛，疼痛之后将迎来一个无比幸福的时刻——她将成为一个真正的母亲！这个躁动于腹内的婴儿，是完完全全属于她的！

婴儿在腹内强有力地向外蠕动。

"看见头了，就要出来了，再使把劲！"同样的话，再次在耳边响起。雨荷又感到了呼噜一下，而后听到一声奇特的，巨大的，嘹亮的哭声，她抬眼看了看墙上的时钟，清晨五点——这个时刻对于她来说，超越一切！

"大胖小子！"老护士对雨荷高兴地说。她手里紧忙活，嘴里大声向门外喊："院长，快进来，生啦！"

雨荷赶快叫她们把孩子抱过来给她看，护士双手托着满身血污的婴儿举到她的眼前，婴孩四肢欢实有力地扭动着，张着嘴可劲地哭喊。雨荷激动得泪水在脸上肆意横流：我儿子，他是属于我的！他完完全全属于我！

管夫人穿着白大褂推门进来了。

孩子被抱到边台上去洗浴，称体重。

"4380 克，身长 58 公分，可了不得了，好个棒小子！"大夫高声向院长报告。

孩子不停地哭，声音奇大。

"你怎么这么矫情啊，有完没完！"管夫人欢快地对婴儿说，说完她出去报喜去了。

"钱大夫快过来，产妇流血不止！"老护士突然惊慌地喊。

"注射止血针。"

"打了，没用，还咕嘟咕嘟地流！"

钱大夫丢下手里的孩子，忙过来帮着处理。雨荷听见自己身体里的血往床下的水桶里滴滴嗒嗒地流。

"快去叫院长，准备输血！"钱大夫的语气很慌乱。

雨荷听得真真切切，但她一点都不害怕，外面坐着她强有力的宽儿，还有妈妈和管夫人，她绝对不会有危险，她的儿子正在等待着她的养育和爱抚呢！这种情况要是发生在兰州就完了，肖姒她们得急死。肖姒你在哪里？

雨荷觉得睡了一觉，睁开眼睛看看表，已经中午十一点多了。

"醒了，醒了！"老护士喊。

一群医护人员围拢过来，管夫人摸着雨荷的头说："吓死我了！"她吩咐人们慢慢地抬，免得身子一动，又出血。五六个人把雨荷平平地从产床移到了四脚轱辘平车上。

产房的门刚一打开，宽儿和妈妈同时扑了过来，推着床沿走。走了没几步，宽儿用他那厚大的双手捂住了妻子的头，怕她受风，嘴里念念叨叨："我的宝贝儿，我孩子他妈，你立大功了……"雨荷激动得如入仙境。

雨荷到了产休室，又睡着了。

天快黑时雨荷被渴醒了，她看见其他几张床前多数都有家人陪伴，她望眼欲穿地盼着宽儿。

她抬手够暖壶，暖壶是空的，她按铃叫护士，护士只给她倒了小半杯水，说失血过多不能一下子猛喝。她端起来咕咚咕咚一饮而尽。

门开了，进来的不是宽儿，她一阵失望。

她知道他在产房外守了一宿没睡，一直到下午才回的家，总得让他喘口气吧，可她还是时刻盼望着他快点来。她不是不心疼他，只是认为只有未婚生子的女人，才会没有丈夫来看望。

进来的那个人走到雨荷对面的床前，还没站稳，就被他的妻子打了一个大嘴巴子。那女人歇斯底里地说："都是你害的我，受这么大罪！"那男人用手捂着脸嘿嘿笑。"这女人真不惜福。"雨荷不屑地想。

门又开了，是她的宽儿！他手里举着个小暖瓶，咧着嘴走到妻子床前，雨荷抬起身子，一头扎进他的怀里，双手箍着他的大腿，就像攥住命一样，娇嗔地说："你怎么才来！"她真自豪，丈夫来给她送鸡汤来了！宽儿忙放下小暖壶，抱歉地说："我来晚了，进门我就做鸡汤，你快趁热喝了吧。"

雨荷喝完了鸡汤说想上厕所，宽儿轻轻掀开被子，冒出一股热烘烘的血腥味。他没说话，用双手焐热了便盆的边儿，然后一手推斜雨荷的身子，另一只手撤掉她身下浸透血污的垫子，再托起妻子的臀部，把盆塞了进去，盖上被子，说："尿吧。"

几天之后，宽儿挟着孩子的衣物准备接老婆孩子出院。自儿子出世后，雨荷只在产床上匆匆看了他一眼，她还没有抱过他，她几次让宽儿搀着她到婴儿室去，宽儿都不肯，怕妨碍她下身的伤口，又怕她受风。

护士长抱着孩子进来了，雨荷霍地坐起来，伸出手臂就夺孩子。她把儿子搂在怀里的那一刻，人间的语言和笔墨，无法抒发其万一！

进了家门，把孩子放在床上，夫妻二人趴到儿子跟前赏看。宽儿轻轻推雨荷说："去去去，靠边儿，这是我儿子，我已经不喜欢你了。"他抱起孩子，两只大手把小孩儿一托，从头托到脚，举过了头顶。雨荷咯咯笑着，骂他讨厌。妈妈大喊大叫，让他放下孩子。他说："您放心，摔死我也不能摔着我儿子。我要让他长这么高！唉，给儿子起名叫高高！"

妈妈说孩子送到婴儿室后，他们追过去看，宽儿隔着玻璃指着一个玩儿命哭的婴儿说："就是他，准是他！"他请护士把孩子抱起来，护士隔着大玻璃窗，把孩子高高举起，小手腕上拴着一个小牌儿，上面果然写着"麦雨荷"三个字。在回家的公共汽车上，宽儿坐在座位上发愣，后来傻笑着自言自语："哼哼哼，我儿子！"

宽儿把儿子放在妻子的怀中，雨荷把乳头送进孩子嘴里，他的嘬劲真大，雨荷的魂魄让儿子一下一下地嘬了回来。幸福感填满了她的每一个细胞，这个小生命是宽儿给她的，做母亲的权力也是他给她的！他不仅仅是她的丈夫，还是她的恩人！

为了让雨荷夜里睡好，宽儿抱着儿子整宿坐在沙发上，孩子一吭叽，他就拍拍或站起来颠颠，实在对付不过去了，就弄点苹果水糊弄糊弄。白天还得侍候妻子吃好了，甚至给全家人做饭。雨荷躺在床上一天到晚吃现成的，实在受用不起，怕把宽儿累坏了，几次爬起来想干点什么，宽儿跟妻子急了，说上次月子里落了那么多毛病，除了牙不疼，哪儿都疼。这次月子一定要把她养得棒棒的。几天下来，宽儿瘦了一圈，雨荷心疼，夜里就把孩子揽到怀里，让他叼着乳头睡，这样宽儿得以睡个整觉。

雨荷搂抱着儿子，想到了女儿。她现在四岁三个月了，满地跑了，会叫妈妈了，会说不少话了！雨荷心头一阵痉挛，下意识地搂紧了怀里的儿子，又扭头万般柔情地看看身边的丈夫。窗外月牙高悬，树影婆娑，月光透过窗帘缝儿，洒落在他熟睡的脸上，那么幸福，那么漂亮。雨荷忍不住轻轻亲了亲这个弥补了她重大伤痛的男人，他是她生活中最重要的人。

　　满月后，母子俩真成猪了，雨荷跟气吹的似的，体重比怀孕前长了将近五十斤，所有衣服都穿不下了。儿子也在一个月之间长了五斤。宽儿却瘦了许多，但他喜得什么似的，说："你应该再耗几天再生，给我生个九斤的大儿子，把他们全给震喽！"

　　宽儿超假多日，团里来信催，他不理。雨荷说："你不能不理，我是歇产假，你是什么假呀！"他说："我是陪假。"

　　儿子满了月，他不得不走了，他热烈地搂亲着他的妻儿，依依不舍地告别了。

　　雨荷成天抱着孩子，不停地亲吻和逗弄，生怕再被抱走似的。有一天，孩子突然会笑了，她更加惊喜，整天奶声奶气地跟他说这说那，也不管他听得懂听不懂。妈妈说："你就惯着吧，以后放不下了，我看你怎么办。"

　　天气暖和了。清晨，雨荷把孩子抱到阳台上。父亲养了一只小鸟，叽叽喳喳地叫，孩子噌地一下转过头去看。雨荷告诉他："这是小鸟鸟，记住了，小鸟鸟。"第二天，她又抱着孩子到阳台，那只鸟没叫，雨荷无意地问："小鸟鸟在哪儿呢？"孩子一下子把目光转向了鸟笼子。

　　"妈妈，我高高能听懂话啦！"雨荷兴奋地喊。

　　"胡说，一个多月的孩子，不可能。"

　　"不信你过来试试！"

　　她们又试了几次，屡试不爽。雨荷美得要命，非说自己的孩子是神童，说宽儿要是知道了，不定怎么臭显摆去呢。后来妈妈也说这孩子有些不可思议，说只要雨荷一不在，他就盯着门口哭，直至她出现才止住。

五十六天产假满了，雨荷该回山西了。妈妈一百个不放心，没完没了地嘱咐着这那的。

宽儿发动了一个班，到火车站去接老婆孩子。老远的，他就冲雨荷摇臂高呼，他扒拉开人群，挤到了面前，一把抱过雨荷手中的孩子，贴在了自己的脸上。然后交给身边的刘老太，说："我说什么来着老太太，孙子抱上了吧！"刘老太小心翼翼地接过了孩子，乐得五官都挪位了。李嗣特说：

"老远我就看见这孩子的眼睛跟两盏探照灯似的，贼亮。"

"你怎么胖成这样啦？宽儿说你肥成猪了，我还不信呢。"霍京生说。

"问他，都是他给喂的。"雨荷美得合不拢嘴。那意思是说她有人疼，有人爱，有人宠。

那小敏一跩一跩地过来了，再有两个月，她也该生了。她跟雨荷说：

"你不但横了，而且还厚了，我月子里可不能猛吃。唉，告诉你，凌燕喃也怀孕了。"

晏梓无限感慨，想起了到和合村去接雨荷的情景，如同昨日，没想到她如今已成了孩子妈了。

宽儿把雨荷扶上了三轮车，把儿子放在她怀里，说："坐好了，少奶奶！"然后撒了欢儿似的往家蹬，嘴里还不停地贫，说自己是祥子，雨荷是虎妞……

　　进了筒子楼，几员女将围过来看孩子，说除了颧骨像雨荷，其他地方都像宽儿。不停地说："可亲呀！可亲呀！"

　　筒子楼里有几个农村户口的小女子，雨荷夫妇选了一个最顺心的看管小高高，每个月给十五块钱工钱。

　　夜里要起来三四次，喂一次奶，一次水，换两次尿布。不管雨荷睡得多死，只要孩子稍微一吭叽，她立刻清醒。开始时，半夜得到楼道去捅开炉子热奶，后来常力著不知道从哪儿弄来个五百瓦的小电炉子，这么着省大事了。可是困得雨荷插上电门就又睡着了，奶经常潽出来，把她惊醒。

　　有了孩子，经济上更紧张了，他俩经常到月中就没钱了，靠数钢镚儿过日子，两人一边数还一边乐。双方父母有时寄些钱来接济，宽儿的妈妈来信让雨荷每个月拿出两块钱来不动，一年下来就是一笔大数。雨荷虽然照着做了，但没钱时照样得拿出来花。

　　虽然经济紧张，但是他们幸福，快乐。一家三口团团圆圆，其乐无穷。

　　李贵礼指着雨荷门口的煤池子说："罐头盒子、酒瓶子比煤还多，十个孩子都养活了！"有时雨荷也想跟那帮小子们说少来家里吃喝，但宽儿总当众夸她贤惠，说她从来不给他的朋友们脸子看，说谁谁的老婆特讨厌，摊上这种媳妇倒了霉了……雨荷看见宽儿愉悦的情绪，只好顺水推舟说他们也是她的朋友。

　　小高高半岁时就会叫妈妈了，当雨荷第一次听到这叫声时，狂喜得跟儿子一起叫妈妈，这一声她苦苦盼望了五年啊，一千八百多个日日夜夜！一个月以后，儿子又会叫爸爸了。十个月时，他手指着晾在绳子上宽儿的袜子说："爸爸袜袜，臭。"说完还用小手在鼻孔下面扇扇。一岁时他能照着小人书讲故事。宽儿给他买了一百多本小人书，没事就揽着儿子讲，儿子都记在了小脑瓜里，随便翻开任意一本小人书的一个小角儿，他就能把这一页的内容基本上讲述出来。乐得宽儿把小高高放在腿上，掰着手指头问："坐飞机，坐火车，坐汽车？"一个手指代表一种折腾方式。小高高在他的巨掌里被上下右左地翻滚着，咯咯的笑声响彻了半边楼道。

雨荷对于自己的生活万分满意。

李贵礼的钱终于攒够了，新房确实非常"豪华"。双人床的床头为深灰浅灰两色相交的塑料贴面，床上整整齐齐地摞着红红绿绿的新被；大衣柜一扇门是穿衣镜，另一扇上半截是毛花玻璃门，下半截是三个抽屉；酒柜里摆满了各色酒瓶子、酒具和茶具；两个大红人造革全包单人沙发。这些都是李贵礼的心血，他永无厌倦地欣赏着自己的杰作——他的窝，脸上充满了喜悦与骄傲。

宽儿不怎么服气，背地里还笑话人家。

宽儿的妈妈在信中忽然提出让他调回西安去，说回去以后有把握让人推荐他上大学，年龄和婚否不成问题，全都可以托人改掉。雨荷想起从他家回来的路上，他对他家人的那些评论，以及他姥姥对雨荷的告诫，本能地反对他调回西安去。宽儿急了，说：

"看来你根本不顾我的前途！"

"我想让你直接往北京调，我，我也调回去。"雨荷突然感到一种无可名状的不安全感。

"到北京能上大学吗？"

"你保证调回去就真能上大学吗？万一上不了怎么办，咱俩就这么分着？"

"当然能，我们家那几个蠢猪和笨蛋都让我妈给弄进大学了，再说暂时分开是为了将来更大的利益！"

"我一个人带不了孩子。"雨荷情急之中找了这么一个理由。

"为了我的前途，你就不能牺牲一下自己？"

"……"

"哼，我算知道你是什么人了！还得是我妈！"

"……"

其实雨荷要是说"我舍不得离开你"，这样说该有多好。她是一个笨蛋，到这时候就不会说话了，以为谁都能理解她。

孩子已经偎在他俩中间睡熟了，他们僵硬地躺在床上。雨荷没来由地预感到宽儿若一走，就会永远地离开她。推荐上大学从五年前就开始了，这么长时间了，他妈妈为什么早没想起办这件能够办的大事？岂有等到他已经有了老婆孩子了，才考虑他的前途问题？他姥姥为什么要嘱咐雨荷千万别放他调到他父母身边去？他们是不是听说了她的过去？司徒政的家也在西安！想到了这一层，她冒出了一身冷汗，"不能让他走！"她想，一家三口怎能分开呢？绝对不能没有这个家！

雨荷用脚找宽儿的脚，找到了，轻轻踢了踢，他勉强翻过身来，仰面躺着，她又踢了他两下，他抬起身子，把儿子挪到了里侧，伸出臂膀，揽住了她的头。她把脸埋进他的腋下，说："我一步都离不开你！"他打开台灯，掏出他母亲的又一封信，上面写着："……如果这样办，麦雨荷或你不同意，就算我没说，那就是命该如此了，咱们可能不是母子，硬要当母子看待……"

雨荷看完信，隐隐约约有点明白他姥姥的用意，但又不太明确，不过连宽儿自己都那样评说他的父母，她的预感就不是空穴来风。

次日傍晚，宽儿下班回来说："老飞死了。"老飞下午排戏时，突然脸色煞白，倒在椅子上出长气，汗也出来了，等找来平板车，把他往医院抬，半道上就不行了，医生诊断为猝死。

这消息让雨荷感到十分震惊和难以置信，老飞的音容笑貌立刻浮现在她眼前，禁不住呜呜地哭起来。宽儿挟起一床被子说他得住团里几天，帮助办理老飞的后事。雨荷本想阻止他，团里离家只有十几分钟的路，根本没必要住在外边，但看到他肃然的表情，把到嘴边上的话又咽了回去。

宽儿三天没着家。三天后，一切准备工作就序，明天出殡。

老飞的母亲快八十了，两个棒小伙子架着她立在儿子遗体的右侧，她的眼泪似乎已经干涸，死鱼一样的眼睛盯着她的爱子，那张脸分明在说："儿啊，你等着我。"

老飞的妻子领着两个女孩，披麻戴孝地跪在丈夫跟前，哭得死去活来。

季安哭着将盛点心的空书包轻轻地放在死者的枕边，引来了众人一片痛哭声。

宽儿手里托着老飞演出时总戴的那顶头套，从兜里掏出五块钱来，放了进去，然后托着头套站在遗体的边上，人们纷纷过来往头套里扔钱，有一块两块的，更多的人放五毛钱。头套里的钱满了，宽儿用手压一压，捧到了老飞母亲的面前。

老飞死后，宽儿蔫了好几天，直到那几个小子来家喝了些个酒，他才活过来。他拿掉嘴里的烟卷说：

"那天要是不送医院就好了，让他静静地躺一会，也许能缓上来，乱七八糟的一折腾，路上又颠。"

"那你干吗不早说？"李嗣特急赤白脸地问。

"废话，这么大的事，我能做主吗！万一他死在排练场，家属跟我没完怎么办！"

"他死了，倒干脆了，他老婆孩子怎办呀！"雨荷伤感地说。

"改嫁呗！"宽儿说。

"讨厌！"雨荷觉得人的感情不能让他这么轻视，反驳道。

"真的，世界上只有母爱，啊，只有母爱才是在任何情况下都不会改变的！"李嗣特感慨。

"多新鲜呀！"宽儿立刻附和道。

"你胡说！"雨荷本想说她对宽儿的爱胜过一切，但又不好意思当众发誓。

"别在我面前提妈啊，当着矬人不说矮话，我将来就全指着媳妇疼我呢。"霍京生说。

"你媳妇在哪儿呢？"

"在她妈裤裆里呢。"

"哈哈哈哈……"

"嘘，小声点，太晚了！"雨荷道。

客走主人安。

楼里大多数人都睡了，楼道里很静，传出了他们唧唧唧唧的下楼声，宽儿送他们到楼梯口就转回来了。

孩子在床上睡着了，灯光照在他的小脸蛋上，红扑扑的。雨荷收拾着饭桌上的杯盘，发出叮叮当当的声响。宽儿站在书架前找东西。雨荷问他找什么，他说找找省城会演时他和老飞的合影。

宽儿上下地翻找，嘴里发出"咦，咦"的叹声。他蹲下了，手伸到了最底下一层，雨荷说肯定不会在下边。他发现了一个大信封，雨荷停住了手里的活计，屏着呼吸等着他的反应。他抽出里面的东西，看了两眼，"啪"的一声，摔在了地下。雨荷走过去，拾起来，打开门，提起水壶，放在了炉子里。她用铁壶盖上了火眼儿，一股烟雾均匀地从炉圈儿四周滋了出来。她进得门来，对一脸怒容的丈夫说："这几封信的文笔和内容实在太好了，我舍不得毁掉，就留了下来，没别的意思。"宽儿的眉毛拧成了一个疙瘩，缄默不语。

这是梅杰男写给雨荷的信中最好的四封。当初她左翻右看，怎么都舍不得烧掉，作为资料留了下来。如今事发，有口难辩。她也没打算辩解什么，认为夫妻之间应该有起码的信任，再说她并没有做什么亏心事。

他们好些日子没说话。

宽儿不知怎的，经常演出完了不回家，说是在团里打麻将。第二天天刚亮，他轻手轻脚地开门进来。雨荷跟他急，他发誓说再也不打了。但没几天又犯了，他蹑手蹑脚地拧开门，雨荷把后背给他，他靠在床帮子上，一边抽着烟，一边假装抽自己的嘴巴子，说："我让你说话不算数！"可抽完自己嘴巴，照样不回家。雨荷开始后悔没让他调回西安去，万一能上大学，多读些书，情趣总会高一些。如今留住了他的人，留不住他的心，还把他家的人给得罪了。

一天，宽儿捏着一封电报回来了，上面写着"母病重速归"五个字。他说已然请好假了，明天一早就走。

一个星期以后宽儿回来了，一进门就沉着脸问雨荷：

"你是不是有一个同班同学叫司徒政？"

雨荷的心咯噔一下，脸变了色，说：

"是。"

"我妈前些日子为我上大学的事，不知怎么认识了他妈，谈话之中他妈说她儿子在你们学校，我妈一问，跟你是同届，同班。再次见面时，他妈就把你以前的事告诉我妈了。"

雨荷听后，吓痴呆了，一时停止了思维。她搓着手低头不语，老老实实听凭发落。过了老半天她才怯生生地问：

"怎么办？"

"不知道。我妈和我妹妹都冰清玉洁，我们家人没法儿接受这个事实。"

"当初应该把事情的真相告诉他们。"

"我张不开这个嘴。父母养我不容易，我是他们最宠爱的长子，一直有那么多条件特好的人追我，我爸妈对我抱着特大的期望，我真的不知道怎么面对他们！我不孝，对不起他们！"

雨荷傻了，彻底不知道该怎么办了，不由得迁怒司徒政："我有亏欠过你什么吗？你何来闲得无事，拿着我的不幸嚼舌头？你还不如和合村的农民呢！"怨恨了一会儿，又觉得无聊，想起了他当年逼迫丁书香。那时候他已经是快二十岁的成年人了，不是一个什么都不懂的初中小屁孩儿，他应该对自己的行为负责任。丁书香被他吓得体似筛糠，身心倍受折磨，这么残忍的事他都做得出来，拿雨荷的丑闻嚼舌头又有什么稀奇？这种人值得怨恨吗？何况自己确实做下了见不得人的事情，堵得住人家的嘴吗？怨只怨自己当初轻率，毁了自己一生的幸福，也毁了身边这个人。

麦雨荷的性情变了，依照她小时候的生性，早就急了，可自从她有了私生女以后，就从内心里觉得自己理屈。

夜晚，窗外秋风瑟瑟，月光映在窗帘上，显得格外阴冷。雨荷躺在床上，看着熟睡的丈夫，阵阵不安的情绪向她袭来，她最最担心的事情，还是发生了。

从宽儿的话语中，已然明显地表露出他对自己婚姻的选择持有一定成分的否定态度。在这两年多的婚姻生活当中，雨荷是个好妻子吗？客观地说，基本上是。她对丈夫温柔贤惠，体贴入微，忠心耿耿。她从未对其他男人有过任何不妥善的态度，更不会眉来眼去那一套。她唯一的不足之处，只在于她不够勤俭持家。那么是宽儿的错吗？也不是，他本来就没有能力对待来自外界以及他自身的压力，再加上有其他的诱惑。这种压力是打一开始他们谈婚论嫁就存在的，早早晚晚有一天要露出端倪。他婚前的信誓旦旦，绝非虚情假意，也正因为这些错综复杂，自相矛盾的诸多因素，才使得他走到了今天，只不过也太过于快了一点，这跟他的性格及个人修养有着极大的关系。即使有朝一日他们真的分了手，也不足为怪，这原本就是一桩先天不足的婚姻，难免会夭折，就只看以何种形式分手了，这与人的品质及素质密切相关。

目前谈论这个命题尚为时过早。

　　宽儿的不回家似乎合法化了。为了孩子，雨荷只得演出完了一个人往家跑。每夜等着他，直至听见楼道里传来他把自行车支架往地上一支时，发出"砰"的一声，心才放下来。

　　带孩子，洗洗涮涮，基本上成了雨荷一个人的事。她毫无怨言地干着，她不怕苦和累，但害怕言语和态度上的伤害。

　　一日晚上没有演出，几位熟人又来做客，围桌而坐，嘻嘻哈哈。宽儿一如既往地谈笑风生，像一道阳光一样，拨开了雨荷心头的阴霾。

　　李嗣特和霍京生各自交了女朋友。李嗣特是在火车上认识的一个北京知青，霍京生是在帮助一家工厂排演文艺节目时认识的该厂电话员。

　　"京生搞那女的有点儿谱儿，好歹共过几天事，你呢，说说你是怎么勾搭上的？"宽儿冲李嗣特翘了翘脑袋问。

　　"我一看嘿，一群人里，顶数那女孩的两条腿长，就过去跟她套近乎……"李嗣特的话说了半截，让宽儿把话给戗了过去，说：

　　"操，这么大了人，还那么二百五，我看那女的有点儿浪，别逮着一个就瞎撩拨，找个干净点的！"

　　雨荷的心像被鞭子抽了一下，她喘不上气来。下边的话她一句都没听进去，抱着孩子两眼发直。"他干吗要指桑骂槐？是老爷们儿就直说，我顶得住！何必出此下策？至于我'干净不干净'，我事先没对你有丝毫的隐瞒，说瞎话我不在行，尤其不会欺骗自己的感情！但愿是我自己太敏感了。"一直到客人走了，她没再说一句话。

　　孩子在她怀里睡得很香，她低下头去亲那热嘟嘟的小脸。宽儿送客人回来了，她把孩子放到床上，直视着他的目光，解读着这张五官上完美无缺的脸，真想问问他，找了她是不是后悔了，但转念一想，又觉得已经没有问的必要了，后悔怎样，不后悔又怎样！

起风了，窗外的寒风吹着哨儿地刮，雨荷一下想起了在和合村的土炕上，风刮动了门环把她惊醒，叫天天不应，叫地地不灵的那一夜。她的心一激灵，赶忙亲吻了一下身边的孩子，然后把他挪到里边，转过身来，抱着丈夫的头，热烈地吻他的前额，他的眼睛，他的长长的睫毛和厚嘴唇。她想："他给我的是别人无法理解的温暖和保障，而我给他的压力却太大了。为了这一点，我忍什么都值。"

婚姻对雨荷实在太重要了。雨荷的心态像乞丐一样。

他俩的反常状态引起了楼里人的注意，常力著背地里骂宽儿"嘛玩艺儿呀"！雨荷装聋作哑，总得给自己留点面子。李贵礼每个星期六晚上都回来，力著长力著短地呼他的妻子，让雨荷生羡不已。

某日，宽儿兴高采烈地说，他被北京某电影制片厂的一位导演选中了，演一个篮球运动员。雨荷也高兴，问他是怎么被选上的，他说这个导演原先是刘老太的学生，现如今当了导演，到地方文工团挑选能演戏，又会打篮球的高个子演员。宽儿一眼就被相中了，再加上刘老太的极力推荐，导演当时就拍了板儿。

可是没想到乔书记死活不放他，也不说为什么。宽儿让雨荷出面求求情，说她的面子大。雨荷去了，乔书记眼皮都不抬，说："放他走你放心我不放心。"雨荷说了宽儿母亲曾经给他办调动及上大学一事，并说自己已经耽误了一次他的前途，很是后悔，为此，两个人的关系有了隔阂，再在这里混下去，还不如让他出去锻炼锻炼。乔书记听后垂目思谋了半晌,说:"半年,半年以后必须回来。"说完,慢条斯理地打开抽屉,拿出了公章,在借调函的右下角摁了一下。

回家的路上,宽儿异常兴奋,单手扶着车把口出狂言,形骸放肆。雨荷骑着车在他旁边直害怕。他挥手指着零乱而破陋的街面说:"什么他妈的破地方,也是大爷我待的地方,我早就说过,早晚我得蹦出去!"晏梓两口子与他们同行,听罢此言,面露不悦。雨荷为了解嘲,说:

"狂什么你?"

宽儿一听火了,说:

"你怎么一看见我有出息就不高兴啊,怪了,你安的是什么心?"

当着晏梓两口子的面,雨荷很难堪,说:

"我不高兴能跑去跟老乔求情吗?"

"这么说我还得对你感恩戴德不成?"

晏梓说:

"别吵了,她骑车技术不行,别出事。"

"撞死活该!"宽儿恼羞成怒地说。

雨荷受到了极大的刺伤,自己的丈夫完全不把她当回事了,冲口骂了一句:

"你混蛋!"

宽儿从车上下来了,把车往地下一横,说:

"你敢再骂一句,我抽你!"他面目狰狞地说。

雨荷痛彻心扉,她爱的人,当众说要抽她!她的心已经被他抽碎了,难过得一句话都说不出来,也不记得是怎么回的家了。

她的心告诉她,他不再在乎她了。自从从他嘴里说出"冰清玉洁"以及"找个干净点儿的"这两句极为敏感又直扎人心的话以来，她就明白他们的关系快完了。她为他惋惜，这么一个相貌堂堂的七尺男儿，何以拿出自己早已铮铮的承诺来做借口呢？除非他认识不到这种做法实际上是对他自身的侮辱。

宽儿对雨荷的感情随着他的所谓"一步登天"，速变，两个人的关系急转直下。

宽儿走了。

临走时，他对刘老太说："老太太，您等着，等我挣了大钱，好好孝敬您。"刘老太说："挣不挣大钱的，先把你的本事学好了。"

雨荷在等着丈夫的吻别和嘱咐，可是他只亲了亲儿子。

雨荷一个人带着孩子在山西，好在孩子大一些了，能送幼儿园了。孩子各方面的状况远远超出了她的期望，非常聪明，懂事。

宽儿的工资从三十多块翻成了六十多，他每个月给雨荷寄二十块，但是信少多了，也全然没有了婚前烈火般的话语。雨荷的心冷了，心下明了，炽热的情感一去不复返。残酷的现实使得她的浪漫情怀荡然无存，只好把全部希望寄托在了孩子身上。有时她觉得他的任务只是给了她一个孩子，给完就走了，人也走了，心也走了。是她帮助他走的，因为上次所谓调西安能上大学一说，无论真假，总归是他们感情开裂的起点，她觉察出这次再强留他，只能加速他们关系的决裂。

其实打新婚之夜起，雨荷的内心就没有真正踏实过。"是不是所有男人都会这样？其实我根本就丧失了与任何一个男人结婚的资格。"这个想法固执地在雨荷的头脑里生根，蔓延。她再次庆幸当初没有选择梅杰男，因为如果梅杰男也这么对待她的话，她将会对生活对人对社会彻底失去信心。

宽儿不足以毁了麦雨荷。

刘老太家成了雨荷的娘家，每星期六晚上她就带着孩子去刘老太家住，有时星期一早上才回来。偶尔有一次不去，老太太就骑车到筒子楼来找她，说老秦不放心她一个人带着个孩子。老秦是个仔细人，每星期都做些美食，等着这母子俩。雨荷也早已把那儿当成了自己的家。

没到半年，宽儿就回来办理正式调动手续了。雨荷跟乔书记说："放他走吧，我也正往北京调呢。"其实她根本就没半点门路。

他们两地分居了将近四年。

雨荷小姨夫的单位里来了一批建筑工人，是晋南籍的转业兵，有些已婚的人特想回家乡，小姨夫替她物色了一个对调对象。对方的条件是要二百块钱现金，并且替他安排回乡后的工作，工种得是又轻闲，挣钱又多的那种。

二百块钱好办，给他安排那么美的工作可就难了。这个人很沉得住气，说安排不下理想的工作，宁可在北京多待几年。后来麦地毕业后"社来社去"回到临汾进了县里的工业领导层，才利用职权给那人找到了他认可的差事，后来还把他的工人编制改为了干部。雨荷可是把干部职称改成了工人，才办理了对调手续，而且只能对换户口，不负责安排工作。

雨荷在众多友人和同事的帮助下，托运了行李，带着孩子，离开了她生活了十四年的山西。

火车站里，刘老太和晏梓把她叫到一边，说：

"日后如果发现宽儿外边有了女人，没有确凿的证据，千万不要轻易撕破了脸，不然就等于把他给推出去了。"

雨荷听后心慌气短，纳罕不已，问：

"好好的，怎么说这个，他是不是已经有人了？"

她俩赶紧否认，刘老太说：

"他敢，我要是知道他在外边搞女人，决饶不了他！那样的话，你也不用回去了，就在这儿过，我帮你把孩子带大，等孩子长大成人，悔死他。"

铃响了，雨荷告别了众人，踏上了归途。

这十四年当中，雨荷来来往往于北京与山西无数次，不知给铁道部捐了多少钱财，她一看见火车站就发怵。这是最后一次了，可她却怎么都高兴不起来。山西已经成了雨荷的第二故乡，她的少女时期是在这里度过的，这里有着她无尽的悲欢离合，刻骨铭心的热恋与撕心裂肺的分离。她在这里恋爱，结婚，生子，这里还有许多给过她难能可贵的友情的朋友们。这些将永远伴随着她的生活，成为她生命中不可分割的一部分。

八

雨荷的户口回到了北京，却丢了工作和筒子楼那间十五平米的家。

宽儿多数时候是在外地排戏，回来时，他同屋的几个战友会挤一挤，为他们临时腾出一间宿舍。雨荷看到丈夫的工作环境与地区文工团大相径庭，虽则均为"文艺团体"，却有天壤之别。同事之间见了面，先伸出手来相握，再拿着腔调互问"你好"，宽儿的举止言谈不由自主地也跟着变了，出手更大方了。请他们母子下馆子，吃半桌，扔半桌。雨荷反对他的做法，他说："这算什么，我们那儿有一小子，买了那么大一盒巧克力，"他拉开两只手比划着，足有一尺多长，"尝了一块，说不好吃，随手就给扔了，一整盒啊，扔了！真他妈有钱"！

雨荷听出不少人的家庭是高干或是高知，提醒丈夫不要跟人家比物质，而要在业务上和他们争高下。宽儿听了不屑地说："又玩你那套精神贵族了，管什么用呀！你们家的人都假清高，瞧不起我，自从我当了电影演员，他们对我就另眼看待了，连你爷爷都特明显。"雨荷说："你别胡说八道了，我们家人才不是那种势利小人呢。"她还想说如果她家人看不起谁，绝对不是因为这个人的地位低，而是因为这个人的素质低下；要想让别人看得起，首先得自己看得起自己，而且完全没有必要那么在乎旁人的看法。但她怕惹恼了他，没再跟他争辩。

话不投机半句多。

等宽儿走了，雨荷带着孩子住在家里，与爷爷挤一间大屋，中间拉一块大布帘。

不久，爸爸托老关系，把麦地调回北京他们系统，家里的住房更紧张了。

妈妈变得特别爱唠叨了，一件事反反复复说个没完没了，对于雨荷与宽儿的关系非常敏感，一天到晚追三问四的，弄得雨荷烦极了。

雨荷特怕过星期天，爸爸不上班，在家喝酒，喝醉了耍酒疯，拿着爷爷撒气。她越发盼望早些有自己的家。然而宽儿却对此并不积极，见面时总是心不在焉的，对儿子也不如往昔那般疼爱。雨荷只好带着孩子在街上闲逛，身上没钱，还好，高高从来不随便要东西。

这一日，雨荷领着儿子来到了前门外。广和剧场，长春堂，便宜坊——打她眼前掠过。走到鲜鱼口，她不由自主地往里拐。儿子问她为什么叫鲜鱼口，她说这里在明清时期是专卖鲜活鱼的地方，因此而得名。清末时期，着过一次大火，烧了半条街。相传着火的前一天，有一个老汉提着竹篮子卖芝麻酱火烧，一边走，一边嘴里不停地大喊："鲜鱼大火烧！"高高听得入了神。

　　他们走到一家百货商店，门口贴着一张黄纸，上面用墨笔歪歪扭扭地写着里面卖处理品，便领着高高进去了。她让儿子自己挑一件圆领衫，高高选了一件胸前有一匹棕色奔马的，她付了两块钱。走出门后，她觉得便宜，又回去了，一狠心，又买了一件大一些的，两件换着穿。而后进了街边一家小酒馆，要了两碗啤酒，一碟五香花生米，一碟黄瓜拌腐竹，与儿子对饮。她一仰脖儿，咕咚咕咚，蓝边大瓷碗见了底儿。她二话不说，又要了一碗。"大不了我不吃饭了！"她想。出了酒馆的门，午时的阳光刺目，她一阵眩晕，赶紧扶住了电线杆子，"哼，酒不醉人人自醉。"她自言自语。两手搭在儿子稚嫩的双肩上前行。

　　宽儿的妹妹来北京出差，送给雨荷一顶蚊帐，一双白色的塑料凉鞋，还带着小高高逛商场，给高高买了一件天蓝色的小西服和一身花色带镶边的小睡衣。那几日宽儿特兴奋，说他妹妹有出息，将来能当大学教授，又着重在雨荷面前强调他妹妹的"冰清玉洁"。

　　雨荷对于此话已然无甚特殊的知觉，一般来说她有自知之明，知道早已时过境迁，无心与之反唇相讥，更无意与他分庭抗礼。只是心中无限惋惜，她原本以为他侠骨柔肠，是自己能与之肝胆相照一生的男子汉。她百思不得其解，是什么原因使得他跟以往判若天渊？他穿上军装更加英俊威武了，回头率百分之百，可是他的内心却不与他的外表成正比。是不是他真的外面有人了？不再爱她了？那就明着说，男子汉大丈夫应该敢做敢当，光明磊落，何必整天拿着妻子以前的遭遇说事，用软刀子杀人！或许他骨子里原本就有不为人知的阴暗？人本来就是复杂的，自相矛盾的，并不足为怪。她也考虑过自己应该在这里面负什么责任，有何失误之处。通常来说她不是一个文过饰非的人，能勇于承担错误，且极为敬佩这样的人，认为是有胸襟，有修养，有能力的表现。可她实在不明白自己错在了哪里。

错就错在一开始她就不应该找他！不能依靠任何人！

但无论如何她得感谢他，如果不是他的出现，她当时怎么活？何况他给了自己一个这么优秀的儿子！为了儿子，她姑且忍耐，她甚至整日强颜欢笑。

雨荷在无数次的碰壁之后，硬着头皮去找二叔，二叔既往不咎，托他的一个老世交，把她安排在卫生研究所的实验室里当临时工。雨荷每日清晨起床，给儿子做完早点，然后从北到南，穿越北京城，中间倒两次车去上班。

雨荷用眼睛扫了一遍将在此工作的实验室：试验台，上面各种试剂、玻璃杯、三角瓶、吸管；721 型分光光度计；座地式离心机……一切都是那么陌生！

怕挑战就别活着！

没多长时间，雨荷就独当一面了。几个"汤泡饭"的小青年讥讽她说："要照这么着，过几天你还不得主持课题？"她听了只是不以为然地笑笑，心里说："我得活着，我得养活儿子！"

一日，宽儿突然回来了。晚上，他倚在床头上抽烟，雨荷知道他有话要说，耐心地等着。爷爷终于睡着了，他嗽了嗽嗓子，艰难地说：

"咱们离婚吧。"他终于说出了这句话。

雨荷的脑袋"轰"的一下，抬起身子问：

"为什么！？"

"因为感情不和。"他说，声音很沙哑。

"什么叫感情不和？"雨荷压低了声音问。

"感情不和就是说不到一块儿去。你不离也没用，现在的法律是只要一方坚持离，法院调解无效，最后就判离。"

"你，那你以前说的话……"

"以前我太年轻，对你只是出于同情，那时候我根本就不知道自己的价值。"说完，他脱了衣服，钻被窝了。

他脱了衣服，也脱掉了他的责任心与公平心。

雨荷一下倒在床上不知所措了。不一会儿，她听见丈夫在旁边打起了呼噜。以前他们若闹了点别扭，他且在床上折腾呢，他刚刚说完这么重大的决定，居然能转眼呼呼睡！

一个声音在雨荷脑里响："完了。"

麦雨荷与宽儿之间的价值取向，思想意识，早就游离已久了，早该分道扬镳各自去走截然不同的生活道路了。

婚姻，这座外表金碧辉煌，温馨诱人的建筑里面，包含的是忠诚、责任、付出、谦让、妥协、甚至是牺牲。然而他们两个人谁都还没有披挂齐全就仓皇上阵了，他们本不具备进入这座神圣殿堂的资本。

雨荷披上衣服，下了地，坐在沙发上捋着思路，想这一切到底是怎么回事。今天的结局虽然她早有预感，但是没想到真的会到来，来得这么快，这么突然。究竟是什么原因使得他与她决绝？是因为黎群智吗？不是，他心里清楚这些年来她是怎样对待他的，他在她的生活中是多么的重要。这显然是借口，他现在需要这个借口，所以拿出旧事来重提。他为什么需要借口？毫无疑问是因为他在外面有女人了，也许不止一个。是些什么样的女人？比她年轻漂亮？比她温柔贤德？比她有钱有地位？他搞女人一点不奇怪，他比她年轻那么多，又比她漂亮，男性的魅力光芒四射，这是他得天独厚的"资源"，岂有不用之理！尤其长期身处开放的文艺界，假戏真做轻而易举，没有这种事情倒是奇怪了。她比他文化水平高又怎样？在晋南那个小地方显出她卓尔不群，如今他进了"大观园"，见多识广了，身边美女如云，见异思迁在所难免，甚至是天经地义的。她的那种所谓"文化水平"，以及他的所谓"心地善良，内心纯正，金子般的心"，在人欲横流的现实面前，显得那么软弱无力，甚至于一个子儿都不值。加之其母从司徒政之母口中得知她的丑事，提出分手简直就是天公地道了。他们的感情以及家庭，会以摧枯拉朽之势被夷为平地。

人们通常会把自己品质中恶劣的一面埋藏得很深很深，只展示美好的东西给人看。

那根拴着两颗心的线"嘣"的一声，断了。

雨荷知道大势已去，她的生活再也不可弥合地破碎了，像一座房屋的顶梁柱已经折断，整个房子将不可逆转地全面坍塌，不管她多么不情愿。

今后的道路该怎么走？她将失去丈夫的庇护与辅助。她将独自一人携幼子闯荡活路。

不！他说过疯狂地爱着她，"我不是吻的问题，而是想把你吃了，只有这样，好像心里才踏实！"这是他白纸黑字写给她的！那会儿他们两情相悦，他视她为女神！她不相信他那会儿是虚情假意。想到这里，她禁不住想伸出手去摸摸那张漂亮的脸，但想象到他被摸醒后冰冷的目光，赶紧把手缩了回来，无声地哭了。眼泪像断了线的珍珠，泪雨滂沱。

她想起奶奶说她乐极生悲的话，现如今全都应验了，没想到自己的命这么苦！她这条漂泊不定的破船，将失去这个停泊的港湾，在波涛汹涌的疾风苦雨中孤军奋战，孤独一人携子拼搏于惊涛骇浪之中；她将没有容身之地，寄住在这乱无章法的娘家；她还得遭受世人的议论纷纷与歧视。不知自己前世做了什么孽，今生受此无穷的折磨！

她在漆黑的屋里听着他的鼾声，自怜自哀地无声痛哭，惊天泣地——她的心一瓣一瓣地被撕碎，她的皮、肉、筋骨在一点一点地被撕扯着，最后完全断裂了。

她不敢擦眼泪，怕第二天加重眼睛的红肿，让别人看出来，只有任其直泻。

天发亮了，她看见了睡在床上的儿子，是那么的可爱！她好像突然有了勇气和力量，为了孩子，无论多么艰难困苦，多么孤立无援，多么走投无路，她都不能让悲伤压倒！为了使儿子不受伤害，她要咬紧牙关应对一切命运的挑战！她擦干了眼泪，将已支离破碎的身心收拢收拢，慢慢地凄苦地缝合。

她调整完自己，扶着沙发站起身来，头嗡嗡的，险些昏倒。她定了定，伸手推醒了宽儿，说："你要跟我离婚，是真的吗？"宽儿睡得正香，被雨荷叫醒，懵懵懂懂地答道："啊，是呀。"雨荷又问了一遍，他醒透了，坐起身，坚决地说："对，是真的。""如果是真的话，你就去打听吧，都需要我出什么手续，我去办。你觉得什么时候合适了，通知我一下，但是孩子得留给我。"雨荷坚定而从容的态度让宽儿备感诧异。雨荷心里说："你白跟我生活了这么多年，根本就不认识我是什么人，我绝对不会不知自爱地赖着任何一个人，我要的是真正的爱。"

说完，雨荷到厕所去梳洗，之后又到厨房像往常一样做早饭。

雨荷为了能得到爱情，曾经披肝沥胆，舍生忘死。"纵有弱水三千，我只取一瓢饮"，如今她连半口都喝不上了！还执迷不悟吗？

麦雨荷不想再为爱情流一滴眼泪，只用舌头默默地舔着灼痛的伤口，用自己唾液去疗治创伤，使之慢慢愈合。

对于女儿婚姻的名存实亡，妈妈已有所察觉，但只要妈妈一张嘴说，雨荷就把脸一沉，抬起脚到别的屋去，妈妈若追，她就穿上衣服打开门出去。几次之后，妈妈不敢再提及，雨荷等妈妈习以为常了之后，严肃地跟她说："我的事情你千万不要参与，一切听我的安排，只要他不弄走孩子，怎么都行。"妈妈听了只好点点头，伤心地哭。

雨荷每日里若无其事地谈笑自如，宽儿不去外地时，一个星期来看一次孩子。他进了门就往沙发上一坐，沉着脸抽烟。雨荷问他吃饭了没有，他若说吃了，雨荷就给他沏一杯茶，放在他身边的茶几上，他若说没吃，她就盛一大碗饭，上面盖满了各种菜，端过来，让他一个人吃，省得上桌子跟全家人共进餐尴尬。

雨荷若没钱了，跟妈妈要，从来不向宽儿伸手。

是妈妈帮她养大的孩子。

宽儿自打提出离婚后，就没再给过雨荷生活费。此时，他的工资已经涨到了八十多块了。也许是自己都挥霍了，也许是想迫使雨荷跟他要钱。但雨荷绝不向他张嘴，一张嘴，就有"理由"吵架。一来，她怕伤害了孩子，二来让人家看笑话，三来怕把他回心转意的可能给彻底消除了。雨荷还抱着一线希望，尽管这希望近乎全无。

雨荷在卫研所苦干了半年的临时工，还转不了正，她别提多么后悔调回北京来了。她心里没底，孩子已经上小学了，自己没工作，没房子住，走投无路！但她不能让苦难压垮，孩子还小，今后的路还长着呢，她要让儿子感觉母亲是怎样对待困苦的。身教远远胜于言教！

一天晚上下了班，雨荷一进屋门就觉着不对劲。果然，高高躺在床上哭，母亲听见她回来了，忙从里屋出来，说：

"你爷爷说高高偷了他一本集邮册，你翻，把家里翻个底朝天，看能藏在哪儿！"

雨荷扔了包，倒在床上，靠着被垛，仰面看着母亲，无动于衷。高高爬过来哭着说：

"妈妈，我没拿，太爷爷给我看完，他自己收起来了，我真的没拿！"

雨荷拍拍儿子的脸说：

"好孩子，我相信你。"

"你翻，翻呀！不能这么无缘无故地冤枉孩子！"

母亲逼着女儿为外孙子洗冤，雨荷平静地说：

"我上了一天的班，累了，要翻你自己来吧。"

"窝囊废！"妈妈气走了。

爷爷颤巍巍过来，叙述了一遍白天的经过。等他说完，雨荷对爷爷说：

"他偷了你的集邮册啦？"

"啊，不是他是谁！那是我从六岁时集攒的啊！"爷爷带着哭腔说。

"厨房里有菜刀，我昨天刚磨的，你去拿来把他杀了吧。"

爷爷听完无可奈何地跺了一下脚，转身回到了自己床位上。高高再次申辩他没有拿，雨荷把儿子搂在怀里，一面亲吻，一面慰藉小儿受伤害的心灵。

那晚雨荷梦见自己又回山西了，一推筒子楼她的家门，里面住着一男一女，她才意识到这里已经不是她的家了，赶快假装寻找搬走时落下的东西。

转不了正，就不能分到房子住。隔壁王阿姨闲谈时说某某大作家的儿女都出国了，老两口独守四居室，想找个保姆。雨荷听后托她去给问问，同不同意她带着孩子过去住，只管她们母子俩吃住就行，不要工钱。王阿姨听了说："你别瞎逗了，咱们的才女去给人家当保姆，笑话！"雨荷严肃地说她是认真的。王阿姨闻听此言，方对雨荷处境略晓一二，不禁感慨万千。王阿姨建议雨荷去考考外企，依她的能力，应该问题不大。雨荷听从了王阿姨的建议，去了地处白家庄的外企总公司考试。雨荷进门领了一张表格，还没填，先问人家若录用后，何时能分到房子。人家说外企公司根本没房子可分。雨荷把表退了，扭头就回卫研所上班去了。

熬着吧，总有一天能转了正。

卫研所是个不到一百人的小所，没有人事权。书记任占魁是个瘦干巴老头，对于雨荷的工作问题一直很关心，觉得她老大不小的了，总干临时工不是个事。一天中午，恰巧任书记跟上级领导及人事处长在食堂里坐在同一张桌子上吃午饭，边吃边聊。他又向他们提起麦雨荷转正之事，人事处长说：

"现在没指标。这个麦雨荷跟你是什么关系，你怎么对她的事这么上心？"

任占魁把碗筷往饭桌上啪地一蹾，说：

"麦雨荷在所里一人顶仨人用，你说是什么关系？我闺女跟我是什么关系？是亲生父女关系，我闺女在这儿干临时工两年多了，该不该给转正？别挤兑我说出你办的那些个事，你给上上下下，张三李四王二麻子的七大姑八大姨二舅母，办的那一桩桩一件件的事，以为我不知道是怎么的？惹急了我全给你们抖搂了！他妈的，跟我什么关系！"

饭堂里的人都停止了咀嚼，竖起耳朵听，更有兴灾乐祸者，起身围了过来。吓得人事处长赶紧说：

"别嚷，老爷子！我给您办还不成吗！"

不出一个月，雨荷跟任占魁的闺女都转正了。

"人都是他妈的贱骨头！"任占魁对雨荷笑着说。

又不出一个月，传来事业单位普调一级工资的消息，但文件上强调的时间正好是雨荷在家待业期间，两头都不沾边。任占魁找她商量，让她给山西原单位写封信想想办法，能不能补寄一份证明来，省得落下这一级工资。

乔书记携一后调来的年轻人来了，把雨荷给高兴死了。她领他们见过任占魁书记，并说明来意。任书记把雨荷叫到屋外楼道里说："带钱了吗？"说完他随手掏出十块钱，往雨荷手里一拍，说："中午请人家出去吃顿好的，完事再说正经的。"雨荷的鼻子直发酸。

下午任占魁书记领着他们去人事处，处长正翘着二郎腿儿喝茶抽烟看报纸。任占魁代乔书记他们说明了情况，而后站起身，恭恭敬敬给乔书记二人深深鞠了一躬，说："麦雨荷早在二年前就不是你们单位的人了，你们能千里迢迢，为了一个普通工作人员的一级工资，不辞辛苦跑这一趟，我们实在惭愧，我们敬佩！"说完，他又弯下腰去，乔书记赶紧站起来，扶住了他。雨荷的眼泪流了下来，她想："共产党的干部里，若有一半是这样的人，这个国家就有救了！"

人事处长被任书记将得也站了起来，腿躬了躬，只好答应给麦雨荷调上这一级工资。

雨荷送乔书记到北京站，临上车时，乔书记依然垂着眼皮说："多个心眼。"雨荷只会"嗯"答应一声。

宽儿来电话声称自己犯了胃病，住进了医院，暂时不能来看孩子。雨荷问他住在哪家医院及病床号，他不说，并说不欢迎她去看他。雨荷请了假，打听到了具体地址，到医院看他。他正在病房里跟病友们说笑，看见妻子来了，马上收起了笑容，说："我不是不让你来吗，我刚才还挺高兴，一看见你我就烦，你走吧。"目光中充满了对她的嫌恶。雨荷调头就走了。她的脸，她的心被他的目光刺得破败不堪。

几个月以后，雨荷感冒发烧，在家休了两天病假，再来时，发现几乎全所的人都用异样的眼光看着她，她感到了一种不可言传的压力。上班后不久，任占魁书记派人叫她去一下。任书记让她坐下，说昨天宽儿单位来了两个人，那两人说宽儿为给爱人调回北京借了那么多钱，还亲自请假去山西好几趟办她的调动手续，费了好大的力气才把她给调回来，她却对爱人的病情不闻不问，从不到单位来照顾爱人，思想品质太差了。宽儿对他领导们说，"这样的人不能要。"提出离婚。但他们作为政工干部不得不做做工作，也希望任书记教育教育自己的职工。任书记问雨荷是怎么回事，雨荷调整了一下情绪，把事情的前因后果简单道了出来。任书记听后叹了口气，说："你为什么事先不跟我说一声呢？让我也好有个准备，好好收拾收拾那俩王八蛋，什么他妈的政工干部！"雨荷说这事不到万不得以不愿意说，为了孩子，想尽量维持住家庭。任书记感慨地说："我们都看走了眼，同志们见你整天心平气和，还乐呵呵的，都以为你特别幸福呢，哪想到你担着这么大的事，还能安之若素，踏踏实实地工作！"

从任书记办公室出来，雨荷接到宽儿的电话，说前几天给她写了一封信，把他们单位要去人的事告诉她，让她有个准备，没承想地址写错了，给退了回去。他在电话里向她道歉，她说不用了，自己已经对付完了，问他下一步是不是就要办离婚手续了，他说，但有些问题还得当面再谈一次，雨荷说："好，你来定时间和地点。"他定了这星期天的下午两点，在天坛公园。

雨荷刚放下电话，任书记亲自上来叫她。她重新坐下后，任书记说：

"根据我的经验，你爱人的这种突变，十有八九是外面有人了，法律一般不判一方有外遇的人离婚，你可以要求法院调查调查。"

雨荷冲任书记摇了摇头，说：

"缘尽则散，强留住他的人没有意思。"

"甭置气，一个人带着孩子可难啊。"任书记说。

"我早就一个人带孩子了，最难的是心里，但是已经过去了，我最怕的是没有正式工作，现在可好了。"雨荷平静地说。

在雨荷知道宽儿编瞎话，说借钱和请假都是为了给她调工作的那一刻起，这个人在她的心目中确实完了，她没想到他竟能编出这等颠倒黑白的话来欺骗世人，心里那点难受反倒因此而过去了。宽儿自己应当比谁都清楚，他借钱和请假都干了些什么。她调工作付给对调对象的二百块钱是跟爷爷借的，到现在还没还上呢。举头三尺有神明啊！

宽儿确实有着超出常人的外表，但当初吸引雨荷的不光是外表的光环，主要是他那颗正直善良的心和对自己炽烈的情爱。如今这两样都不存在了，只剩下了漂亮的躯壳，这躯体在雨荷的心里变得一文不值。她百思不得其解，一个外表如此强悍的男人，为什么会出此软弱无能又愚蠢的下策？

在雨荷一只脚已经迈出门槛时，任书记又叫住了她，她回过头来，再次坐下。任书记却欲言又止。雨荷说："有什么话您就说吧。"任书记叹了口气，低着头不看她，说："我听到一个谣言……"任书记所谓的谣言是宽儿在他自己单位里散布儿子不是他的，任书记说本来不想跟她说，但又觉得事关重大，还是应该让她知道，心里好有个底。但雨荷不相信这是宽儿的本意，他还不至于恶心到这个地步。她沉着地一笑，说："是吗？那正好，我正不想给他儿子呢。"任书记听了很是不解，抬起头来惊诧地看着她，吭哧了一下，没再说什么。雨荷也不问所谓谣言的来龙去脉，气定神宁地看着任书记。倒是任书记沉不住气了，告诉她，人事处干事小郭的爱人跟宽儿在同一单位。雨荷听后点了点头，说："谢谢。"

雨荷明白了，猜想宽儿若打算离婚的话，手里总得握有一枚极具杀伤力的炮弹，得在他自己的一亩三分地散布妻子婚前有过私生子。也许他还会说他以前根本不知道，被欺骗了，这个女的不能要等等，传来传去传走样了。

那么好，她唾面自干，镇定以待。

雨荷坚信，宽儿不可能说儿子不是他的。

星期天下午，雨荷如约来到日坛公园。坐定后，她问他：

"虽然我不明白你为什么非要离婚，可我从来都没赖着你不离，你为什么要害我？"

"这么说，你到现在还不明白为什么离婚？"

"对，不明白，你能再说清楚点吗？"雨荷镇定自若地说。

"……"

"我新来到这个单位，立足未稳，你就让人到单位去臭我，现在单位里都传遍了，说儿子不是你的，你费那么大劲干吗，你就说不再爱我了，不就完了吗？多省事！你知道我在家闲了一年没工作，好不容易找了这么个饭碗，你想给我砸了？从认识到现在，十年了，我做过一件对不起你的事吗？离婚就离呗，你干吗要这么逼我？干吗连一条活路都不给我留？"

宽儿被问得无言以对，闷头不语，半天才说：

"儿子是，当然是我的。我可以到你们单位去给你解释解释。"

"不用，那样只能让我的同事们看一场好戏。"

后来他们约定各自开好单位介绍信后再通电话，也没商量别的问题，似乎心照不宣，孩子就该由雨荷带着。雨荷提出了一个条件：等高高上初中以后，才许宽儿看望，以免伤害孩子，高高太小了，她准备跟儿子说他爸爸调回西安工作去了。宽儿连磕巴儿都没打，就同意了。

临走时宽儿告诉雨荷，不日他将复员回西安。

街道办事处一个中年男子接待了他们。中年男人一边喝茶，一边说了些套话，手里翻阅双方的材料，见手续齐全，也没多废话，让他们自己写个一式两份的离婚协议书。宽儿接过那男子递过来的稿纸和复写纸，掏出圆珠笔，写了起来。写完后，交给那人审查，那人看了两眼，转手递给雨荷，说："看看吧，没什么异议的话，就在下面签名，摁手印。"雨荷看到抚养费写着每月四十元，就问宽儿：

"你复员以后每月工资多少钱？"

"六十多。"他说。

"你给四十块，还剩二十多，你自己怎么过？"雨荷问。

"不够管我们家要。"

"你的孩子，为什么要牵扯别人？"雨荷的态度变得从未有过的强硬。

"你什么意思？"

"我的意思是实际一点。"

"那你说多少？"

"三十。"

"四十。"

"四十今天这个协议就达不成了。"雨荷坚决地说。

看到他们两个人这种争法，那男子放下茶杯，笑着说：

"嘿嘿，新鲜嘿，以往都是为了争钱打架，今儿个遇见一让钱的，我说你们俩是真离还是假离呀？"

他们停止了争执，宽儿重新写了一份：

协 议 书

经双方协议，孩子高高，男，8岁，由母亲抚养，抚养费其父亲负责，每月30元（叁拾元整）。男方尊重女方提出的在孩子上初中时方可见面的要求。由于无财产，故不存在财产协议（孩子抚养费至孩子18岁独立生活为止）。

此立

一九八三年十二月二十二日

雨荷阅后，用自己的笔签了名，使劲蘸了一下印色，重重地在签名的右方摁了手印。宽儿也照此办理，但那手印比前妻的手印轻得多。男子审后，无甚问题，盖章后交给他俩一人一份。雨荷拿起复写的那一份，扭头就走。

雨荷从办事处出来，直接奔了殡仪馆，今天是奶奶的祭日，是冬至！

数九从这一天开始，一年中最冷的时候到了。

雨荷用手帕仔仔细细擦着奶奶的骨灰盒，奶奶慈祥地冲她微笑，她对奶奶说："奶奶，你当初跟我说的'乐极生悲'我没听懂你的意思，现在我懂了，也晚了！眼下我的路不好走，不好走啊！"她紧紧抱着奶奶的骨灰盒哇哇大哭，哭得天昏地暗，哭得天旋地转。

　　雨荷与丈夫正式离婚后，又和他见了一面。他约她出来，说给儿子买了几件衣服，要交给她。他们约见在和平里车站。她赶到那里时，看见他手里提着一只灰色的人造革箱子，他把箱子交给她，又给了她二百块钱，作为以前的补偿。

　　雨荷把那二百块钱还给爷爷，爷爷说什么都不要，弄得她心里好个不忍。她打开箱子，里面都是高级衣裤，还有一顶帽子。样子和质地都很不错，儿子从来没穿过这么好的衣服，只可惜宽儿那么久都没见儿子了，已经不知道他长多大了，所有衣裤都穿不进去。儿子不甘心，硬往里撑，雨荷说别塞啦，撑坏了可惜。后来她通过同事、邻居等诸多社会关系，把所有衣服都匀了出去，换成了钱。

　　后来孩子的生活费一直是由宽儿的父母寄来的，他自己一直没有消息，至于他为什么要这样做，雨荷一直没能给儿子一个满意的回答。

　　第二年，所里分给雨荷一间房子，尽管是与别人合住一个两居室，但关起门来是自己的天地，母子俩高兴得直在床上打滚儿。

九

　　1984 年 4 月 19 日上午九点多钟，也就是雨荷跟宽儿离婚三个月零二十七天以后，雨荷在大街上与黎群智邂逅。

　　那日春暖花开，风和日丽。雨荷跟一个同事到监测中心去查一项数据。

　　那时的 16 路公共汽车总站在北京展览馆对面的那条大街上，路东一点。她们正在等车，迎面过来一伙人，其中一人极像黎群智。那些人土不土，洋不洋的，都是四五十岁的年纪，看不出是干什么的。黎群智夹在他们中间很扎眼，他边走边跟那几个人说着什么，用那种特有的略微沙哑的嗓音。

　　"是他!"雨荷的身子一晃，靠在了栏杆上。十三年生死两茫茫! 不想在人海中不期而遇! 这是真的吗!?

　　群智也认出了雨荷，脸上一怔，停止了说话，但他马上就镇定了下来。这时车来了，群智照顾雨荷上了前门，并让她坐在了正对着前门的单座上。雨荷失控，不知道自己是怎么上的车，又如何坐在了座位上。

车开了，群智左手握在雨荷座位的椅背上，右手握住前座的椅背上，俯身注视着雨荷。雨荷看到这双眼睛，心里忽悠忽悠的，如同在梦境中一般。她向右侧过身去，仰起头，吃力地迸出三个字：

"是你吗?"

"是我。"他说。

"真的是你吗?"雨荷对于这猝不及防的相遇的真实性仍持怀疑态度。

"真的是我。"他说。

"把你的左手伸出来!"雨荷有点像是在命令他。

他顺从地伸出了左手，大手上一道横贯的伤疤赫然在目。

"真的是你!"雨荷哀伤地说。

十三年了，从外表上看，他的变化不太大，面部轮廓只比以前稍成熟了一些。他今年三十四岁，依然活力十足，一脸的阳光明媚，看不出半点坐过八年牢狱的痕迹。

从群智的眼神里什么都读不出来，没有怨恨，没有喜悦，没有悲苦，什么都没有。"他怎么啦!"雨荷面对他这样的态度一时不知如何是好。"你问我点什么吧，哪怕你骂我几句也行啊!你问问我孩子在哪儿，怎样了;你骂我吧，骂我把孩子给卖了;骂我背信弃义;你要求我吧，要求我们一起去找女儿!你别光这么空看着我呀，别什么都不说啊!"雨荷在心中苦苦地哀嚎着。

"我只坐两站地。"他说。雨荷盼来的竟是这么淡然的几个字，她的心被刺得生疼。汽车在公路上风驰电掣，耳边的风呼啸着向后飞蹿，她顾不上别的，赶紧掏出笔和本，写了她的地址和电话，撕下来交给他。然后又急着问他现在在哪儿，他说了一个大科研单位的名称，雨荷心中纳闷，他在那里能干什么，但又想到他有正经职业，真是太好了。她又问他是不是在北京，他说是。她还想问问他工作和生活上的情况，但她感觉到他们各自相跟着的人都在专注地观察着他俩这一幕不大正常的会面，便极力克制着自己，尽量不让自己全线失控。她了解他的现状，怕影响他的工作和生活，所以没敢向他索取电话号码。她在等，他若想跟她联系的话，会主动给她电话的。但他依然用那种眼神注视着她，似乎没有想跟她再来往的意思。"我要下车了。"他平静地说。她真想跟着他下去，她可以跟着他，这里不是监狱，他们都是自由人。但她没有动，她毕竟是三十好几的人了，苦难的经历教会她，人应该"骤然临之而不惊"。到站了，他松开手，抬起身子向车门走去。车停了，他身体随着汽车的停顿而摇晃了一下，门开了，他下了车，头都没回。

天赐良机，却一闪而过。

"他起码应该回过头来看看我！"雨荷不由得有点愤怒。

雨荷坐立难安，寝食俱废地企盼着群智的电话，她不是想与他"鸳梦重温"，把那早已翻过去的一页重新再翻过来，她明白"情如流水，逝去不归"，她只是想要和他携手去找他们的女儿。十三年过去了，她几乎没有停止过对女儿的思念与牵挂！心爱的好女儿呀，你现在长成什么样了？有多高了？你千万不要像你的母亲那么没有头脑，没福气啊！

"我就是拉兹，我还不如拉兹呢！"这句话又在猛烈地撞击着雨荷的心。她要向群智说明，当年为什么突然提出跟他分手，还要问问这些年他是怎么过来的。"孤苦伶仃，露宿街巷，我看这世界像沙漠，四处空旷没人烟，我跟任何人都没来往，活在人间举目无亲，好比星辰迷惘在那黑暗当中……"他那沙哑而又悲怆的歌声，又一次在她的耳畔响起。

雨荷忍耐不住拨'04'查他说的那个单位的电话号码。当她通报了要找的人名时，总机话务员问她黎群智是哪个所的，说院里有十几个所，加上基地的人，一共两千多口子。雨荷哪里说得出来？只好放下电话，彻底失望了。

她知道，他不会再找她了。

可是，他可以不过问他走以后她的整个孕产过程，这么严重的事件以及后果，全由她一个弱女子独自承担了。但是总应该过问一下孩子吧，那可是他的亲生骨肉啊！除非他害怕。兰州是他的"地盘儿"，肖姒和梅杰男都是他多年的好朋友，孩子是通过肖姒和阿姨送给人的，阿姨又那么喜欢他，他若找起孩子，比雨荷要容易得多。也许他成家了，避之不及，这样也好，从此他再也不用浪迹天涯了。

如果说黎群智出狱以后寻麦雨荷不着，尚有情可原，那么在大街上碰到以后仍不露面，应该给此人一个怎样恰到好处的评价呢？也许他多年以来一直在记恨她的"背信弃义"，可是他难道一点都不体谅她吗？别的不说，起码"株连"在那个年代有多么厉害，他不应该想不到，除非他装傻！

麦雨荷四十二三岁时，顶多像三十出头的人，所里的人总说："你记错年龄了吧？"说完大家一起笑。人们都在惋惜她风韵依旧，却孑然一身，但谁都不敢跟她多说什么，只要一涉及这个话题，即便是好意，随和的雨荷会立刻收了笑容，板起面孔，让人下不来台。这样几次，没人敢再跟她提及婚嫁之事。只有任占魁书记例外，他说："闺女，干吗呀？别人当是你为那么一个花花公子殉情呢，值当的吗？"雨荷听了虽然不会跟他翻脸，但依然故我。

悠悠岁月，亦真亦幻，转眼雨荷已年近半百，儿子业已考取了理想的大学，他们也有了一套两居室的住房。

雨荷四十七岁那年，渐渐感到疲惫，只当是岁数不饶人了，后来饭量见减，人急剧消瘦。经诊断，她患了癌症。

麦雨荷不得癌症谁得癌症呀！

当雨荷拿到诊断书时，没有惊慌，更没有恐惧。倒不是因为她比别人不怕死，而是她早已"曾经沧海"了，她有一股天塌下来都能扛一阵子的劲头儿。

雨荷首先想到的是儿子怎么办，不能让儿子知道，他虽然已经上大学了，但毕竟还是个孩子。当年他们在外婆家住的时候，只要雨荷下班回来晚一会儿，儿子就站在阳台上冲着大街上喊妈妈。雨荷下了公共汽车，听见了儿子的叫喊，一路上"哎，哎"地答应着，一溜儿小跑往家奔，进了门，母子二人相抱，他总是说那一句"你怎么才回来"！儿子八岁那年，她去河南出差，比预定的日期晚回来了两天，儿子写了一首盼母曲："日落西山母子别，盼母归来泪涟涟，直到母该归来日，接信推迟再两天。"

雨荷找出珍藏已久的《盼母曲》，看着看着，自己泪涟涟，她咬定了牙关："阎王爷，你甭打算收我！"

任占魁书记得知这一消息，叹息道："挺好的一个孩子，怎么这么倒霉呢!"他把雨荷叫到家里,说不能瞒着孩子,再说也瞒不住,家属院里人多嘴杂,万一让他从别人嘴里知道了更不好。任书记的老伴做了一桌子菜,那晚雨荷母子在任书记家吃的饭。

吃罢饭,任书记对高高说:"臭小子,你是大小子了!我十七岁那年就跨过鸭绿江打美国鬼子了,你得扛住点事。"高高乍一听说他妈妈的病情,脸变得煞白,低下头去,足足两分钟没说话。经过激烈的思想斗争,他抬起头来,一拍大腿说:"妈妈你放心去治病,我会自己照顾自己,我的一切都不用你操心,我保证比你在时更好好学习。"

雨荷住院了,正是高高放寒假期间。

高高一个人在家,妈妈的病情瞒着外婆,只告诉她老人家妈妈的子宫肌瘤日渐增大,如再不割去,时间长了会因失血过多造成贫血。

客厅里,高高只开了沙发旁的一盏台灯,他躺在沙发上发呆,家里从来都是他和妈妈两个人。他起来走进妈妈屋里,拉上窗帘,站在屋子中央环视:大衣柜,是妈妈在外婆家附近的自由市场上发现的,那天小舅舅也在,跟着妈妈去看货,他那时还小。小舅舅绕着柜子前后左右看了看,问卖主:

"多少钱?"

"一百二。"卖主说。

"样子太老了,给一百。"

"一百不行,您看看这木头,实打实的水曲柳。"

"样子太老了。"小舅舅还是这么一句,然后扭头要走。

卖主让步了说:

"一百一?"

"一百。"小舅舅说完又要走。

"得,算我倒霉!一百您拿走。"

大衣柜搬来没几天,中间的镜子就让自己不小心给打碎了,妈妈说:"再配上镜子还得让你小子给打碎了,干脆挂上'老猫猫'吧,还省了镜子钱。""老猫猫"是爸爸买的一块人造棉,绿色的底子,上面布满了白色和蓝色的猫,自打生下来他就看见这块花布挂在窗户上。北京的家窗户大,"老猫猫"就嫌小了,折起来,遮盖衣柜镜子后面的三合板上正合适。

妈妈的大床是所里司机小吴叔叔帮着买的,后来东拼西凑了点木头,妈妈请单位的木匠做了两个床头柜。他和妈妈就睡在这张床上,直到他十四五岁,同单元的阿姨搬走了,他才有了自己的房间。可他仍然经常赖在妈妈床上不走,他总是睡在妈妈的右边,打他来到人世他就一直睡在妈妈右边。妈妈住院的前一天晚上,他半夜里抱着被子到妈妈床边说:"今天晚上我要跟你睡!"妈妈身子往外挪了挪,说:"臭小子,多大啦?没出息。"

现在妈妈躺在医院里,他一个人睡在妈妈床上,身子卧在他平时的位置,头歪在了妈妈的枕头上。枕巾上有妈妈的味儿,他闻着闻着,眼泪流了出来。他最不能看的电视连续剧是《渴望》,刘惠芳一个人领着孩子的情景就像他们母子俩。在山西时,冬天妈妈穿一件据说是她上高中时买的深蓝色制服棉袄,肘部打着补丁,梳着和刘惠芳一样的短发。下了班到幼儿园去接他,拽着他跑着去菜站买菜。经常是排到了,菜也卖完了,妈妈就撅着屁股在垃圾堆里捡卖剩下的菜,一边捡,还一边说:"能吃,不要钱。"若买到了肉肠,从来都是他吃肉，妈妈吃皮……

高高已然泣不成声了，明天妈妈要手术，苍天保佑，他不能过没有妈妈的日子！他下了床，翻箱倒柜找出一块半尺来宽，一尺多长的硬纸壳子，他又找出了一根缝衣服的针，伸出右手，扎破了中指，血从手指肚儿里滋了出来，他在纸壳上面用力写了"母亲痊愈"四个大字。他没顾上包伤口，翻过纸壳背面，又用钢笔写了几行小字："此牌乃祝母亲福寿双全之用，母之寿可建立于祛病强身基础之上，母之福则系于余之前途功业之上，更系于余之人品德行意志品质之上。"写完了，他把牌子靠墙戳在书桌上，到厨房拿了一只饭碗，装满一碗小米当香炉，找出"象藏香"，抽出三根，点上，插在自制香炉里。香烟冉冉而升，高高双膝跪下，两手着地，"梆梆"地磕响头："妈妈呀，你不能死……"他嘴里叨念着，哇哇大哭。

麦雨荷躺在手术台上"任人宰割"。

她突然感到冷，很冷，出奇的冷，不是因为外界温度低而引起的寒冷，而似乎是自己的体温在不断地下降。

她周身冷厥，感觉从未体验过的一种虚弱。她心头一惊："看来这回我是过不去了。儿子，儿子怎么办？他还小，还不到二十岁，大学还没毕业，我要是死了，他就得一个人孤苦伶仃生活在人世间！不行！还有，还有失散了二十多年的女儿，小星辰，她到底怎么样了！"雨荷求救，但叫不出声来，她逃离，却四肢瘫软，丝毫动弹不得。她恐惧悲哀绝望到了极限。

突然间不知怎的，她不再冷了，身心舒泰，视角全变了。

一堆穿着白色手术衣的人在下边忙碌着，她在高处俯视着他们。

"啊,躺在手术台上的那个人不是我吗?是,是我。但是,但是我在我这儿呀,在他们的上边。不对呀,我还不到五十岁,不应该这么苍老衰败啊。可那,那确实是我自己,虽然两眼紧闭,虽然喉间插着金属管子。"她看到自己身上盖着一块雪白的单子,从头到脚被各种管线和仪器"五花大绑",有个人一只手摁住她的头,另一只手拿着管子,她头顶部心电图机的荧光屏上有一道绿色的曲线,在高高低低起起落落地移动着。不多时,那条曲线的峰波渐渐低了下来,快要成直线了,那人陡然惊慌起来,紧拧着眉毛,像刚才屏幕上的曲线峰波一般起伏跌荡。他赶紧命令室内的游走护士:"快去叫徐院长,病人不好!"噢,对了,徐院长怎么还没到场?是啊,怪不得手术室里人人肃穆,个个紧张,原来这是院长的主刀。

徐院长还没有到,人们已经乱作一团了。然而她对这一切非常漠然,徐院长来没来,他们能不能把她抢救过来,都无所谓了,因为她太舒服了,既不冷,也不热,既不疼,也不痒,非常轻松,飘飘若仙。她撇下他们,出了手术室。

这里应该是楼道,怎么这么暗?是的,是楼道。有门,上面还写着字,是什么字?看不清,噢,好像是"细菌室"。又是门,这个门上写着"血库"……墙两边还靠着许多上了锁的旧木柜,使得道儿很狭窄。现在不是上午八点半到九点之间吗?不应该这么黑的,这楼道真长,好像总也走不到头似的。

她走啊走啊,忽然"唰"的一下亮了,光线非常非常强。

是门诊大厅!那么多人在这里来来往往走动,却一点声音都没有,静极了。人们都在坚定地向着各自的光束走去,悄无声息,毅然决然。太奇怪了!

　　她听见金黄金黄的光束里飘来一阵轻柔的丝竹乐，悠扬动听，悲天悯人。乐曲忽起忽落，忽远忽近，似有若无。于是她向金黄色的光束中走去。这时一个人迎面碰了她一下，那人面无表情，若无其事。撞完她就朝她身后走去。她回过头去看，那人走进了她刚刚从里面出来的黑洞洞的楼道，她这才发现，原来那里面是那么的黑。

　　又有人撞她，还有人冲她招手，她不理他们，她在找大门，她要出去。

　　她出了医院大门，街道上空无一人，她左右看了看，决定向左边走去，因为那边是北。她要到童年生活过的院子去！

　　走着走着，她有点迟疑，脚步也慢了下来，这街道跟以前不一样，怎么都变成了土路，楼房全都没有了？她怀疑自己是不是迷路了，站在十字路口不知所措。忽然路旁的院门开了，里面几个长相极其怪异的人，热切地向她招手，他们分明在笑，在叫，似乎在说："进来呀，快进来！"但是没有声音，吓得她拔脚就跑，夺路而逃。她跑出去没多远，看见了一个路牌。"那上面写着什么字？不认识！这是哪儿啊？"她左顾右盼，只好接着往北边跑。她跑啊跑啊，终于看见东单体育场了，她一阵惊喜，加快了脚步，啊，找到了那个已经离开三十多年的院门。她百感交集地站在院门口，三十多年了，不知道原来的老街坊们都怎样了，她定了定神，走了进去。

　　她进了大门往右拐，自家的小院在大门右边二十米处。她推开虚掩着的院门，迈了进去，她四处看看，里面没有人，只有南屋窗前的枣树和北屋窗前的大槐树依然故我地立在那里。风吹动了它们的枝叶，似乎在向她弯腰鞠躬欢迎致敬，她的眼睛湿润了，含泪向它们颔首致意。

　　她向北屋走去，步履维艰地蹬上了屋前的高台阶。屋门上着锁，她心头一阵失望。她仔细看锁，这把德国锁作为麦家的遗物之一，正躺在自己的抽屉里，怎么会锁在这儿？她不由得伸手去摸，刚一触到它，那锁竟轻轻"嘣儿"的一下，开了。接着，门也"吱扭扭"打开了，她终于魂归故里了。

　　雨荷正在台阶上愣神，忽见院门外一个步履蹒跚，不足两周岁的小姑娘，由一位个子不高，戴一副金丝眼镜的白胖老太太牵着手迈进了门槛。啊，那不是年轻时候的奶奶吗！怎么也在这儿？难道那个像面团儿一样白白胖胖的小女孩是她自己？是她，是小时候的她啊！只见她们上了台阶，小女孩比屋门槛高不了多少，奶奶连抱带拽把她弄进了屋里，她紧紧抓住奶奶的旗袍。

　　不知怎的，那小女孩和奶奶忽然不见了。不一会，变成了十几岁的她靠在奶奶的身上，她已经高出奶奶一头了，奶奶吃力地搀扶着她，从院门外走进来。雨荷想起来了，那一年她十三岁，她病了，很重，非常重，发高烧，她一阵眩晕，险些把矮她一头的奶奶压倒在地。这时雨荷伸手去扶助她们，却摸不到她们的身体，急得她直跟她们叫喊，她们却听不见。

　　雨荷若有所悟，似乎明白是怎么回事了。她不能不顾手术台上的那个她，她得赶紧回去，儿子还在手术室门外焦灼地等她平安出来呢！

　　她急忙飞奔回了医院，看见儿子正在手术室门外坐立不安地来回踱步，她上前宽慰他，他不理她。他手扶着门框，头趴在门缝往里瞧。她明白了，她必须赶快回去。

　　雨荷睁开眼睛，看见了儿子会说话的双眸，泪光闪烁，但炯炯有神。

　　来探望的亲朋好友络绎不绝，六十平方米的两居室跟走马灯似的，前一拨还没走，后一拨又来了。后来高高用毛笔写了一块大牌子，挂在防盗门上——"病人上午十点至下午四点需要休息，谢谢"。

　　牌子挡住了不少好心人。

　　雨荷的头发因化疗几乎全掉光了。她对着镜子里的"老尼"笑，想起小时候二叔无意中说过的一句话：剃光了头发的女人要是还好看的话，才算是真正的美女。如今二叔已经过世多年，不能评判他年近半百且光了头的侄女尚美与否。

　　有人敲门，是她的三位朋友，事先电话约好了的。刚坐定，又有人敲门，三男两女鱼贯而入，都是她的同事。研究所与家属院仅百米之遥，他们一般不事先约，下班之前顺路过来看一看。

　　两拨人互不相识，雨荷给他们介绍。

　　女同事老苗问雨荷这两天身体感觉怎样，都吃些什么药。雨荷说连续吃了一气儿汤药，倒了胃口，厨房都熏黄了，堂弟（二叔之子）说可以暂时停一停，改吃丸药。老苗问是什么丸药，雨荷漫不经心地回答说："'地板黄'。"屋里人听罢大笑，一男同事说：

　　"'地板黄'是涂料，你的脸够绿，再加点黄就蓝了。"

　　老苗说：

　　"她这人就这样，不是倒着说，就是只说一半，这么多年了，差不多的都能猜出个大概齐，不过今儿个这'地板黄'不知是什么稀罕物，搞不懂。"

"怪不得高高管她叫'第四人称'呢!"老张说。

"什么意思?"有人问。

"她管谁都称'他',不信你听她说一件事,待一会儿你就糊涂了,分不清这个他还是那个她。"

雨荷笑,一边打开抽屉拿药方子,一边说:

"不信你们看哪。"

众人接过去一看,却原来是"知柏地黄"。

老苗说:

"你认识字儿吗?"气得直笑,"可恶"!

雨荷理屈词不穷,说:

"我根本就没看,只听他那么一说,明明他说的就是'地板黄'嘛。"

"还行哈,不错,她还有劲嘴硬。"众人调侃道。

窗外传来谭派道白:"啊妈妈,开门来。"雨荷的眼睛一亮,说:"高儿回来了!"高高一米八六,英姿勃发。他进得门来说:"在楼道里就听见笑声了,又怎么啦?"有人把刚才的事讲说了一遍,高高放下书包说:"叔叔阿姨们哪,你们谁会治'弱智'呀,她一天到晚胡说八道!"雨荷听了哈哈大笑,好像"弱智"是一种极大的夸赞。高高接着说,"那天有一人来电话,问她福利院怎么走,她愣告诉人家从民族公园的东门往西走,据我所知民族公园根本就没有东门,再说从东门往西走,想必是得买张票进去吧?好嘛,六十块钱一张票哪,她简直就是民族公园的一'托儿'。"雨荷已经笑成一团了,嘴里不停地说讨厌,别人也都跟着乐。高高又说:"都这么大的人了,分不清东南西北,我就纳闷了,她是怎么把我带这么大的,真危险!奇怪，什么人呐！"

雨荷的脸笑出了淡淡的红晕。

忽然间宽儿从美国打来电话，当时雨荷的第一感受是心里一块石头落了地——这个人"失踪"了这么多年，终于有了音信！她曾在伤口尚未拆线的情况下，给宽儿的弟弟写了一封长信，之所以急着把自己的病情告诉高家人，是因为她心里没底，怕万一自己不行了，儿子尚未成人，也好有个妥善的安置，那毕竟是他们家的骨血。外婆虽然疼外孙，但她年纪大了，就连雨荷的病情都瞒着她呢。给宽儿弟弟的信是背着儿子写的，雨荷不能让儿子感觉到他的妈妈在安排后事。

宽儿说月内将回国。

父子阔别十三年之后，重逢。

他们见面的地点，约在雨荷单位宿舍自己家里。

高高打扫着房间，一边干活，一边跟妈妈贫个没完，逗得雨荷叽叽嘎嘎笑。约定的时间快到了，母子俩打着嘴架，眼睛却时不时地偷看墙上的石英钟，还差十几分钟。门外传来几下轻轻的敲门声，高高跑着去开门，雨荷坐在屋里听见了前夫的几声尴笑。

儿子对老子的态度好似他出了一趟差刚刚回来一般自然，说："哎呀爸爸，你怎么头发都秃了！"宽儿笑着说自己老了。他的嗓音变化很大，变成了烟酒嗓儿，头发稀疏，两鬓斑白，穿一件深色毛料风衣，戴一副金边眼镜。"怎么弄一副金边的戴上了，跟大金牙似的。"雨荷暗想。宽儿若无其事地看看前妻，说："还可以嘛。"说完拉儿子到穿衣镜前去比个儿，儿子已经比老子都高了，他拍着儿子的脑袋说:"这小子,二十三窜一窜,再窜还不得窜到一米九去!"他走时儿子才到他胳肢窝底下。

雨荷听见"一米九",猛然间想到了多年断了音讯的梅杰男,心中一阵悸动。

雨荷谎称去单位门诊部取些药品,她想给这对久别重逢的父子留出单独在一起的时间和空间。

上午十一点,办公大院里没什么人,食堂飘出炒菜的香味和叮叮当当叮叮当当的勺碰锅声。树荫下的广告牌上贴着好几张大小不一、字体不同的告示:学术消息,四月二十八日上午九点,瑞士让·德雷尔博士在多功能厅作《污水处理》学术报告,欢迎有关人士踊跃参加;好消息,食堂从农科院畜牧所购进一批贡品三黄鸡,欲购从速;讣告,某所副所长某某同志因患癌症医治无效,不幸于四月二十五日凌晨去世,享年五十九岁,定于四月二十九日上午十时八宝山第三告别室遗体告别;通知,五月的鲜花歌咏比赛定于五月五日上午九点半在礼堂准时举行,请各单位加紧练习……

雨荷的心像身边的广告牌一样五味杂陈,想象着屋里父子二人的"表演",心中无限地怅然与惋惜。从外貌上看,雨荷已找不出昔日宽儿的影子了,只有那宽大的骨架子没有变。"他既没有学历,也没有经济靠山,是怎么在美国站住脚的?他肯定吃了不少苦,也许他吃的苦不亚于我,可这又是何苦呢!"

雨荷忽听见一个熟悉的声音在叫她,抬眼寻找,发现任占魁站在中心实验楼门前朝她招手,雨荷快步走了过去。任老书记已离休多年,手里攥着一大把药,说刚从门诊部出来。他胖得跟十几年前判若两人,腹部凸显,像一磴台阶。雨荷笑着说您可真该减肥了。他举起手里的药说可不是嘛，三高（血压、血糖、血脂指标均高）。他关切地问候雨荷，让她自己疼自己，还说癌症不是不治之症……雨荷很想告诉任书记，她前夫来了，正在她家里跟高高父子会呢，可又怕引起他的遐想，老人家都爱遐想。

晚上宽儿请前妻和儿子出去吃饭，雨荷说做完化疗后胃口一直没恢复过来，不大想去，但在他们父子的拉扯下，还是去了。

京伦饭店灯光如昼，雨荷娘儿俩"破衣烂衫"就跟着宽儿进来了。宽儿左手无名指上戴着一枚巨大的钻戒，向小姐要来菜单，转手交给雨荷说："想吃什么，随便点。"雨荷点了一份萝卜丝糕，"肯定没有奶奶做得好吃！"她把菜单交给了儿子。

饭吃到一半，雨荷起身上厕所，走出去几步，本能地回过头来欲与儿子交换一下眼色，没想到儿子正低头狼吞虎咽，却与前夫的目光相遇，原来他从她站起来的那一刻起，一直注视着她。她冲他嫣然一笑，他赶紧把目光移向了别处。

饭桌上已经摆起三只空饭碗了，高高埋头吃第四碗，边吃边说："爸爸你怎么吃那么一点就不吃了？"宽儿拿掉烟说："富人都像我这样，只有穷人才像你那么吃呢。"雨荷赶紧看儿子。高高并未停止进食，反而夹了一大注佳肴送进了嘴里，只是目光阴郁了下来。宽儿浑然不觉，说雨荷需要加强营养，从兜里掏出鼓鼓囊囊的钱包，伸到雨荷面前，两手掰开里外层，露出厚厚的一沓子钞票让她拿。雨荷看看儿子，用眼睛征求儿子的意见，高高却故意避开，雨荷伸手拿了三百块。

高高留在饭店里与宽儿同住。

　　第二天高高回家，进门就激愤地对雨荷说："妈妈，你猜我爸爸跟我说什么来着？你猜，你猜！你猜呀！"雨荷看儿子的状态，猜出个八九不离十，但她摇头不语，等儿子自己说出来，万一她猜错了呢！高高憋不住了，说："他居然跟我说，'你知道吗，你不是你妈的第一个孩子。'我一听这话，浑身的汗毛都乍起来了！我说我知道。他没想到我已经知道了，一下子乱了阵脚，问我是怎么知道的，我说是妈妈自己告诉我的。他不知道下一步该怎么对阵了，待了半天才胡说什么你从来就没爱过他，你只不过找了一个那个人的替身！"

　　雨荷听后淡然一笑，说："都是你姑姑他们教他这么干的，心术不正，必然适得其反。"

　　光阴荏苒，转眼之间又是几年过去了，高高大学毕业了，找到了理想的工作，还交了一个挺懂事的女朋友。

　　宽儿后来又回来过几次，每次回来必请雨荷母子在外用餐，走之前总要给儿子留下一笔钱。他人若不回来，就时常打国际长途来，一聊就是一个多小时，跟儿子聊完后，总要说："我跟你妈再说两句。"

　　雨荷妈妈老糊涂了，说："他怎么不跟我聊聊？回来也不说来看看我！"

　　妈妈真的老了，她总说："我怎么变成这样了，人到老了怎么是这样的！"她腰腿疼得厉害，带她去医院拍片子，也没什么病变，只是骨质疏松。她借故不动弹了，整天糗在床或沙发上"衣来伸手，饭来张口"。雨荷为了不让"子欲孝而亲不待"的遗憾再次发生，带病咬牙服侍母亲的一切饮食起居。为了母亲，她提前病退了。父亲在她患病期间，突然离世。

2000 年的正月十五那天晚上，麦家人都来了。大伙做了好些菜，还叫了一只烤鸭。高高跟女朋友出去了，到了该吃晚饭的时辰还不回来。妈妈说饿了，雨荷卷了一卷儿鸭子，让她先垫垫，她风卷残云吃了下去。麦地媳妇包了肉馅汤圆，给她盛了几个，她一转眼又下肚了。最后一个没吃完，突然脸蜡黄，把碗筷一扔，抬腿上床了，身子往右一歪，头靠在床头上，半卧着，动不了了！大伙慌了，问她怎么了，她说不出话来，吃力地摆了一下左手。弟媳让雨荷赶紧找出"速效救心丸"，塞进妈妈的嘴里。雨荷看见妈妈大汗淋漓，汗水顺着她的额头流到脖颈。雨荷站在妈妈身后，屏气凝神盯着她的动向。弟媳把所有饭菜都悄悄地搬进了厨房。这时高高口唱"四郎探母"就回来了，弟媳冲出门去堵住了他的嘴……

一个多小时以后，老妈缓过点来了，但从此一蹶不振。

妈妈坚决不去医院，说爷爷和父亲都是送进医院没多会儿就死了。

麦地把手机号压在书桌玻璃板底下，说："有一点不好就赶紧通知我们，别像爸爸似的。"弟媳是大夫，说："要是当时早一点发现爸是消化道出血，也许能抢救过来。我刚才摸了一下妈的脉，有明显间歇，嘴唇发白，像是心衰，明天我给她拿点药来。"

第二天上午，弟媳送来了一堆药：长效消心痛、氨氯地平、倍他乐克等。她嘱咐服药的方法，嘱咐完以后又写在纸上，交给雨荷。

妈妈基本上不能动了。雨荷给她床边放一个折叠恭桶，但她只是在上面小便，大便坚持去厕所。妈妈的床离厕所仅三四米，雨荷沿途码了一排椅子，妈妈在椅子上挪，挪一次，歇一会儿，大喘气，汗流

不止。她口中念念有词："嗡，达来，都达来都来，唆哈。"雨荷知
道这是外婆总念的咒语，她小时候就听外婆老念，觉得外婆神神道道
的。她问外婆这是什么语言，外婆说不知道，只知道常念这个咒语能
消灾免难，那时候妈妈特左，说外婆迷信，如今她自己有难了，临时
抱佛脚。高高听了说是绿度母菩萨咒语，绿度母菩萨最慈悲，知道临
时抱佛脚也是有慧根有福气的。

　　高高在灵光寺得到了一张"三圣像"，一本"临终须知"和一盒
密宗上师念诵的"绿度母菩萨咒语：'嗡，达来，都达来都来，唆
哈'"的磁带。

　　一定是咒语的关系，妈妈渐渐好了起来，想吃东西了，点着样儿
要。雨荷总是马上就去给她买，跑去跑回，生怕她再犯病时身边没
人。但是严格限制她的食量及进食速度。

　　妈妈最疼的不是雨荷，而是外孙子高高。她每天盯着表看时间，
她眼睛不好，常常看错，老问几点了，雨荷告诉她十点了，她说都十
点了高高怎么还不下班？雨荷说是上午十点，你怎么连白天晚上都分
不清了？她就笑笑。

　　雨荷只有双休日时才敢出去办点自己的事。

　　雨荷忙里偷闲写了一部广播剧本，这一天她拿剧本给朋友看，这
位朋友发表过一百多万字的剧本，雨荷想听听他的意见。

　　连看，带切磋，带琢磨，带争论，带记录，雨荷竟耽搁了整整一
天，突然发现已经晚上十点多了，赶忙告辞往家奔。进门时已是夜间
十一点一刻了，弟弟一家一早就来了，看雨荷这么晚了还没回来，就
住下了。高高的女朋友也在，她说外婆白天跟她说让她今晚别走了，

住下。

　　雨荷指指妈妈的屋门问高高，睡啦？高儿说刚关上门睡了。雨荷进厕所洗手，洗脸，擦脖子上的汗。想洗澡，又怕吵了老妈，随便擦擦算了。高儿堵在厕所门口，小声向妈妈汇报这一天来的情况，说外婆中午吃了小舅妈做的半碗打卤面，晚上吃了几口烙饼夹酱肉，精神还不错。高高想起外婆吃剩下的半个西瓜还在她屋里没拿出来，妈妈跑了一天，准渴了，便轻轻推开外婆的屋门。他一眼看见外婆在床上折腾，惊呼："外婆你怎么啦？"雨荷跟了进去，打开灯问她是不是要小便，见妈妈手足无措，知道不好，急忙让高高去叫小舅妈。麦地夫妇听见动静，已经过来了。麦地媳妇转头回屋里拿听诊器和血压计。"跟奶奶临死前的症状一样！"雨荷想。她轻声问妈妈叫不叫"120"，妈妈摇头，她不敢强迫妈妈。弟媳说："高压一百二，低压八十，脉搏八十二，没有间歇。"雨荷听后稍感安慰，但见妈妈越发六神无主，手足无依，便不顾一切地抓起了话筒拨"120"急救中心。听筒竟然传出"业务繁忙请稍候"的声音。雨荷扔了话筒，又跑去看妈妈，见老母已是脸色灰白了。她转身回自己屋里找出"绿度母菩萨咒语"磁带，手抖不止地放在录音机里，打开开关，音量放到最大。她跑过来问妈妈听到了没有，这时屋里响起洪亮浑厚的"嗡，达来，都达来都来，唆哈"，声震屋瓦，妈妈一下就安静下来了，雨荷贴着母亲的耳朵说："妈妈，大限到了，你别害怕，跟着绿度母菩萨走。"妈妈微弱地"嗯"了一声，人向后仰去，高儿一个箭步跳上床里面的空处，把床上的棉被和枕头迅速摞成一个高枕，抱住外婆的上身，把她放好了。外婆用手轻轻拍了高儿大腿两下，意思是"我走了"，然后"噗，噗"两下，咽了最后一口气。雨荷看了一下表，凌晨十二点四十，跟奶奶去世的时辰相差无几。

麦地手提一氧气袋进门了，他打"120"也说业务繁忙请稍候，他就骑车到医院去了。

雨荷跟弟弟，弟媳商量，能不能八小时以后再给妈妈穿衣服，因为虽然从表面上看她的呼吸和脉搏都没有了，但是她的神识还在，一折腾她，她会非常痛苦的。麦地夫妇看雨荷的态度非常坚决，就回屋睡去了。

雨荷按照"临终须知"里面所说，快速取来"三圣像"，摆在妈妈对面的五屉柜上，在香炉里点了三根香，跟高高一起为母亲念阿弥陀佛。她趴在妈妈脸上说："妈妈你走好！"然后坐在妈妈平时坐的沙发上念了起来。

念到凌晨三点钟，这一炷的三根香起了变化，前几炷都是一般齐，这一炷中间那根明显高出其他两根一厘米，左边那根更低一点。雨荷朝儿子打手势，高高看见了，冲雨荷一挑大拇指，说："佛祖临台！"接着，母子俩更加起劲地念。此后的几炷香全部是"佛祖临台"，雨荷母子心中甚慰。

早上八点多，雨荷看看念了快够八个小时了，就起来给哥哥家打电话，然后到厨房烧了两大壶开水，准备给妈妈沐浴更衣。

雨荷用很热很热的毛巾往妈妈的所有关节处焐，一焐，关节就软了。他们小心翼翼为母亲穿衣服，雨荷说："妈妈你别怕疼啊，一会儿就好了。"里外几层衣服很容易就穿上了，胸口温热。妈妈的脸安详极了，就跟睡着了一样。

哥哥一家来了，雨荷抬手告诉哥："别哭，忍住点，千万别哭。过去跟妈妈说让她放心走好就行了。"

　　其他家人也来了，雨荷还是那一句"别哭……"这句话她那几日不知说了多少遍，对来的每一位亲朋好友如是说。二哥的儿子麦小侠问为什么不许哭，雨荷告诉侄子："你奶奶的神识还在呢，不要让她感觉自己已经死了，一哭，扰乱她的心。"麦小侠哪里信那一套，躲到厨房，关上门偷偷哭。

　　接下来就是放大母亲的照片，买镜框、黑纱、来宾登记簿、鲜花、联系殡仪馆、选骨灰盒……以及接待各方来宾等诸多事宜，雨荷事无巨细，事必躬亲。

　　几天以后，遗体告别、取骨灰、与父亲合葬，统统圆满结束。雨荷从始至终支应着，没掉一滴眼泪，但人已哀毁骨立。

　　丧事全部办完，亲朋好友散去，家人上班的上班，上学的上学。雨荷在妈妈去世的那个白天就出去弄了一整天的剧本，到现在四五天了，基本上没怎么合眼，她累坏了，倒头便睡。睡到第二天快中午，她醒了，说："哎哟，我怎么睡死过去啦，妈妈还饿着呢！"她从床上蹦起来，直奔冰箱，打开门看里边有什么东西，问："妈妈，你怎么饿了也不叫我呀，你想吃什么，我给你做去。"见无人作声，她就到妈妈房里去问，迎面看见床和沙发都是空的，她如梦方醒，对着母亲的遗像扯开嗓子惨叫："妈妈，妈呀，你想吃什么，你说话呀！"雨荷再也忍不住了，相片不说话！这个世界上最疼爱她的人去了！永远去了！她一个人在家里差点哭死过去。

十

　　奶奶死后六年爷爷死，爷爷死后六年父亲死，父亲死后六年母亲死。雨荷跟高儿说，外婆死后六年该我了……高高没容雨荷把话说完，就急了，说："不许你死！你敢死！反了你了，你死一个给我试试！不许你死……"他一边嚷嚷，一边哇哇大哭。雨荷赶紧搂着儿子的头说："好，好，我不死。"从那以后，高高隔三差五，无缘无故就冒出一句："不许你死，永远都不许你死！"

　　雨荷嘴里虽然答应着，可是人哪能永远活着？

　　不死的麦雨荷痛定思痛，总结着自己的前半生。她觉得除了对不起自己失散了三十多年的女儿以外，还对不起一个人，那就是梅杰男。对女儿的过失，也许她今生无法弥补了，对梅杰男总可以试着找一找，对他有个交代。

　　这一天，雨荷终于心潮澎湃地拿起电话摁动兰州区号，拨 114 查她记忆中梅杰男单位的电话号码。查到后，她打到人事处去。对方说有过这么一个人，但早在十几年前就调到北京去了。雨荷问知道不知道他调到什么单位了，对方嗯了半天说实在想不起来了。雨荷只当是没可能的了，没想到对方又说帮她问问，好像梅杰男的小舅子还在这个单位，让她半个小时以后再打过来。

　　雨荷激动不已："啊，他在北京！他居然也在北京！"她在屋里搓着手走溜儿，时不时地抬头看看墙上的电子钟，那秒针走得那么的慢，是不是没电了！若真找到了梅杰男该跟他说些什么呢！他还能再搭理她吗？三十多年了，她抻了人家三十多年了，她怎么能这么做呢！换位的话，她可能不会再理这个人了。"梅杰男的小舅子"！他当然不可能孤身一人，这一点无庸置疑，然而她心中居然一阵抑制不住的失落。她失落什么？难道她还希图人家毫无意义地等她一辈子？

　　刚一到半个小时，雨荷又拨电话，对方把梅杰男小舅子的电话号码给了她。

　　梅杰男的小舅子操着一口西北话问雨荷是谁，找他姐夫干甚。雨荷忙解释说她与其姐夫三十多年前就认识，后来大家工作调来调去，彼此失去了联系，现在都老了，该退休了，很想叙叙旧。那边的口气软和了一些，把他姐姐家的电话及他姐夫的手机号都告诉了雨荷，雨荷连连道谢。

　　梅杰男的手机号码真的到了雨荷的手里，她倒犹豫了。她脑子里放开了电影：他的第一封信，那封信把她从死亡线上拉回来；以后的每一封信所给予自己的力量与精神享受；到部队两个人的见面，他格里高利·派克般的身材及高举小姑娘时的身姿与脸上极其温柔与慈爱的表情；梅杰男向她表达爱情的信，她接到这封信时的受宠若惊和矛盾心理，自已以种种"借口"不给人家回信的可恶行径；他最后那一封只有十个字的信，"菊花何太苦，遭此两重阳"那酸楚的感受……

梅杰男的手机号码在雨荷手中来回揉搓着，纸皱了，字迹模糊了，她赶紧将其抄写在了"现代汉语词典"的扉页，她不放心，又在"汉语成语字典"的封面上誊了一遍。"这个号码对吗？'小舅子'没蒙我吧！蒙了也好，电话要是真通了，他若对我冷淡或是干脆不理我怎么办！"她把字条夹在字典里，合上了。

雨荷转念又一想，也许"小舅子"已经通知了他姐和他姐夫，这会儿说不定梅杰男正在等着她的电话呢，刚才又没把自己的号码告诉"小舅子"。"还是打吧，不能再一次涮人家，再说也许能从梅杰男处打听到小星辰的些许情况呢！"

雨荷拿起电话，但手抖，又放下了，她沉了沉，深深吸了一口气——拨吧。

通了，一声，两声，三声，声声像擂她的心。"响三声都不接，看来他根本不想接我的电话，再响两声他要是还不接的话，我就挂断！"她心乱如麻。

"喂。"那声音非常悠远，好像来自天堂，雨荷简直不敢相信这是事实。

三十年前他俩在部队相见只短短的三天，三天当中他统共没说上十句话，她已经记不得他的嗓音了，那一刻她竟然怀疑对方到底是不是梅杰男，不由自主地追问了一句："是梅杰男吗？"对方回答说是，语气很平静，并未表现出丝毫的冷淡与不悦。

雨荷大喜过望之余，越发口不择言，语无伦次地说了自己的各方面情况，然后竟没头没脑地让他替她找孩子。对方没拒绝，答应试试，雨荷陡然升起巨大的喜悦与希望。

她倒没敢提出与之见面。

一个星期之后，雨荷又打电话问梅杰男找到孩子没有。这个星期雨荷过得神魂颠倒，坐卧不宁——但愿能有女儿的消息，但愿能见到她日思夜想的女儿！但梅杰男说阿姨已经去世，肖姒说几十年都过去了，不找也罢，肖琪当时还小，看来找起来有一定难度。他劝她过去的事情不要再想，让她保重身体。

这个星期以来，雨荷一直在做梦，有白日梦，也有黑夜梦。她内心深处明明白白知道那只是梦！白日梦她做了多少年了，早已认命。

"失望"，对于雨荷来说，是她情感世界中的主要内容。

黑夜，雨荷梦见自己去兰州找肖姒姐妹，怎么都找不着，有人告诉她，肖琪在一个地方教书。她找去了，见肖琪站在讲台上给学生们讲课。肖琪已是四十多岁的妇女，穿着一件长袖的蓝色连衣裙，端庄而秀丽。雨荷在窗外等肖琪下课，忽然学生们都不见了，只剩下肖琪一个人。她走过去，站在肖琪面前，肖琪没认出她来，等认出她以后，一阵惊喜，那张脸跟当年给她开门一下子认出她是麦雨荷时的表情一模一样，但旋即转为怒容。肖琪挟起讲义，拂袖而去，她在后面追，边跑边解释，肖琪不理，她用尽全力，终于赶到了肖琪的前面，扑通一下给肖琪跪下了，她看见肖琪满脸是泪……

又一次，还是她到兰州去，肖姒看见她叹了一口气说："唉，你怎么还是来了？"说完交给她一张黑白照片：树荫下，一个二三十岁的姑娘，细高，齐耳的短发随风飘展，像当年的她，但有着一张翻版的黎群智的脸，灿烂地笑着，她扑过去，人却不见了。

她惊醒了，梦醒难分，眼泪湿透了枕巾。

十几天以后，雨荷突然接到梅杰男的电话，说他出差在山西待了两个多月，刚刚回到北京。雨荷暗暗笑了一下：这个人还是那么不动声色，当时电话里也不说他人在山西。

梅杰男约雨荷在天坛公园祈年殿见面。

雨荷赴约前在镜子面前久久地端详自己：红颜早已逝去，两鬓亦成霜，她苦苦地笑了笑，梳了一下头发，心潮起伏地出门，去赴那想往已久又不敢奢望，然而终于到来的约会。

不是休息日的公园里游人不多，只是些一团一伙的退休老人，有聊天的，打拳的，练剑的，唱戏的。雨荷家离公园很近，但她几乎不到这儿来加入此行列，她喜欢独处。

秋风吹乱了雨荷花白的头发，她不时地用手指梳理着，心里不停地安抚自己，自嘲：已经五十多岁的人了，早就应该找着北了。

看见祈年殿了！哪个是他？雨荷的两条腿突然间有点不听使唤了，如同快要没弦的发条一样，失衡而无力。她努力镇定着自己，但还是止不住浑身微微颤抖。沧海桑田，斗转星移，他们互相之间还能再认得出来吗？

梅杰男又先于雨荷到了，他胖了许多，肚子都出来了，只是个儿高不太显，头发白多黑少，戴着一副黑边眼镜，身穿灰色圆领套头绒衫，一条牛仔裤，一双深驼色高档休闲皮鞋，典型的高级知识分子模样，风度翩翩。

雨荷断定那个站在上面，手扶汉白玉栏杆的人一定是他，毕竟没有那么多的人能个子高到一米九。她的两条腿突然软得像面条，要不是双手抓住身边的栏杆，她险些坐地下，她紧攥着栏杆，稳了稳神儿，缓缓地拾级而上。

"是麦雨荷吗？"梅杰男挪动身子，朝雨荷走去。雨荷说："是。"

阔别了三十一年的挚友见面了。

雨荷和那个她编织了久远久远的梦境相逢了。她编制过多种多样的重逢，唯独不是眼前的这一幕。

是什么样的？

有时他像星空，漆黑一片又闪闪发光，任你去想象他的漫无边际与奥妙无穷；有时他像大海，时而汹涌，时而无声，使你依那变幻不定的涛声去思考他的浩淼与深远；有时他像山峰，重峦叠嶂，凭你体会他的坚韧与挺拔；有时他像草原，由你享用他的多姿与博大。

梅杰男用冷峻、深邃而又忧郁的目光固执地盯着雨荷：她迎风而至，岁月依稀，她脸上写着苦难与饱经沧桑，却丰韵犹然。女人的美丽是从骨子里往外的，是神情的美，这种美是年轻与服饰的包装无法比拟的，历经磨难可以使善良正直的人更加丰富与可贵。他心里这么想，嘴里却只简单地说了一句"你好"，平淡得令迟暮的雨荷心慌。他不知道，正是他给她的那些摞起来有二尺多高的信件滋养了她的头脑、血液和骨髓，根基打得是那么的坚固而牢靠。

雨荷跟梅杰男说的第一句话是："我对不起你！"梅杰男回答了两个字："没有。"

沉默，像当年他俩在部队时一样沉默。雨荷低下了头，不敢看那双坦诚的眼睛。

"太长了，三十一年了。"他说。

雨荷抬起头，不顾一切地说：

"我对不起你，真的，我当初不该不给你回信。我，我不知道该怎么跟你说，其实是'朋友妻不可欺'的观念在，在约束，这个观念，我，我当时不可能过这一关。"雨荷之所以这么突兀，甚至有点冒失，实在是在某种程度上，对于他们能够再次重逢的一种不可思议，甚或不认同这是事实，同时也可以说更怕失去这个难得的机会。

"自从他出卖了我，让我坐了半年牢，我就不再把他当朋友了。"梅杰男说。梅杰男所说的"他"是指黎群智。

当年黎群智从和合村到兰州，求梅杰男给他搞一身军装和证件作为掩护，梅杰男看在朋友的份上帮了他，除此之外没跟他干过任何坏事。那时梅杰男在牧区插队。黎群智入狱后恩将仇报，供出了梅杰男。在狱中，梅杰男从始至终"徐庶进曹营"。他的父亲早年是中央一级的干部，因政治斗争的原因，级别一降再降，最后被贬到大西北去了。后来还是他父亲在自身难保的情况下，托关系把他从监牢里直接送到了部队。这一段历史雨荷不知道，她听梅杰男讲述后，无限惋惜，哀叹道："你怎么不早跟我说啊！"

黎群智在雨荷的心目中又塌下去了一截。

"还有，还有你妈妈，她……她在肖姒家看见过我，她看我，看我时的眼神……"过了一会儿雨荷又说。

"我妈妈已经去世十多年了。"

雨荷想说，可那是三十多年前的事，但没说，难道他不会计算时间吗？

"三天，你要是在我部队再多待三天，我们俩准成了。"梅杰男说。

雨荷听罢心里一阵翻江倒海，说：

"不，不是，你想想，咱们这样的两个人，已经通了那么多的信，"她伸开两手比划了一下，"只要见过一面就够了，还是因为那两个原因，我一直不知道是黎群智先不够朋友的，为什么你不早告诉我……"她痛惜得五脏翻卷。

梅杰男不再说话，他俩默默地行进在殿前宽大洁净的砖道上。

雨荷觉得他们还是用文字交流比较好。

他们的第二次见面是在梅杰男的父母家里。两位老人先于他调回北京，现均已辞世，房屋空置三年多了。他把雨荷带到屋里时，她一下想起了部队那间大半间炕的小屋和那几个挤坐在一张条凳上的小战士，还有那一盆冒着热气的饺子。

梅杰男坐在书桌前的转椅上，对自己这些年来的工作变动一一道来，这让坐在他对面的雨荷，无形当中松弛了许多。

梅杰男因一些有价值的著作被请入京城，现在在国学界已成为著作等身的大家了，作品内容涵盖面甚广。

雨荷拼了足够的勇气，把她前一晚写给梅杰男的信递到他的手里：

"如果我跟你说'迟复为歉'的话，那么整整三十一年，未免太过于迟了。以不回答来折磨自己的良师益友，不可以用任何借口作为托词，我在这里向你真心忏悔！我没想到你还会理睬我，而且还会见我，从而更进一步证明你人格的高洁。你在我心目中从始至终至高无上，否则我也不会在给你的信中告诫自己'何必将不可求之事求之'！在收到你向我表达爱情的那封信时，我简直受宠若惊！我没想到，'朋友妻不可欺'已随黎群智的出卖朋友而不复存在。但你母亲的那双眼睛至今令我不寒而栗，老人早已作古，无可指摘。只怪自己没有福分！现借用一首歌词来表达我的心情：'每一次无眠，你都浮现，你驾着小船云里雾间；每一次危难，你都相援；你无私的体贴，暖我心田。多少年，情不断，多么想，抱你怀间。过眼的红颜风吹云散，唯有你的双眼映我心间。恋爱人最怕有情无缘，长相思却不能长相依恋。放眼望，天水蓝。你就在那天水之间，这绵绵的情缘今又重现。'我绝无重续旧情之意，绝无！更无破坏你家庭之心，更无！只是想弥补弥补我当年对你犯下的十恶不赦之罪错。我现在明确地告诉你，我不但爱你，而且崇敬你，念念不忘你。我想，一个男人在得知他曾经爱过的女人其实也爱他，该不会给他带来烦恼与麻烦吧，而应该是一种安慰。只要对你有一丝丝的慰藉就值，仅此而已，仅此而已！你什么都不要说，像在我的梦里一样，因为我害怕，怕什么，你知道。不要为我担心，偶尔我会为自己的苦难感到庆幸与骄傲，它教会了我许多东西。你还要这样想：'假使麦雨荷跟她丈夫生活得幸福美满，还会再来找我吗？她有很丑陋的那一面。'一个人活在世上不能太贪，我受众多亲朋好友的真心喜爱，接受过良好的教育，具备一个不错的脑力（并非智力），经历过刻骨铭心的爱情，尤其得到过像你这样出类拔萃的人的爱慕，还求什么呢？有一得必有一失，就像一个杯子，有口也有底，否则是圆筒，或者是一个球，倒不进去水的。扯远了。我不知道应该感谢什么，让我再一次见到了你，我不可以再次错过机会，便鼓足了勇气，给你写了这封信。"

梅杰男看了两遍。

雨荷向他伸手要过来，说："让我自己再看一遍。"他交给了她，她看完后，把这三页稿纸撕得粉碎，手里抓着一把碎纸屑，找地方扔掉。梅杰男伸出右手，掌心朝上，雨荷将纸屑搁进他的手心里，他接过来，扔进了身后的字纸篓儿里。

挺尴尬的，雨荷的心里没有底，如坐针毡：给人写了一封信，当面交给了人家，那上面说我爱你，早干吗去了？噢，现在自己成了"单干户"了，三十一年以后想起告诉人家爱人家来了，这不是搅和人家么？雨荷想至此，心虚气短，一直垂目默然。梅杰男也不说话，屋里静得能听得见两个人的心跳。雨荷害怕了，他看完了信会怎样想？怎么打破这难熬的僵局？她一秒钟都撑不住了，便轻声再次请求他帮自己找孩子。梅杰男说：

"别再找了，忘了这件事吧，好好地生活。你这样做其实对孩子的养父母挺不公平的，他们已经是七十多岁的老人了，替你养了三十多年孩子，现在他们风烛残年，女儿的生母找上门来，这样做太不道德了。"

雨荷点点头，大颗大颗的眼泪吧嗒吧嗒落下来，她长长出了一口气，说：

"我不是要找上门去，我知道自己没资格，我只是想知道她生活得怎样，有没有需要我的地方。"

"别去打扰她，她长到 31 岁了，突然冒出一个生母来，你让她怎么接受这个残酷的现实？万一她向你提出见生父怎么办？不要扰乱她的生活，多为孩子想想。"

雨荷哑口无言。现实在残忍地掐断她作为一个母亲最低限度的愿望。

后来他低声问她：

"你后来再也没碰到过什么人吗?"

"有,当然有,都是些有家庭的。我有一个原则,凡是有家室的人我一律不考虑,甭管是什么人,只要他有老婆就不行。"

他仍倔犟地看着她,似乎在问为什么。

"因为他今天这么对待他的妻子,明天就能这么对待我,说明他不是好人,更何况我自己深受其害!"雨荷用手臂在胸前自上而下砍了一下,以为这样就可以把这道门关上了,"即便是已经死亡了的婚姻也不行,这桩婚姻绝不能因为我而'死亡',不管我多爱他。但是问题是,我至今再也没有遇到过一个真爱。"

梅杰男霍地从椅子上站了起来,说:"你看。"随手打开了身后书柜的下半截,指着满柜子的牛皮纸卷宗袋说:"三十一乘五十二,我每个星期给你写一封信,都在这里了,一共一千六百多封。"

雨荷的心脏一下被拽到了喉部,周身的血液倒流,脸惨白,那一摞摞纸袋子在她眼前晃荡,越来越沉,颜色一点点变深,像一块块大石头,最后变成了一座座山!"不!不不!你不能这样!不要这样!我不值得你这样!我宁愿这一切都不是真的!不是真的!!"她瞪大了眼睛,连连摇头,面对这亘古罕见的人间至情,她惊疯了,她冲梅杰男绝望地惨叫。她突然扑向书柜,伸出双臂拼命搂住那些纸袋子,这里面装满了她一生的幸福,好像只要她拼命抱住了它们,便会重新获得那失之交臂的爱情一样。"金玉良缘是我自己错过的,这个优秀的男人对自己的情义寸心可感,人间的真情也莫过于此了。时间啊,你能不能行行好,倒流,倒回去!倒回去吧!!"雨荷瘫倒在地上无声地流泪,悔得牙齿打战,每一根筋骨似乎都在断裂,毕剥爆响。

梅杰男的心让雨荷的叫声撕破了,让她的眼泪一点一点给泡碎了，他绕到她的身后，两手欲搂起她，但在空中摇晃了两下，想起了她刚才关于"有家室的"云云，长出了一口气，把手放下了……

梅杰男送雨荷出来时，恰逢下班高峰，人车如织。过马路的时候，她差点让一辆小汽车给撞着，他赶紧挽起她的手臂，搀扶着她过马路。在梅杰男的手碰到她的那一瞬，她整个人要毁灭，赶紧把脸向外别了过去，使劲梗着脖子不看他，心如刀剜一样疼。

天阴了一个多星期，连着下了四天大雪，看样子没有半点停的迹象。

又是一个冬至。"冬节夜最长，难得到天光"。今年的冬至连白天都显得比平时黑，气温也比往年低三至五度。过了这一天，将会迎来一个阳光格外明媚的春天。

雨荷跟梅杰男在他父母家附近的"阳坊涮羊肉"馆子里吃火锅。自从她吃过肖姒给她做的羊肉以后，她就开始吃羊肉了，认为羊肉鲜美无比，甚至于对羊膻气情有独钟。

窗外的大雪执著地纷飞，天兵天将一般，一团一团地铺天盖地杀向人间，荡涤着世间的黑暗与污浊。大地被杀得白茫茫一片，地上，房顶上，车子上，人身上，都是白的，洁白洁白的。人们不大习惯这样纯粹的洁净，人流和车流顶着小冰刀一样的雪花，缓慢而艰难地行进着。

雨荷的脸被腾腾的热气烘烤得红红的，梅杰男点燃了一支烟送到她的面前，说："抽吧。"雨荷笑了，摇摇头说不会。梅杰男说她当年带着白酒到部队去看他，还问他喝不喝，他那时只是一个小战士，哪里敢喝酒，她就对着酒瓶自饮。雨荷不好意思地笑笑说不记得了。

梅杰男对麦雨荷说："喝点吧。"他抬手叫服务员，说："服务员，来瓶'小二'（小瓶二锅头酒）。"

"小二"端上来以后，他给她和自己各斟一半，雨荷没推辞，端起杯子，也没让，一仰脖儿，进去一大口。

"小二"撬开了两个人的嘴。

雨荷说：

"你明明坐在我的对面，我的眼睛也确确实实看见了你，可是不知道怎么回事，就是感觉不到你的真实。"

"什么意思？"梅杰男不解其意，问。

"不知道，我一直觉得你这个人不真实。"

"不真实？这么说你认为我一直在欺骗你？"

"不不不不，不是这个意思，你别打断我，让我好好想想怎么才能说清楚。"

二人举杯相碰，雨荷听到两杯相撞时发出"当啷"的脆响，笑了，各饮一口后，她接着说：

"就是不真实，不是一个实实在在存在的人，不不不，也不是这个意思，是，是，你知道吗，你救过我的命，没有你就没有今天的我！你在我心目中就是神圣，是偶像，不是普通的，单纯的一个人，而是，而……"她实在不知道怎么说了，又要了一瓶"小二"。

梅杰男接过服务员手中的小酒瓶，又给他俩各倒了一半，举起杯，和雨荷碰了一下，饮了一大口。

梅杰男真真切切坐在雨荷的对面，但她不是用眼睛看见的他；她切切实实听见他说的话了，却不是用耳朵；他实实在在地用手搀扶她过马路，她对他的感觉却不是在手臂。他现在明明近在眼前，她却觉得他仍在天水之间；他曾经远在千里之外和她通了那么多的信，她看信或给他写信时却认为他近在咫尺。她是用她的心去说、去看、去听、去写、去感觉他的，这些她又怎样才能表达得更准确一些呢？连她自己都没搞明白。

"你第一封信救了我的命，以后的信又救了我的人，后来的这么多年，我一直是靠着你的精神去克服接连不断的灾难的！"雨荷很激动，表达力大增，"我敬你！"她把酒干了。

"别这么说，你知道吗，在山沟里整天修工程，枯燥极了。我并不是怕苦，可一帮河南兵，一帮山东兵，孤立我这个唯一的后门兵，连长是个典型的军阀，根本就不是我想往的那种军队生活。那种日子真难熬，那时候我一天到晚盼着你的来信，你的信是我唯一的精神支柱，你不知道你给我的是什么！"

梅杰男的感受雨荷完全没有想到，他的情绪强烈地感染了她，她坐直了听他往下说：

"你到部队上来看我，我多么希望你能留下来，再有第二个三天，第三个三天！"

"那你当时为什么不留我？"

梅杰男回答不上来，只好自顾喃喃地说：

"你要再留三天，咱们俩准成了。"

此话让雨荷想入非非。

"那三天里，全体官兵不停地跟我说，'梅杰男的媳妇来了'。"

雨荷的脑袋轰的一声，她的身子一软，靠在了身边小包厢的毛花玻璃上，哭了。周围嘈杂的人声虽然淹没了她低沉而痛苦的啜泣，但仍使对面桌上的吃客们偏过头来观望。梅杰男赶紧站起来坐在了她的身旁，用身体挡住了别人的视线，两手抱着她的肩膀，说：

"别，别！"

这渴望了一生，想往了无数遍的触摸，使雨荷的心头剧烈颤动，她说：

"都赖你，谁让你说那句话的！"

"哪句，我说什么了？"

"你说'梅杰男的媳妇'，我是你的媳妇吗？我有那个福气吗！"说完她发自心底地恸哭。梅杰男把雨荷的上身扳过来，抱在怀里，用手摁下她的头，用胸口堵住了她的嘴。

他俩干了四瓶"小二"，烂醉如泥地回到梅杰男的父母家，进门后，二人同时扔在宽大松软的床上。雨荷的头嗡嗡作响，目光散乱。"这个姿势可不行！"她挣扎着想坐起来，尚未坐稳，被梅杰男紧紧搂在怀里，压在了床上。他的自制力被酒精一点一点卸了下来。雨荷闻到他身上有一股令她迷乱的羊膻味，这味道是从他的汗毛孔里散发出来的。雨荷对于羊骚气的迷恋是自她在城汽车站附近的小饭馆里，吃了那顿羊肉泡馍以后染上的。她贪婪地使劲用鼻子嗅，口齿不清地说："羊味，你身上怎么有羊膻味！"说完，她把鼻子贴着他的脖颈，越发疯狂地深吸，想把他的整个人吸入体内。蓄积了三十多年的情感，决堤一般喷泄出来。梅杰男说：

"别走了，留下来陪我！"

雨荷打了一个激灵，酒醒了许多，说：

"不行，你的妻子怎么办？这不是欺负人嘛！"

"傻丫头！"酒让梅杰男失控，他回到了三十一年前对雨荷狂热的爱、强烈的想往与无尽的思念之中。如今这个受尽磨难，仍然顽强活着的女人，更加迷人，越发让他心生怜爱。这女人现在就在他的怀里，他的床上，唾手可得。他怎能再次错过！他的手伸进了雨荷的衣服里。雨荷发出轻轻的呻唤，她分不清这是梦境还是现实，但无论就做梦或在现实生活中而言，她都从未敢奢望过能与他有肌肤相亲，用肉体的交流代替笔墨的交谈。她心里明白，这样的快活至极之后，跟着来的一定是痛苦至极。她气息惨然地说："不行，完了事我怎么办，我会想死你的，而你能弃她娶我吗？"雨荷的话让梅杰男住了手，无奈地坐了起来。雨荷随之而起，重又跌进他的怀里。梅杰男捧着她的脸，亲吻。他咬她的舌头，咬她的脖子和她的手臂，几乎要咬破。她全身颤栗，身上像着了火一样，火苗突突地向上蹿，她火炭一样烫热的双唇紧贴着他的耳根，颤声低徊地说："梅杰男我爱你！"她尽情地享受着这狂热的爱抚，整个人如同复活与再生一般，幸福到了极致，进入了一个美妙无比的天堂，大有死而无憾之感。

不行，得赶快离开！她快要控制不住自己了。她坚决地说："我要回家！"

回到家中，雨荷仍头重脚轻，腾云驾雾，她连夜给梅杰男写了一封信，字体狂放潦乱：

"男啊！我的心理防线被你那一句'梅杰男的媳妇来了'击得全线崩溃！我几十年的夙愿，经你金口真真实实地吐露，如炸雷一般，幸而身旁有一爿毛花玻璃及时接住了我的身体。我第一次见到你是在怀仁火车站，你的身影徘徊在人迹不多的站台上，低着头，只抬了一下眼皮，我感觉到我整个人已在你处尽收眼底。你的上身微微一摆，下身稳稳移动，正如三十一年以后你在祈年殿前候我时一般无二，上身又微微一摆，两脚向我移来，我感觉只要你的双臂一举，便如苍鹰一般，向我展翅翱翔！当时你直勾勾的眼神更加证实了我疯狂的想象。酒是好东西，又是遮性之物，刚才偎在你的胸膛上，我是多么渴望这是永恒不变的现实啊！可惜呀，酒醒时分的冷峻，犹如利剑一般无情！我的今天来之不易，九死一生，不能用这把冷酷的刀剑来将我们失而复得的关系彻底斩断。你让我夜晚陪你，我何尝不想！我是一个饥渴万分之人（无论从精神上到心理上甚至于肉体上），突遇一大锅香喷喷连汤带肉之盛馔，但这美味佳肴是人家的，我怎能盗用他人之物！我多么渴望永远陪伴于你旁，但这一掬美食乃他人夫，我不可以窃用！所幸，我只趴在锅沿上闻了一闻那迷人的羊膻之气。男啊，我的杰出男人！你咬我，你咬了我的舌、我的颈、我的手，够了，谢谢！我此生知足！哪一个女人能够得到三十一乘五十二，一千六百多封信，这么一大笔巨额财富？我，我得到了！天都荒了，地也老了，天荒地老情还在！我本以为此生再无缘相见，谁知你情深似海，只恨我福薄未为你妻！但我被你抱，被你亲，被你咬，天哪，我有福！不能再求别的了。我对你现世的妻子无愧，我没有偷食她的丈夫，我只趴在锅沿上闻了闻，足矣！够了！上苍怜爱我，愿你也怜爱我，我知道，我配你爱，我值得你爱！但我有自知之明，下世吧！我得你太多之甘露，但我此生无力可还！来生，来生我加万倍还你！你不要对你妻有负罪之感，千万别！只当跟你曾经爱慕过的女人行一外国之礼节。千万不要跟我说你是因为喝多了，更万万不能说你后悔之类言词，要知真情所至乃丈夫，无情无义非英雄！我知道我又大伤了你，然而这次伤你是真正的不得已，正因为我爱你，所以我才不能毁了你的生活。我如果留在了你松软温情的床上，就只是爱我自己，并非爱你！愿你懂我良苦的用心！"落款是："你咬得很疼但极幸福的雨荷"。

第二天早上，雨荷彻底酒醒了。她的头胀痛，嗓子直冒烟，却懒得起来给自己倒口水喝。儿子上班去了，屋里静得让她满意极了。她赖在床上，每节神经，每个细胞里都填满了梅杰男：他的拥抱，他的亲吻，他的体味，他的情怀……她贪婪地回味着每一个细节，如饥似渴。继而她又陷入了难以名状的哀伤之中，为她自己，也为又一次伤害了的他——这个她用了一生的心血与理想编织的偶像，虽然她不得不这么做。一个男人向一个女人求爱，三十一年以后再次遭到拒绝，是一件难堪的事！何况他在一定程度上冒险！他是在爱她，更是在怜惜她。她开始后悔没有留在他的床上，她这片干涸已久的田地，突逢雨露，为什么自己要用塑料布遮盖上，继续独自忍受饥渴的煎熬呢？这种做法是对？是错？是愚痴还是智慧？智慧！自己这一生曾经有过智慧吗？如果说她年轻的时候不知道自己要的是什么的话，那么现在她知道了，却又将这难能可贵的真情拒之身外，这是为什么呀！她现在仍能感觉到他那奔涌在胸膛里炽热的岩浆，这个男人，只有这个男人才是真正适合她的！在她接到他第一封信时起，她就本能地感觉到了这一点。那句"我不像某些人能抒发自己的感情，用感情得到别人的同情。我不会说也不会写，但我凭着自信及所受挫折与打击而活着。这些挫折与打击不会磨灭自己的意志与坚强，而更加顽强地活着。"还有另一句"我的性格与我的热情有点不相称，我的热情能把那念青唐古拉山的积雪融化。我也有爱，有真挚的感情，我热爱生活，热爱美好的一切！大海的水也深不过我的情和义！"还有好多好多句，还有他三十一年来给她写的那一千六百多封信！这些就是她对他如此经久不衰地迷恋的原因和理由。他是那种能将一切都高高支撑起来的男人！

雨荷辗转反侧，坐卧不安，她的魂被他牵走了。

她想给他打电话，他该先给她打电话的，他毕竟是个男人，该给她一个说法。她在一分一秒地等待着他的音讯，然而没有。

窗外的天空，像舞台上一幕话剧结束时的灯光，渐渐地暗了下来。雨荷走过去拉上窗帘，窗帘像大幕一样，摇摇晃晃地合拢在了一起，静静地定了下来。它遮住了幕内和幕外的一切噪音，却没遮住雨荷心中的躁动。

女人就是女人，雨荷也不例外，她沉不住气，拿起电话先给他打了，她说："听着我说，你别说话！"对方"嗯"的一声答应了。她说："千万别告诉我说你昨天是因为喝了酒而忘情！我又伤了你，可是我们没有别的选择。如果我留下了，我们的关系就变了，质的变化！我们第一个对不起的是你的妻子，她那么无辜，这太缺德了！我自己体验过那是一种什么滋味。第二个对不起的是你自己，如果你跟我真有了那事，你就会更加牵挂我，也会对你的妻子有愧疚，从此你的心将不得安宁。你能做得到当什么事情都没发生过吗？假如你真能做到的话，那么你就不是我心目中的那个梅杰男。第三个对不起的人就是我自己，我会往死了想你，我没那么大本事，做不到事后当作根本没发生过，难道说你能做得到吗？我绝对不会要求你什么，更不会去纠缠你，我连喝多了都能控制住自己，但我会往绝路上折磨我自己。"雨荷伶牙俐齿地说完了她背了一整天的"台词"，心中的真情根本没有表达出来，她到底要跟他说什么呢？电话那边始终静默。她只得又开口了，说了现编的，却完全的真情流露，她说："我福薄，没能成为你的妻子，来世吧，来世我当你最好的媳妇，男人心目当中最理想，最美好的媳妇是什么样的，你心里一定有一个标准，我会比那个最好的要好上十倍，百倍！你等着我！"她哽咽了。

梅杰男说：

"有来世吗？"语气哀伤。

雨荷流着泪水说：

"有。当然有啦！否则人的神识是从哪儿来的，又去向哪里？人们一天到晚生活在各种假设里，可就是不假设一下有来世，这并不比假设有明天或者明年更荒谬啊！我们说定了，来世互相等着，生生世世永远在一起！永生永世！"她抑制了片刻，"我管你要一样东西行吗？"

"行。"

"给我一件你贴身穿过的背心，多穿几天，别洗，放在塑料袋里，系紧了，别让它跑味儿！"

"好。"

第二天电话铃一响，她就冲过去接，不是他。第三天她紧盯着电话机，时刻盼望着它的震动，但一整天都没有动静。她觉得自己受到了不公平的伤害，但她把心态拼命拉扯住，使劲让它停留在良性的轨道上，不然她受不了。

她觉得他一定后悔了。她自己更后悔，应该满足他的愿望，也圆自己一个梦。干吗那么认真，假清高？假正经？怎么能又一次将梦寐以求的爱和千载难逢的天赐良机拱手而推呢？她把话说得太绝了，其实根本就是渴望跟他保持爱情关系，更渴望他在清醒的情况下，能够真正地为她遮风挡雨，排忧解难。她又抑制不住地反复回味他的亲吻，他的咬，这种渴望使她身不由己地再次抓起了电话。梅杰男在听筒那边却说以前约了很久的一次采访约上了，这个采访很有价值，他得走几天。她问他几天，他说三天，三天以后的休息日见她，她听后禁不住乐出了声。挂上电话后，她的脑海里就导演开电影了。

电话响了，不是他，是同学通知她老同学聚会，说有三位老师参加呢。雨荷一想，那天正是梅杰男采访回来的日子，她就给推了。同学说没她可不行，说某某从天津赶来，专门就为看看她的，就把日期推迟了一个星期。一年聚一次的活动，因雨荷的原因改期了，牵扯二十多人的安排呢，她从没干过这等舍人为己之事。

老同学没聚成，雨荷跟梅杰男也没聚成。已经四天了，已经五天了……

"那是托词。"雨荷想。梅杰男毕竟只是她生命意义上抽象的人，而具象的他在他的家里，他的妻子小他十一岁，年轻漂亮，他们的女儿十六岁，正在读高中，活泼可爱，他有理由维护他的家庭。他们血乳交融，牢不可破，雨荷根本就不是人家的对手，打一开始就没交锋，实在太英明了！

麦雨荷平静了近二十年的心，突然间再次波涛汹涌！

但麦雨荷的心被辛酸泡习惯了，非常筋道。

雨荷再次见到梅杰男是三十八天以后。

那天他来电话，在电话铃声对雨荷来说不再有任何希冀时。他说他一直在开研讨会，能溜出来一会给她送点东西。雨荷推辞了，说等他有时间时再说吧。但梅杰男还是来了，他站在门口交给雨荷一个纸袋，说没时间进去，里面有他新近出版的两本书和一个系得紧紧的透明塑料袋，雨荷看清了，是背心。她苦涩地笑了，说了声谢谢，抱着口袋进屋去了。

进了屋门，雨荷解开塑料袋，把脸埋进背心里，深深地吸。

雨荷把背心藏在枕边，每天晚上闻一次，闻完赶快系上，怕味儿越来越淡。后来改成三天闻一次，再后来就变成一个礼拜了。她是舍不得，怕这味道终有散尽的那一天，那时她将怎么办？再跟他要一件？再以后呢！

他们没再见面，只通电话。通常是互相问过好之后，双方握着话筒良久无言，彼此感受对方的呼吸与偶尔的干咳，最后互道珍重，挂掉。

雨荷觉得梅杰男对自己这个态度，在现今的社会，已经算是不错了。

这一夜，雨荷梦见收到梅杰男寄来一封信，她欣喜若狂，如获至宝。可是她打开一看，却字体狰狞，满纸阴森恐怖，上面这样写着："你是什么思想体系，哪个混乱年代，何种教育机构所制造出来的不伦不类的产物？这么无情无义，如此非男非女，何等不人不兽！你面对我的一万多个日思夜念，居然又一次背而对之！这是高尚？是互为'尊重'？是一个生命的正常与人性的合理吗？不！这是对无辜相爱，至真相爱着的双方最残酷的最非人的折磨！人丧失了人性，依然是'人'，若丧失了兽性，那么将是什么？一个世纪以来，多少人丧失了人性乃至兽性，而这些不幸的制造者最是道貌岸然又最是丑恶！你，为什么'主义'而殉葬？你，为什么不用更人道的方式善待你我双方？"

雨荷惊醒了，她闭着眼睛向黑暗哭诉："杰男啊，这个世界上有无数个女人对男人爱恋、思念，但是没有任何一个人比得上我对你的爱慕与渴望！要知道我是在喝醉了酒，自持力极差的情况下拒绝你的，难道守活寡半生的我不想吗！我想啊，太想了，分分秒秒地渴望和你在一起！你知道这是什么滋味吗？你肯定不知道！再说了，'光脚的不怕穿鞋的'，我怕什么？但是我觉得你应该害怕，当然我也怕，我怕把自己的快乐建立在别人的痛苦之上，对自己的良心没法交代，也怕遭报应，我最怕的还是毁坏了你的生活，这个岁数的人的生活是绝对不能毁掉的。难道说如果那晚我们做了，不东窗事发就能当从来都没发生过吗？我认为我是在真正爱护你，而不是只爱我自己。我不知道这样想对不对，如果你认为我想错了，那么你来吧，我求之不得，来啊！"

半上午了，雨荷还赖在床上不起来，高高叫她，她懒洋洋的，心不在焉。高高打开电脑，放流行歌曲："……当作什么都没发生，你是你，他是他，何必说狠话，何必要挣扎，别再计算代价，爱了就爱了，若失去感觉算了就算了，结果别去管他，爱了就爱了，别再自我惩罚，做了就做了，爱一旦发芽就算雨水都不下，也阻止不了它开花，你是你，他是他，何必说狠话，何必要挣扎……"高儿说："听见了吗？我再给你放一遍，现在的人多洒脱，学不来吧？"

"说什么呢你。"

"少来这一套，看见你背影我就知道你是怎么回事。"

半年以后的一个下午，梅杰男突然来电话问雨荷有没有时间，他要到她家去给她送书。雨荷说："你来吧。"语气平淡，但心动过速。

　　雨荷给他开开门时惊呆了，门口摞着一地打好捆的牛皮纸口袋和喷着墨香的七本新书。梅杰男弯着大虾米似的腰往屋里搬，说："放你这儿吧，原始稿和书都在这儿了。"雨荷一把从后面抱住了他，脸贴在了他的后背上，他赶紧直起腰，伸出长臂关上了门。

　　他们意味深长地互相凝视着对方，什么都不说，却什么都说了。

　　最后他们商定还像以前那样通信，只是不写抬头和落款，日期还是要写上的，但不用电脑，用手写，一年交换一次稿件，直至其中一人辞世为止。

　　送走梅杰男之后，雨荷端起他喝过的茶杯，放在嘴唇上，沿着边儿，转着圈儿，舔。最后慢慢地把他喝剩下的茶水一点一点吞进肚里。

　　麦雨荷把茶叶根儿倒出来晾干，再仔仔细细擦干净杯子珍藏好，即刻动手给梅杰男写信，只有四句话：

　　　　为天地立心，
　　　　为生民立命，
　　　　为往圣继绝学，
　　　　为万世开太平。

灵山

2004 年 12 月 4 日